# 此心安处是圩乡

时国金 著

天津出版传媒集团

百花文艺出版社

图书在版编目（CIP）数据

此心安处是圩乡 / 时国金著. -- 天津：百花文艺
出版社, 2023.4（2023.10 重印）
ISBN 978-7-5306-8491-7

Ⅰ. ①此… Ⅱ. ①时… Ⅲ. ①散文集–中国–当代
Ⅳ. ①I267

中国国家版本馆 CIP 数据核字(2023)第 033510 号

## 此心安处是圩乡
### CIXIN'ANCHU SHI WEIXIANG

时国金　著

出 版 人：薛印胜
责任编辑：赵世鑫　　版式设计：郭亚红
出版发行：百花文艺出版社
地址：天津市和平区西康路 35 号　邮编：300051
电话传真：+86-22-23332651（发行部）
　　　　　+86-22-23332656（总编室）
　　　　　+86-22-23332478（邮购部）
网址：http://www.baihuawenyi.com
印刷：天津新华印务有限公司
开本：880 毫米×1230 毫米　　1/32
字数：180 千字
印张：8.75
版次：2023 年 4 月第 1 版
印次：2023 年 10 月第 3 次印刷
定价：48.00元

如有印装质量问题,请与天津新华印务有限公司联系调换
地址：天津东丽开发区五经路 23 号
电话：(022)58160306
邮编：300300

# 扁担生根，丹心结果

◎ 庞余亮

向上的树枝和向下的树根都是一样的茂密。

这是我读完时国金的散文集《此心安处是圩乡》之后，心中冒出的一句话。

《此心安处是圩乡》就是这样一棵奇特的大树。

一棵扁担发芽生根之后长成的大树。

那根细细的柳木扁担，被父亲置放在十七岁少年稚嫩的肩膀上。时国金一直没有忘记，作为读者的我也没有忘记。多么奇妙啊，我的家乡是江苏最低洼的地方，我的村庄四周是防洪的堤坝——这堤坝，就是时国金念念不忘的圩乡啊。

民国二十年（1931）的洪水。

满田野的猪草。

摸河蚌和种珍珠。

小马灯下的读书。

仅仅小了我两个月的时国金简直就像在我的同一个地址上写出来的另一个名字。

一样的农民之子。

一样的农村学校的小先生。

一样的读书之路。

一样的文学起点:读《水浒传》。

那通向远方的崎岖小道,摇摇晃晃的小木船,贫穷和闭塞,还有那些牛的故事,农活的艰辛,拔稗子一样想拔掉遮挡视线的水的迷茫。

"……我的故乡是圩乡,圩乡是一块古老的土地,我的祖祖辈辈都生活在这里。近些年,与圩乡渐行渐远,但离开的时间越长,关于圩乡的梦,却愈发清晰。于是,心中渐渐涌起一种强烈的使命感,要把那些流动的人情世故、风物习俗记录下来。我便开始了关于圩乡的系列纪实散文的写作。"

时国金没有食言。

他一直爱着,他的热爱是固执的,也是令人感慨的。他用他的文字把故土和学校安放在他心中最重要的位置。因为执着的爱,那根从故乡带出来的扁担就神奇般发芽生根了。而他对文学的忠诚和丹心,又在庸常的生活中完整地保存下来。

丹心滚烫,赤子情深。这就是向上的树枝和向下的树根都是一样茂密的奥秘。

我喜欢《此心安处是圩乡》里面的很多文字,最喜欢的是这段:小先生时国金和他的学生们,用一艘漏水的大船,边行走边淘水,终于把一批崭新的课桌运抵到了他的乡村学校。

那批课桌也是他的文字啊。

那根扁担可以是大树,也可以是他划船的木桨啊。

是的,星光万里,水声哗哗,《此心安处是圩乡》里的那个赤子在梦里划过了大河,终于踏上了他童年的圩乡。

祝贺!

(庞余亮,第八届鲁迅文学奖获得者,著有长篇小说《薄荷》《丑孩》《有
的人》《神童左右左》,散文集《半个父亲在疼》《小先生》等。)

# 目 录

第一辑

# 小船情缘

# 小船情缘

现在想来,一船青年男女荡桨而行,去看露天电影,是小船带给大家最浪漫的事。

出门是水,这是圩乡的特色,水环绕着一面面四四方方的埠子和一座座绿树葱茏的村庄。从一面埠子到另一面埠子,从这个村子到另一个村子,都离不开船。于是,小船自然成了圩乡人生活中不可或缺的一部分。

船行水上,远远就听到电影中的对白,大家心急,不住地对划船的武叔说:"快划,快划!"心急的,索性用树棍子代替船桨,撸起袖子在船沿划起水,溅起的水花又惹来夜色里一阵阵的笑骂声,柔和而富有青春的质感。到了岸上,场里看电影的人黑压压的一片,挤挤挨挨地仰头于银幕前。偶尔,来一次小小的躁动。有怕挤的就干脆坐在船上,在幕的背面看,一二人,虽有些稀落,也是别有一番情致。

电影散场,船慢悠悠地行驶在回去的沟面,清冷的沟水犹如月辉下悠扬的笛声,大家兴致勃勃,有人唱起了《水乡船歌》:

满帆东风哎

满船阳光

摇橹十里心欢畅

心欢畅

大寨红旗哟

社员心向党

双双巧手勤耕耘

绣出江南好风光

大寨红旗哟

凯歌传四方


艰苦奋斗创大业

勤俭办社谱新章

勤俭办社谱新章

满帆东风哎

满船阳光

社会主义前程宽又广

宽又广宽又广


　　唱着唱着,刚从部队退伍回来的武叔身上那件军大衣,不知什么时候披到了下放女知青小赵的身上。后来,其他的知青都回城了,小赵却留了下来,成了我们的小学老师,还成了武叔的老婆。她一直没离开圩乡,也学会了划小船。

　　水乡没有宽广的马路,抬不了轿子,骑不了马,更没有小轿车。讨新娘子便兴用小船。冬闲时节，清冽冽的沟面，十几艘披红挂绿的小船，在"呜呜啦啦"的唢呐声中一字排开，穿过一座又一座小桥。桥大都是简易的木桥，以村为名，什么施家桥、魏家桥、葛家桥……也有豪华的石头桥，不过很少，整个圩乡屈指可数，有东唐村桥、总管庙桥等几座。船到桥头，都会有附近村上听到唢呐声跑来的男孩女孩，用竹竿挡住桥档"闹新娘"。接下来便是一番讨价还价，之后递上香烟和糖果，放两串鞭炮再继续行驶。

　　划在顶前面的小船当然是接新娘的，后面的船装新娘的嫁妆。新娘从娘家被本家哥哥背上船，坐在陪嫁的椅子上，脚踩热火炉，头顶红盖头，由两个陪姑娘扶着，一直到婆家让新郎抱上岸拜过堂，脚不沾地，头不见天。这就要求划船的人技术过硬。船行不稳，摇摇晃晃，新娘就会晕船。我是土生土长的圩乡人，打小就喜欢在水上捕鱼捉虾，划船功夫自然不错。学校几个同事的老婆都是我用船接回来的。一次帮一位同村的堂哥接亲，自然也是划头船的。从进门到回来的路上，两位陪姑娘挺有趣，在船上不住地和我斗嘴。我遂临时起意作弄她们，故意双脚前后不站在一条线上，每划一桨，随着身体的重心在左右脚上不断转换，船会轻微地左右摇晃，像摇篮一样在水面上向前驶去。开始，两位姑娘还叽叽喳喳吵个不停，不一会儿就趴在新娘身边不言语了。

　　待到新娘被抱进新房，掀开大红盖头后的第一件事，就是找划船的人。只见她脸色煞白，眼噙泪水，两个陪姑娘也病恹恹的，像大病刚愈，楚楚可怜。如果不是圩乡的姑娘坐惯船了，此刻肯定是狂吐不已。我笑着躲得远远的。

　　唢呐阵阵，飘荡在清澈的沟渠，划着小船娶新娘，成了圩乡下半年的一道美丽喜庆的风景。

这种风俗吸引了全国十佳金话筒得主、浙江卫视女主持亚妮的注意。她在一九九六年下半年专门到雁翅，以此为题材拍了一个专题片。当时，我刚借调到政府工作。乡领导安排我为他们摄制组做好服务。拍摄全是随机自然跟拍，没有人为摆拍。拍船行水上接亲那天，细雨蒙蒙，摄影是一位叫王汉章的大哥，人高马大又帅气，亚妮指挥他拍摄时气定神闲，颇有大将风范。那吐字清晰圆润的普通话，近距离听来直抵耳鼓，十分悦耳，今天忆起，仿佛依然萦绕耳边。

当时的市文化局局长亲自到场，坐在接新娘的小船船头，用普通话唱了一支俄罗斯民歌，歌声在蒙蒙细雨中伴着桨声，高亢清亮，与一船的吴侬软语和时断时续的唢呐声交融在一起，宛如一沟的交响乐随船流淌，颇有满汉全席的风味。

十几年后，我在报纸上看到亚妮拍"没眼人"的故事，对她的敬业精神更加敬佩了。

小船是圩乡主要的运输工具，装粮食、卖棉花、运砂石，全靠它。所谓"船小好调头"，在圩乡小船上表现得十分明显。但船小欠稳，就是"要得很"，人踏上船的第一步就要小心翼翼。看准了中心线才能迈开步伐，让船不失去平衡。挑担上船，更要小心，最怕的是"脚踏两只船"，一般人是驾驭不了的。一次，我本家堂哥水牛，自恃力壮，挑了一担稻子从一只船头跨向另一只船，一不小心，重心不稳，船晃不停，人落水中，一担稻子全撒在沟里了。那年是灾年，稻子被稻飞虱灰了，大多是瘪的，稻子落水后弄得满沟净漂瘪壳稻，这件事成了大家经常讲的笑话。

一年暑假，家中砌新屋，砖是从高淳四岗窑厂由机板船运到水阳江畔的圩埂边，再一担担翻过埂挑到圩内，用小船运回家。毒辣辣的太阳毫不留情地照着大地，圩埂如山一般高，一担砖头一百多斤，挑着爬上埂，已是气喘吁吁，再一步一挨地下到沟沿，码放在小船上。一船砖挑满，汗流浃背。此时，载着满船的红砖，荡舟水上，清风满怀，夕阳碎金，双桨拨动着水面，波光粼粼，感觉辛劳后的畅快是干其他农活所无法相比的。于是我情不自禁地哼起了儿时的歌谣：

> 让我们荡起双桨
>
> 小船儿推开波浪
>
> 水面倒映着美丽的白塔
>
> 四周环绕着绿树红墙
>
> 小船儿轻轻漂荡在水中
>
> 迎面吹来凉爽的风……

就这样，一船一船，运完了红砖，又运沙石、石灰、水泥、木料瓦片。半个暑假，船来船往，日晒风吹，人愈发黑瘦，却觉元气充沛，精气神十足。

小船上加一个篷子，便成了篷子船。与周作人笔下的乌篷船差不多，主要是避风挡雨遮阳的功能。也有不同之处，绍兴的乌篷船是摇橹驱动，两头翘梢。而金宝圩的小船荡的是双桨，一般是平头平层，类似大诗仙所说的"扁舟"，但记忆中小船又没有"人生在世不如意，明朝散发弄扁舟"的功能。想来唐代是一个繁华的朝代,小船超越了世俗实用,有了慰藉、修复文人受伤心灵的作用。"弄扁舟"大概算高级的旅游,只是比今天的荡舟游乐,更具深刻内涵。

加了篷子的小船,有两种用途,其中一种用来趟渡。所谓"金宝圩小划子慢慢趟"就是由此而来。河埠头一字排开了几十只篷子船。上街,下乡,从这个村到那个镇,一般是凑齐了四五个人就出发。干部下队开展工作就不一样了,大多是四个人,到河埠头,找一只干净的篷子船,四人在船舱打着扑克牌,船夫慢慢划着桨,清风悠悠,两个小时很快过去,便到了十多里外的村部。

有时只有两人,就躺在船舱板上,让水面的清风从脚吹过去,边听着汩汩的划船声,边和划船的老头儿山南海北地侃着,小船慢悠悠,也甚是惬意。

冬天坐船就有些冷了,最受罪的是双脚,阴冷的船板底像冰窖一样,寒气直刺脚底,篷子前方的帘子怎么也挡不住沟面吹来的寒风,一两个小时在船上便成了一种煎熬,于是只好催船夫划快点儿。当然,也有细心的船夫会提前准备一个陶质的小火炉,放在船舱,给坐船的乘客取暖。

篷子船还有一种用途,就是看鱼。二十世纪八十年代,原来公社和大队管理的自然水面都以竞标的形式承包给村民养殖,大大提升了水面养殖的效益,既壮大了乡村集体经济,又增加了农民收入。父亲是第一批承包者,是一个两百多亩水面的塘长。所谓看鱼,就是划一只晴可避日晒、雨可避风寒的篷子船,往还沟岸间,提防有人偷鱼。夜深人静时,一有动静就听得很清楚。户外风寒,水面上尤甚,入夜更冷,父亲身体不好,这个活儿自然就由我承担了。

看鱼最怕风雨天。春末，乍暖还寒。一次，我一人睡在管家湾，入夜时分，狂风大作，电闪雷鸣，暴雨倾泻而下，雨打篷子噼啪作响，风吹得小船不断摇晃。终于，船栓被风摇动，船挣脱了栓桩，被刮到了下风口。雨仿佛更大了，我死死压住船头的门帘，雨水顺着帘隙淋进了船舱。被子湿透了，衣服也湿了，春寒料峭里，人冻得瑟瑟发抖。真是"开门一下，关门一夜"，水面的风搅和着篷顶的雨，把那个无梦的夜拉得特别长。幸好篷子扎得结实，抵挡了这一夜而没散架。

更多的时候是风平浪静，可以在船上安稳地睡觉，也没人打扰。把篷子船划到一个沟湾处，两头挂上帘子，自成一个独立的小天地。除了被单，我的船上比别人多了两样东西：一盏马灯和一本书。我在这片小天地里点亮马灯，静静读书，有时通宵达旦。

马灯映衬着清净的水面，发出幽幽的光，与深邃夜空中的点点寒星遥相呼应。轻盈的风，推着水波轻拍着船舷，演奏着舒伯特的小夜曲，恬静而缠绵。整条沟被月光照得一片洁白，像一条白练缠绕在茫茫的苍野，黑黢黢的就是村庄。黑白之间便是田畴，秋风送来淡淡的野菊花的清香。伴着天空偶尔飘过的一两声雁鸣，白居易的吟诵穿越千年，回响在静夜，清澈，无尘：

　　　　鸟栖鱼不动，月照夜江深。
　　　　身外都无事，舟中只有琴。


夜风微凉，孤灯萧瑟，月光泻银，沟水清寒，两年半的时间我读完了汉语言文学专业的全部课程，拿到自学考试的一张文凭，圆了少年时的梦想。对人生来说,虽有些牵强,但不曾草率。那是二十世纪八十年代末。

因马灯用的是煤油,第二天早晨洗脸时发现,鼻孔像两个黑烟囱。在那小小的船舱中,点燃马灯的火柴,划开时会释放一种硝味,至今忆起,我对那种气味还有一种特殊的感情。

从此,一盏灯火,伴船而读,成了我今生最美好的记忆,每每想起总是春潮激荡。

世纪之交,市委书记到家乡调研农业产业结构调整工作,视察完我乡的河蟹养殖场,要坐船到金宝圩最大的水面潦塘转一圈。当时有船而无船工,乡书记知道我是地道的圩乡人,就安排我当船工。船行水上,微风习习,我娴熟的划船技术在浩渺的潦塘一展身手,身穿一袭雪白短袖衬衫的书记坐在船头,清俊和蔼,很是满意。当得知我是刚到政府的工作人员时,称赞道:基层干部就要这样,会干农民的活儿。

这大概是我最后一次在圩乡划船。一晃二十年过去了,我一直在外乡工作,家乡的小船便成了挥之不去的记忆。它犹如一只可人的百灵鸟,多少年来,只要我走到有水的地方,就会伴着月光碧波荡漾,轻轻地划过我的心间,低吟起动听的歌谣。

哪一天,再荡一叶小舟,撷一湾瘦水,在家乡的清风中,用微醉的冥想触动心灵深处的一片涟漪,回味那澄澈岁月的甜美。

# 生产队的大船

水阳江下游金宝圩,沟渠纵横,水网密布,出门一向以船为车,以楫为马。圩乡的船有两种:一种叫"小划子",荡双桨而行,轻便灵快,二十世纪末,几乎家家户户有一到两只"小划子",如现在城里人拥有的小汽车。一种是大板船,前槔后橹,吃水很重,人民公社时期每个生产队有一条,是生产队的大型农具,和耕牛一样贵重。

那时宣城能造大船的农具厂只有两家。一家在狸头桥,一家在裘公渡。裘公渡也在金宝圩,离家近。我们队的船就是在裘公农具厂定制的。总价六百八十元,是上年生产队全年的积蓄。出船的那天,农历五月下旬,暑热初现。晨曦微露,章仕大爷就带着十几个小伙子扛着杪子,一路说说笑笑向裘公渡走去。到了农具厂,看到船三丈六尺长,船舷纵桁一溜到头一根木头,平水微翘,十分匀称。杉木大船经桐油一抹通体红红火火的。大家看了十分欢喜。"砰……啪……"一筒双响在农具厂门口沟边放完,大家就跳上船,架起橹搅竖杪子,奋力向清亮亮的沟心划去。碧水漾起白波,漂起一缕缕淡淡的桐油沫,泛着亮晶晶的油花。那时的金宝圩除了中间有一条扁埂阻隔,所有水域都畅通无阻。新船无滞,宛如蛟龙入水,顺风快利,大家觉得不过瘾,特意绕到上坝最大的水面撒埂滩劈波斩浪一番,方才翻过扁埂,一路欢歌到家。母亲说,那时"共产风"已过去好几年,年成越来越好,那天我做"十二朝",宰了一头猪,办祝婉酒,同时专门为出船的准备了两桌。"船员们"兴致很高,为图凉快,把八仙桌从客厅搬到房屋东山头的大栎树下开怀畅饮。"一点子高升,二家有喜,三星高照,四季发财,六六大顺,八仙过海……"那个下午,猜拳行令之声响彻村庄的上空。从中午一直到日斜西山,个个烂醉如泥。有的当场睡倒在栎树下,有的吐在沟边上,章仕大爷倒是晃晃悠悠走回家了,到了门口就躺下睡着了。

五月一过是六月。六月六,圩乡三件事:女人做团团,男人赛龙舟,先生晒家谱。家谱作为"封资修"已在"四清运动"中被烧,先生变成了生产队的会计,只有晒账本了。团团是糯米粉做的一种点心,状如粑粑,红豆沙作心,外软内甜,咬一口不需咀嚼即可囫囵而食,因其香糯可口,实在又不忍一口吞下。立夏以后,日头渐长,田间劳作,极耗体力,作为三餐之外的辅食又极为耐饥。所以每当此时,家家户户都会做上一些,渐成风俗。

龙舟赛已沿袭千年,据史书载,江南水乡,鱼稻富饶,不忧饥馁,信鬼神,喜淫祀。端午时节,龙舟竞渡,敬龙祭龙,娱神娱己。金宝圩与别处不同,端午期间正是午季收割早稻下田的大忙时节,"划龙船"定在六月初六,既不误农事,又为接下来的防汛抗洪做了预演练兵。赛事之前没有祭坛焚香的"娱神"仪式,更多的是渐变为"娱己"的体育赛事。

大船到生产队不久,就到了六月初六。这天,赛场起点沙埂湾，十几条船，一字排开。我们队历年都是借船赛龙舟，今年刚买新船，行脚快，大家对头魁满怀希望，章仕大爷更是信心百倍，志在必得，亲自掌棹。一只船二十六人，一人擂鼓，一人掌棹，一边十二人划桨。从沙埠湾到祠山殿，一条长池，一箭路，鼓声阵阵，浪花飞溅，两岸观众不断呐喊："加油，加油！"船到终点，我们队的船还是稍逊一筹。大船在比赛速度上不讨巧，当时订船是为了运物资、捞塘泥、搞生产，没有考虑赛龙舟。但是章仕大爷还是气得直骂人，扑通一声跳下船，游水上岸，愤然离去，大有不与尔等为伍之势。

他到家后才发觉一根祖传的旱烟杆和烟袋不在裤腰后面，十分沮丧，儿子丙牛叔笑嘻嘻地说去找。丙牛叔找到队长开了一张证明揣在口袋中，请了魏家打鱼的好友，去他爹下水的沟里"大海捞针"。两网下去，居然就把烟杆捞上来了。原来烟杆铜嘴竹身，落水后，嘴落沟底，杆立水中，袋漂杆上，旋网一扫自然进兜。丙牛叔收起烟杆藏于船尾，让好友继续撒网，好友意会，平时撒网打鱼怕被逮偷偷摸摸的，难得今天有一个借口。晚上回来，丙牛叔不仅带回了旱烟杆，还背回了一篓小鱼。就鱼饮酒，三杯下肚，章仕大爷就拉开架势教育儿子说：这龙舟赛虽不赢钱也不赢钞，但佛争一炷香，人争一口气。你们明年要早做准备！说着说着，白天的不快烟消云散了。此后大家都说丙牛叔会做事。

天高气爽，秋风摇曳，摇着大船送公粮便成了生产队最欢快的事。生产队对大船很爱护。队上每年让它上一次岸，进行一次彻底保养。一般是在汛期过后，队员们把船拔到生产队的晒场上，细细清除掉船身的污垢，再晒上几天太阳，用桐油里里外外油上几遍，油得船板红中透亮，再搭上草棚阴干。待到再下水，整个船体滴水不漏。这时就到了收获季节。男劳力一担担地把稻场上晒得干干净净的金灿灿的稻子挑到大船上下舱，再在舱上加上囤条，装满一船足有万斤。微风轻掠过水面，也吹散了队员们劳作的辛苦，带来了丰收的喜悦，大家一路唱着船歌，摇橹划桨，向雁翅粮站驶去。送完了金黄的稻子，便是装售雪白的棉花。我们队是粮棉种植双优队，种的棉花产量高，衣份好，品级优，在公社拿过奖牌。棉花比稻子轻，船上的囤条自然加得更高。装满棉花的船行驶在清澈的水面，水中的倒影与水底的蓝天白云相互映衬，两岸的柳树、菖蒲、红蓼向后退去，简直分不清是在水上还是在天上。

不管是卖棉花还是送公粮，有一个人必须随船去结账、存款。他就是生产队的保管员华景叔叔。说起来他也是一个奇人，一字不识，全凭记忆，当了十年的生产队保管员。每年年底分红，谁家预支多少、超支多少、收入多少、盈余多少，毫厘不差。后来有的儿女忘记了长辈的忌日，父母不清楚子女的生日，都来咨询他。至今村上每年发生的大事，哪家孩子多大岁数，他仍然能一口清。他终生未娶，孑然一身，今年已七十五岁，仍精神矍铄。

大船在队里一个重要功能是捞塘泥。捞塘泥是积肥的一种重要措施，把沟底的淤泥捞到田里，每块田堆成一个泥墩子，自然晾干。午季收割后至开秧前，短短几天，全部再锹挖、肩挑到每垄田上，散开、碾碎，变成田中极好的肥料。这样既清理了沟渠，使水清沟宽，蓄水能力逐年增强，又肥沃了圩内的田。老祖宗的这一套办法既科学又实惠，是典型的循环经济，也让金宝圩成了名副其实的鱼米之乡。"挑圩犁田捞泥巴"是圩乡男人的成人礼，这是三样最吃重的农活儿。上大船，捞塘泥，标志着已是一个整劳力了。一般要到十八九岁,最早的也有十六岁的。能上船捞泥时,家里就开始张罗着为这个劳动力订一门亲。

进九以后,天寒地冻,农活渐少,队里的男劳力就四人一组轮流排班捞塘泥,一天一班。清晨,冰冻咯咯,白霜覆船,拿一个稻草把子把船上的白霜擦得干干净净,以防打滑。捞塘泥的耙子是由四块铁皮拼起,中间有缝以好沥水,耙竿是一根约三丈长的竹篙。船横沟中,人在船台跨成马步,一展船台一个舱,四人分站两边。领头的喊一声:"开耙了。"四人同时抛出耙子,水面即犁出几道白沟,直至手牵篙梢让耙沉入水底,切入泥中,然后稳稳地渐收渐提竿。动作要不快不斜,快则泥浮,斜则泥泻。在耙子快离水面的一刹那,猛一发力,耙子贴近船舷,夹泥带水拎上船帮,就势一倒,"哗啦啦"一耙黑黝黝的塘泥倾入舱中。篙梢在侧边的水面划过一道漂亮的弧线,溅起两点浪花,惊得几只凫水的偏流子(一种水鸟,八哥大小)一个猛子扎到远处干枯稀疏的芦苇荡中。四个人步伐一致,同时发力,大船始终保持平衡,不倒不歪,直至泥满船舱,船舷披水,才停下来。摇船到泥墩子处,开始用锨斛戽泥。

天寒水瘦,泥压船低,埠子的坎儿就格外高。把泥从船舱抛到高过头顶的田里泥墩上,不仅是力气活儿,更是技术活儿,要有巧劲儿。舅爷爷刘绵远出身富贵,打小读书,一九四九年后参加工作就教书,从没干过农活儿。被打成"右派"后,下放到我们村。他拖家带口,为多挣工分,捞塘泥的活儿也硬着头皮上。半路出家,完全外行,全凭力气。每次别人一舱泥戽完了,他头冒热气,汗流浃背,还有半舱。这时,和他一个组的海生叔就帮他的忙。戽泥是一人一个船台一个船舱,一顺排开,左手向前握柄,右手攥柄托。如右手向前就得反臂用力,工作时会影响到同伴,所以戽泥一般是各戽各的舱,要想帮别人就得用反手。海生叔因常帮舅爷爷竟然学会了左右开弓。多年后,舅爷爷得到平反,被安排到一个乡粮站工作,海生叔去看他,说到此事,舅爷爷眼里噙着泪水说:"贤侄呀,由俭入奢易,由奢入俭难啊!"二人用那"牛眼镜"杯子连干了六杯酒。趁着酒劲儿,一向谨慎的舅爷爷掏出两百斤进口尿素票递给了海生叔,又掏出水笔批了一千斤米糠。这个时候已实行联产承包责任制了,进口尿素的官价比市价便宜一半还转弯,且是有钱还难买到。庄稼一枝花,全靠肥当家。海生叔拿着票,仿佛看到田里庄稼喜滋滋地拔节生长,吃完饭就把两包罗马尼亚的尿素和一千斤米糠运回了家。得此便宜回来,他吹了好几年。

二十世纪八十年代末的一个春天,乡政府在五项经费中拨了一笔款给教办,到溪口山里订购了一批木头,打成课桌和板凳,分给我们小学一个班。王校长当然就给我们毕业班,校长皱着眉说:"这么多桌子,怎么运回来呢?"我们两个二十啷当岁的年轻教师一拍胸脯:"您放心,我们有办法。"于是在班上选了十位个子大点儿的学生,把生产队实行生产承包制后留下的唯一一件大型农具——大船,借了出来,摇橹的摇橹,撑篙的撑篙,一路摇到雁翅教办所在地。此时的大船已有二十多年,实行责任制后无人爱惜照管,船身黑黝黝的,沧桑渐老,遍体鳞伤。满载后发现好几处漏水,我只好安排两个学生专门用洋铁簸箕往外戽水。春天水满沟塘,两岸的田野是一望无垠的油菜花,金黄一片,装满课桌的大船,行驶水上犹如一座小山缓缓地在花海中移动,人在甲板,满眼春色,满鼻清香。

花海中,学生们仿佛也被感动了,居然唱起了校歌:

　　四周的绿田/掩映着校园/我们是园中的花朵/沐浴春天
的阳光……/勤奋学习/茁壮成长/像鲜艳花朵绽放中联
　　碧绿的波浪/奔涌向前/我们是逐浪的鸟儿/踏着浪
尖歌唱……/胸怀大志/奋发向上/像小鸟展翅飞向蓝天……

　　嘹亮的歌声中,这只满载课桌的老船终于到了中联小学。卸
空课桌,已是月上柳梢。翌日朝霞微露,全班同学就来到了教室,
这是我们学校历史上第一个标准化武装的教室,记得那天早上的
读书声格外响亮。
　　又是二十多年过去了,行走圩乡,我还是常常想起我们生产
队的那条大船。

# 捕鱼

圩，是金宝圩，有十万亩农田、五万亩水面，境内分上坝和下坝两个区域，上坝是古化城圩，下坝是古惠民圩。宋宣州知府曾作《化城圩》："下田怜沮泽，环堤圪成雉。尧汤水旱时，蓄泄得专利。泥资数斗沃，竭谢千金贵。何物代天工，嘉此老农智。"圩乡境内田畴成埠，沟渠纵横，碧波荡漾，是富庶的江南鱼米之乡。捕鱼对于圩乡人来说并不陌生，人人都会，可一般农家以农为本，秉持"千行万行种田上行，搞鱼弄虾荒芜庄稼"的古训，不以捕鱼为主业，自然也不精研弄鱼之技，农闲时偶尔玩玩儿而已，只作为务农之外的副业。加上大集体时，所有水面的所有权都归公社或大队，捕鱼也是资本主义尾巴，不能明目张胆地干。这样，虽是水网村落，精于渔事的人却不是很多，像根海哥那样神通的，万人之中也实难找到个把来。

捕鱼的方式各有特色，不同的人会选择不同的捕鱼方式，所谓"厮皮邋子拖拖网，撒豆成兵打旋网，快活神仙张丝网"。每个村子有每个村子的作业方式，印象最深的是魏家"打旋网"。十几年前到了狸桥工作，常有摄影家来南漪湖畔采风，为了拍出渔舟唱晚的效果图,常请两位渔民划一只小船在夕阳的余晖或迎着朝阳撒网捕鱼,烟波浩渺,水天同色,抛撒于半空的渔网镀上一轮金边,唯美的画面感极强,很有诗意。但我知道这种单枪匹马的撒网方式在大水面中很难有什么收获,顶多弄点儿小鱼小虾。

魏家人打旋网是以群体化、专业化的方式出现的,家家有一条轻便的小船,一出去齐刷刷的十几二十条,一人划,一人在船头撒网。到了河里,头船一声嘶,尾船一吆喝,几十张网铺天盖地撒下去,甚是壮观,整块水面下的鱼是天网恢恢疏而不漏。

这说明即使在原始农业经济状态下,市场主体也会以合作的方式去取得规模效益,以增加每个个体的收益。不合作单独行动也可以,但一般只能是小打小闹地捕点小鱼。

这当然是二十世纪七十年代末八十年代初的事了。魏家村整个村子,除了生产队队长姓唐,其余都姓魏。队长不打鱼,大伙儿"白天干活装瞎子,夜里打鱼撸胳子"。生产队是干活儿出工不出力,集体的庄稼种得就不怎么样了,在方圆四周,这个生产队的年底工分值自然最低。日子过得却不苦,最穷的是唐队长家。这样唐队长每年年底分配会上都要跟大家致歉:"今年带领大伙儿干得不好,明年再干一年,不行,请再另选贤能。"众人皆笑,又纷纷山呼:"不要选了,还是老唐干队长。"现在想起来,这种单门独姓的人在一个生产队当队长,一干就是多年,值得社区研究者好好做一个基层治理的案例深入分析。

梅家村是"张丝网",最少也要两条船,四个人。到了沟里,用大丝网把两头封住,中间来回像排兵布阵一样,把一张张网层层相对并排放到水里,网放下去轻轻松松的,不拽直,再用一根木头柱子在沟两边一下一下地捶进深水，震得整个水下响声阵阵，鱼儿惊魂四窜，一不小心就到了网上。这种方式在下雪天最见效，常能张到十几二十几斤重的鲤鱼。

南宋诗人周邦彦在溧水任知县时来过水阳，就此情景有生动描述："清溪在三阕，轻舟信洄沿。水寒鱼在泥，密网白日悬。水阳一聚落，负贩何阗阗……"时过近千年，渔事竟没变。我在十三岁时曾到高淳的狮子树庙会上买过一张丝网，在一个月明星稀的晚上，和小瓢头划船把网放在了长池边上的管家湾，天麻麻亮，两人划船去捞网，来来去去几圈也不见网的踪影，后来捞塘泥的两个大人告诉我们，你们的网漂太显眼了，被起早到杨泗装山芋的人捞走了，上面没有鱼。快活神仙没做成，反蚀了一把米。

"打旋网"技术含量高，"张丝网"较轻松，"拖拖网"相对就辛苦了，所以叫"厮皮邋子"。

我们时家村子捕鱼的人不多，最厉害的就是根海哥了，他比我大十岁，捕鱼的十八般武艺几乎样样精通，最常用的还是"拖拖网"。一般要两人合作，对象可以不固定。拖网也分两种：一种是虾拖，一种是鱼拖。网眼小，网拖（用铁打成拴在网沿）轻，网兜浅，拖起来比较省力，一般人都可以操作，以捕虾子小鱼为主。圩乡人是"有鱼不吃虾，有豆腐不吃渣"。那时虾子反而贵，一斤一两块，到了年底涨到两块多，拖的虾子都是经高淳转卖到下江的常州一带，成为创收的经济来源。

根海哥拖的是鱼拖，脚子重，兜深，网绳粗，一人划船放网，一人在岸边拖。或找一沟梢，两人各在对过，一来一回，一放一收。三九以后，寒气袭人，冰水刺骨，越冷，鱼越往下沉，河里的苇草没有落尽,拖得河水由清变混,身体热乎乎的,头上渐渐冒汗,网中裹起的水草中就开始有鱼了。桃痴、鳑鲏、鲫鱼都有,一般都不大,直到整个沟里浊泥翻滚,苇草渐渐稀少,就有可能拖到大鱼了。拧起横杆网兜朝上,网铁脚哗啦啦响,几条大鲫鱼便在草泥中翻跳,回家后就变成了美味佳肴。运气好时还可以拖到两三尺长的鲤鱼或青鱼,这些全部是沉底货。有次根海哥在十八埠滩拖到一条五十斤的青鱼,舍不得吃,到街上卖了一百多元,相当于一头猪的钱。当时一个工人一个月的工资也就三四十元,因此这让村上的人很羡慕。但是乐极生悲,快过年时,他和村上的腊狗子午饭后到竹叶塘拉开架势准备再大干一场。塘边芦苇迎风飘着丝丝寒意,水面上没晒化的浮冰被小船一荡喀啦啦直响,第一网放到塘中间,往回拉越来越重,以为是上了大鱼,拖上岸边,却是一个绑着石头的尸体。两人吓得丢下渔具,跌跌撞撞爬上埂跑回家,发了几天烧。圩乡民风淳朴,吵嘴打架都很少,更甭说杀人越货的事。第二天公安到现场解剖尸体,吸引了周边几百人围观,所在地沙埠队十几亩的油菜被踩光。我们当时小,也挤在人堆里看热闹。几十年过去了,这个案件居然没破出来。根海哥和腊狗子从此不再言拖鱼。

根海哥最拿手的功夫是渔叉戳鱼,叉有排叉和灯笼叉两种,常用的是灯笼叉,排叉是专戳大鱼的。

春末夏初,绿柳成荫,麦子垂穗,油菜花已经凋谢,走在晨曦洒落的沟埂上,能听到水中一片噼噼啪啪的"鱼打籽",从声音大小节奏可以判断出是鲫鱼还是鲤鱼。雌鱼排卵雄鱼射精,都是在浅水岸边的水草里跳跃进行。鲫鱼喜欢扎堆成窝举办集体仪式,戳"打籽鱼"须起早,靠的是辨声发叉。根海哥向来是叉不虚发。一天早上在日浦渡，一叉戳了"两公三母"五条鲫鱼，村上人至今没有谁打破这个纪录。鲤鱼打籽总是在那沟梢河湾处，且基本集中在几天时间，根海哥说最多的一早上，在夏家湾和乌龟梢两个地方戳了十一条鲤鱼，谈话时眉宇间洋溢着一股豪气。

夏天，毒辣辣的太阳照着水面。中午以后团鱼就会游到岸边享受日光浴，看到沟对岸岸脚一个个乌黑发亮的团鱼背，我就持叉蹑手蹑脚地绕过去，待到近处，正要放叉抛竿，团鱼却机灵地滑到水里去了。根海哥教了我一招：就是在河这边下水，游近对岸平举鱼叉，团鱼发现有异动，会回头向水中滑溜，此时只需向它对弓平推渔叉，它就很难逃脱了。一试，果然灵验。高音喇叭里正吟诵伟大领袖毛主席的诗词：可上九天揽月，可下五洋捉鳖。我心想：九天揽月上不去，门前戳鳖先一试。

根海哥在夏天叉闷星鱼也是一绝。船行水面，人立船头，不见鱼影，却能戳中条十斤的鲤鱼或青鱼。这关键是见泡识鱼踪。底层鱼在沟的二八分处觅食，会从鳃边冒出水泡，从水泡的大小和间隔可判断出鱼的大小和其在水中的位置。单串水泡一般不是鱼，有可能是水底的沼气。鱼儿冒的泡，是两个并排上升的。两行泡在水面往前移动，人在船上持叉沉沉地放入水中，估计在离鱼头约二尺左右时，猛一使劲儿，鱼就很难逃脱了。

秋天的晚上，戳鳜鱼也是一件有趣的事。鳜鱼隐于清澈的半水中，清晰可窥，电筒光照过去，鳜鱼还披着一身富贵的花纹，一动不动地发着呆。此时，叉轻轻地贴近水面，迅捷一刺，十拿九稳。要注意的是，不能对弓发力，要纠正好折光所造成的视觉误差。

根海哥叉黑鱼也是有两下子的。黑鱼其形甚丑，乌漆麻黑一段。可其护子之情甚笃,黑鱼打籽后,"夫妻"二人轮流守护,不容任何外敌侵扰,直到一窝鱼长大。一般是母黑鱼在黑漆漆的鱼卵下面,公黑鱼在周边游护。卵孵成鱼,大黑鱼就带着小黑鱼在沟里四处游耍,分秒不离左右。一窝黑鱼在碧波荡漾的沟里就像一股黑旋风,很显眼,极容易被人发现。这时,持叉静立,下面的黑鱼过一段时间冒头换气,在它乌黑的鱼嘴露出水面的一刹那,执叉如飞,一发即中。此时根海哥仍不着急敲锣收兵,重新持叉静候,在周边巡护的公黑鱼就会出来守护小鱼窝,过一会儿冒头,这时又是一叉,一公一母即入篓中。接下来,这窝失去"父母"呵护的鱼仔就会成为其他鱼类的饵料,长大的概率就非常小了。当然,如能用网捞到没有杂鱼的小塘中,每一条都能成活,它们有极强的生命力。根海哥农闲上街常常肩扛一把渔叉,五六里路,沿沟而行,去时能叉到两条黑鱼,就在街上卖掉,换点油盐生活用品(一般八九毛钱一斤),回来又是两条,成了盘中的美餐。如此往返,从不落空。

黑鱼在一个水域的水族中处于食物链的顶端,专吃鱼类,不遇外族能长很大。但养鱼的会想方设法把塘中的黑鱼弄干净,所以在一个水域中真正能长大的黑鱼是极少数。根海哥在夏家湾戳到过一条大黑鱼。那天中午下工到沟边转,发现一大团如筛子大的薄胶状鱼卵,其下隐着一截树桩样的大黑鱼。待太阳偏西,他拿着渔叉来到湾边默默守候。不久,水中一大黑块浮出水面,说时迟那时快,他一排叉飞去,人随叉到,扑进水中,奋力把鱼按到水底,不敢离地。鱼大力猛,他怕叉一离沟底,鱼可能折竿逃逸。他扎下猛子一手按叉,一手去抓鱼头,鱼却很凶,鱼尾翻滚,鱼嘴乱咬。他灵机一动,在水中解下裤带,穿过鱼鳃套成环紧紧拧住。鱼此时才失去了威风，一场人鱼大战即见分晓。回来一称，一米多长，九斤七两。众人啧啧称赞。有这样一条鱼在塘里，足以破坏这片水域鱼族的生存平衡。这也是为夏家塘除了一个恶霸。

那天晚上，记得大伯把这条大黑鱼劐成鱼片，用一锅水清煮，半个村子的人家都喝到一碗香气四溢的鱼片汤。此鱼虽丑陋之至，皮黑而体白，肉嫩却无刺，做成清炖黑鱼片，加上少许葱花，不腥不腻，清爽怡口，实在是圩乡淡水鱼类中的顶尖佳肴。我至今仍喜欢在酒店点一道酸菜黑鱼片的菜，可吃起来比起当年的清炖总觉得少了一大截的鲜美，想来也只是聊解乡愁而已。

后来，嫂子嫁过来，特别是侄儿出生后，根海哥就没戳过带仔的黑鱼了。原来嫂子认为黑鱼护仔情深至诚，母性值得崇敬，不可对它造孽。

离开家乡一晃已有二十多年，每每驱车回家看望母亲，都要弯到根海哥家坐一坐。谈谈当年的收成，聊聊乡间轶事。有时也会聊起当年那些渔事。这些年，我们从农耕文明时代迅速地进入工业文明时代乃至后工业文明时代，水面养殖方式也发生了转变，传统的渔具已经逐渐被现代渔具取代了。鱼拖、虾拖、旋网、丝网已难再见。在圩乡看到更多的是城里人到乡下以垂钓为主的休闲渔业。"岸边垂纶一笠翁，亦钓春光亦钓闲"，现在的根海哥渐入老年，儿女俱已成家，他也与时俱进加入了这支队伍，临河垂钓成了他的常态生活，他也乐在其中。我时常想，下一次回到家乡和根海哥一道，或在晨曦微霞，春燕呢喃的沟塘边去戳一次"鱼打籽"，或在月光如泻，蛙鸣阵阵的水梢头叉一次桃花鳜，好好感受圩乡的那一缕清风，那一份宁静。

# 圩乡耕事

圩乡，每逢春节，家家都会贴红彤彤的对联。诸如"春回大地风光好，福满人间喜事多"。当然也少不了"五谷丰登""六畜兴旺"之类的。小时候不解是哪六畜，后读《三字经》，"马牛羊，鸡犬豕，此六畜，人所饲"，便知在悠远的农业社会，成千上万的动物中，唯六畜与人关系最为密切。在金宝圩，六畜之首当为牛，因圩乡水网纵横，沟渠就是道路，马踏圩乡无用武之地。而牛却是万万不可少，肥沃的土地就等着牛去耕。吾乡先贤、著名文学家梅尧臣有吟耕牛诗："破领耕不休，何暇顾羸犊。夜归喘明月，朝出穿深谷。"伴随着农耕文明的进步，耕牛在圩乡留下的不仅仅是坚实的脚印、稳健的身影，还有几多辛酸苦辣和风雨沧桑。

## 大牯牛

四脚的动物都会游泳，圩乡的牛尤其善泳，可远其的牛却偏偏淹死在门前的沟塘中。

那是新中国成立不久，合作社还没有成立，住在马埠的远其分了田，又买了一头牛，结束了没田没地的日子，十分欢喜。

圩乡的牛有水牛与黄牛。公黄牛谓之犍牛,母黄牛叫骒牛。公水牛称牯子,母水牛又叫牸子或水騠。远其买的是头牯子牛。牯子牛出活儿,但脾气躁,有时也强犟,特别是遇到水騠起云(母牛发情),"哞哞"叫声传来,八个人也拉不回。若有两头牯牛,就会斗角,斗到酣处,眼红尾翘,四只犄角对顶,八蹄踢地,尘土飞扬。这是放牛人最怕碰到的情景,往往站立一旁,束手无策。当然,骟过的牯子就变得性情温顺,两耳不闻田外事,俯首只耕主人田了。

骟牛,圩乡人称登罗子,又叫去势,是一件大事。乡里有专门干这一行的,一般兼劁猪佬。"一打铁,二放血,三做强盗四做石(贼)。"放血即指这一行,靠手艺吃饭,行走四方,人称"一刀斩断是非根,双手劈开生死路"。走村串户,腰间挂一串小刀鞘,几缕麻丝飘于股后,是标准的职业形象。劁猪人少,骟牛就不一样了。要骟牛,首先要把牛放倒。一般五六个人帮忙,用一根绳子系住牛的前腿,绕过犄角,拽住缰绳不让牛低头,三个人在一边拉,两个人在一边推,牛无横力,"一二三"一道发力,牛就被拉卧倒。阉割的全过程,牛一般不会叫一声。有意思的是,放倒一头牛关键是不让牛低头,牛一低头就有爆发力,所以证券公司门口的牛都是低头牛。

远其的牯子还没有登罗子,特别犟,叫站不站,叫跪不跪,牵着不走,打着倒退,耕地调皮,调情出奇,气得火爆脾气的远其常常拿鞭抽打。远其是打过长工的,信奉"谦侍长工恶侍牛"。这天,牵牛耕田,牯子又犯犟脾气,不是啃田埂上刚出的黄豆苗,就是站着看天上的云,像一个哲学家思考着深奥的问题,任凭远其声嘶力竭地吼,刹犁鞭呼呼地抽,大牯牛就是我行我素,想干啥就干啥,让它往东它往西,让它转弯它直行,有时又迅疾如飞地拖着犁铧直驰,弄得远其跟不上趟,扶不正犁,有时犁铧掏不到土,犁镜卷不起垄,就犁出一垄垄花田。

中午远其牵牛到家,把牛绳系在门口的石磨上,端起老伴儿盛来的饭碗,扒拉两口却难以下咽,一口气涌上心头,遂欲整大牯牛的家规。远其操起刹犁鞭,在牛屁股上实打实地抽起来,边抽边骂"我叫你调皮……"远其的眼红了,牛的眼睛也红了,抽得牛儿在稻场上乱跳,实在无处躲了,拖着磨子一头扎进了门前的沟中。沟畔芦苇被压倒一片,磨入水中,稍有浮力,牛开始还昂了两下头,到沟中心,石磨拽着牛鼻,牛头再也不能抬起来,沟中心水泡直冒,波涛翻滚。远其稍呆片刻,大呼不好,拿起一把镰刀就要下水去割牛绳救牛,被老伴儿一把紧紧抱住:"不能下,下去必被牛拱死!"村上的人全赶来,呆呆地望着半个沟梢的水由清变浊,却想不出一个救牛的主意。渐渐地,沟心的泡由大变小,直至水平如镜。沟塘的水也由混变清,被惊飞的两只麻鸭又呱呱地凫回。就这样,一头大牯牛在门口眼睁睁地淹死了。远其号啕大哭,人们唏嘘不已。

## 老黄牛

牛和人类相处已近万年。每头牛性格各不相同,有远其大牯子这样的犟牛,也有能受苦难、忍辱负重的憨牛。

一九六二年单干时,大家的生产积极性很高,但耕牛仅一头,没有分到户,大家轮流放养,抢着使用。这天半夜,华耀牵了黄牛去耕自己的承包田,三更天借着星光摸索着套牛,一根牛缰绳应该从鼻梁处往上套到牛轭头,他却生生地勒在了牛的左眼上。到天亮,两亩田耕完,才发现牛的左眼鲜血淋漓,从此老黄牛的一只眼变成了白罗瞎,成了独眼龙。俗话说横打官司直耕田,牛失一眼,耕田成直线就费力,好在黄牛温顺,在耕田人用缰绳和刹犁鞭的调教下,很快适应了,田耕得依然是有板有眼。

轮到海嘴佬放牛,他把牛鼻圈弄丢了,遂直接把麻绳系在牛鼻孔里,牛鼻圈一般是柔韧性很好的榆树枝丫做的,穿过牛鼻孔既透气又有一定的弹性。没有牛鼻圈的滑溜,绳子直接贴肉,绳拉如锯,几天下来,竟硬生生地把牛鼻孔拽断了。

此时,正好邻村的一位杀猪佬偷了社里的牛宰杀,被社里干部发现,打得半死,送去坐牢了。于是有人说:海嘴佬,你这是毁坏耕牛罪! 大家七嘴八舌,气愤归气愤,但由于都是本家,也只是说说而已,并无人去报告干部。但海嘴佬还是吓得连夜逃了出去,从此没了踪影,多年后回来,已在外乡做了上门女婿招亲生子,只是苦了这头黄牛,又变成了豁鼻子,从此牛绳只能穿在牛兜上。

"双抢"是一年当中农活儿最紧张的时候,前前后后,短短不到二十天,对于农民来说就是打仗。早稻割完,脱粒扬净,田间就要立即上水翻耕,把后季稻的秧苗栽下去,刻不容缓。交秋三天前,必须完成任务。几十亩田的犁耙耖耖,全靠这头黄牛起早贪黑地干出来。不知何故,此时的老黄牛左前脚居然走一脚歪一脚。越到后来,牛脚歪得越狠,犁田也越来越慢,耕田的看了几次都找不出原因,怀疑是关节炎。一季"双抢"下来,秧苗像印版一样印在田畴间,黄牛却整整瘦了一圈,再也没有力气了。队长终于发话,让耕田的请来了牛郎中,在牛笼前,喊来了几个男劳力,把牛放倒,发现左前蹄已烂成了一个孔,孔里有残留的铁钉,在场的人眼睛都模糊了。队长噙着泪，和牛郎中细心地给黄牛清除杂物，用药水消毒，再绑上纱布。黄牛不声不响，毫无挣扎之迹，默默地配合着医治。临了牛郎中反复叮嘱，一定要好好爱护，否则牛的这条腿就会废了。入秋之后，倒了兴的老黄牛却没有像田里的秧苗一样兴盛起来，只是躺在牛笼里，慢慢地咀嚼着送来的鲜草。真是"耕犁千亩实千箱，力尽筋疲谁复伤"。

　　冬天很快来临，北风呼啸，寒风刺骨，队长去给老牛喂牛饼，牛却没有碰牛盆，眼里流下了一行清泪。队长伫立在牛笼前好久，一种不祥的感觉袭上心头。当夜漫天大雪，第二天牛笼里却是牛去屋空。循着雪印，发现老黄牛在牛笼后的长池（圩内主要沟渠之一）边下了水，没有回头的脚印。大家分头寻找，一直到下午，才在不到半里路外的沙埠湾发现了黄牛的尸体。老黄牛为什么要在这个风雪交加的夜晚走进沟塘里去呢？大家不解，有人说辛苦一辈子的老黄牛也许是想早死早投胎，九世为牛一世官。在圩乡人看来，当官是天下最舒服的事，衣来伸手饭来张口，横草不拿竖草不捡，踢倒油瓶无须扶。只有九辈子辛苦当牛做马方可修得一生锦衣玉食当官做宰。殊不知，现在有的官比牛还辛苦。


## 水骟牛

　　牛是农耕之本，没有牛的乡村不仅仅少了一道风景，还面临一个问题：田怎么种呢？公社副书记唐佑松得知我们队里的牛死了，立即帮助联系买了一头水骟，是他老家公社的，价格实打实的，七百元，没有牛贩子在中间赚差价。作为干部，关心社队的牛事，古代已有。睡虎地秦墓竹简记载，商鞅变法的条文中，对鼓励农耕有详细具体的规定，每年正月、四月、七月、十月，举行一次耕牛的健美比赛，优胜者有奖，赏酒、赏牛肉，此外还有一些徭役上的减免待遇。如果因饲养不善，牛变瘦了，腰围每瘦一寸，养牛人要受到相应的处罚。在乡里根据考核，优胜者有赏，低劣者要抽鞭子。《雍正像耕织图册》也生动地记载了雍正亲耕的场景。农耕文明，耕牛就是生产力。皇帝都做得了，公社书记怎么不能做呢？但队员们还是十分感激。

队长专门安排在生产队的队屋边上又砌了两间土基房，一间是水骟牛的牛笼屋，一间是生产队的浴锅屋。

队长还规定，只有华富才能使唤这头水骟牛，旁人一律不准动用。我们队上全是一个家族，一九四九年前也有几百亩田，大部分是祠堂的公田，每户人家的田都很少，一九四九年后划成分时就没有一个地主。田最多的是华富家，仅有几亩水田，结果被摊派了一个富农。因为在村子里成分最高，华富行事十分谨慎。

华富待牛特别上心。春天的清晨，他从牛笼屋把牛牵到埠子中去吃嫩绿的露水草。夏天的中午，他把牛系在村子东头坝埂的杨树下，牛绳放得长长的，让牛入水混塘，牛就摆脱了牛苍蝇的追逐，与小鱼嬉戏，欢快地喷水噗气。

晚上牵牛入笼，也在牛屋中放上一木桶水，点上一片蚊香。牛卧之处总是清理得干干净净，每天都用铁锹把牛粪堆到牛屋的后墙处，隔一段时间就用粪箕挑到田里做肥料。秋去冬来，草木衰败，新鲜的青草已难觅，华富就把泥黄豆裹在籼稻草中喂牛。泥黄豆不是真黄豆，绿豆大小，是生命力极强的禾本植物。一般在大暑快结束立秋三天前撒进稻田。此时稻子已呈绿豆色，待垂穗成熟收割时,泥黄豆就已长出了一寸的豆丫,在田里绿茵茵的一片。霜降前后,就结实了,收割上来,一亩田也收两百斤,既可肥田,又可喂牛,荒年还可给人充饥。农谚有"种田不撒豆,讨饭没有路"一说。此豆即指泥黄豆,是很好的牛饲料。一个冬季的饲喂,牛就不会掉膘,开春耕田精神抖擞。

华富耕地,水骟特别配合,他右手扶犁,左手执鞭,牛行田间,犁入田垄,摇头摆尾,缓缓前行,一片片泥土在犁镜前翻滚,像我们用绞子刀削铅笔一样。在拐弯和回头处,华富的鞭子也呼呼成风,却从没有落到牛身上,倒像是一种导航。他也不给牛套牛兜,有时牛见到可口的青草,要吃一口,他就稍息片刻再耕。只要他"得驾"一声高呼,水骟牛马上身子一抖擞,切换成耕地模式。

## 放牛娃

我小学快毕业那年,正是实行联产承包责任制时,生产队的牛只好轮流值班放了。星期天和放假,我就承包了放牛的工作,母亲叮嘱:你对牛有爱心,牛就对你忠心。母亲是放过牛的,她说过这样一个故事:一头牛脱了缰绳,许多天没进笼,多少劳力都近不了它的身,母亲请队长买了根新麻绳,独自走到吃草的牛身边,帮它在脖子上挠痒痒,牛变得温顺服帖。母亲就把绳子穿进了牛鼻圈中,给这头犟牛上了缰绳。

一次,华富见我牵牛而归,就叫住我:小秀才,我来考考你。说着用树枝在一层浮土的稻场上,画了一个"牛"和"鱼"字。字居然写得横平竖直,中规中矩,后来我才知道他是读过两年私塾的。

他指着鱼说:这念啥?

我答:鱼。

他又指着牛字:这念啥?

我答:牛。

他笑着说:你看这"鱼"字,上面像不像牛角,下面四点是不是牛的四条腿?畜猫者,欲其捕鼠也;畜狗者,欲其防盗也;畜牛者,欲其耕田也。这"鱼"字中间正好有块田。"鱼"这个字应该读牛。而"牛"字呢?像不像一条侧身的鱼?当年孔夫子把这两个字读错了,以讹传讹,一直错到现在,不信你去问你的老师。

我听得糊里糊涂,半信半疑。第二天真的去问老师,却被老师用书本拍了一下头:胡说八道!

圩区放牛实际上很简单,就是牵着牛到埠子里,让牛在沟埂下绕着埠子吃茂嫩的青草。沟埂上面就是田畴,管住牛不吃田里的庄稼就行了。牛的舌头又长又灵活,像一个小型的割草机,所过之处,草短一截。吃饱了,它也会昂起头,看天上的云,看远方,久久站立。这个时候的牛就有点像诗人或哲学家了。有时遇到沟沿的一棵小杨树,它又会用身子去蹭痒,蹭得小树一弹一弹的。这时看上去它像一个调皮的小孩。行至一浅水塘,它也会钻进去打一个滚,四脚朝天,弄得本来好好地叮在它身上的那些蝇子丢了身家性命。这时牛看上去又像一个泼皮无赖。

沟埂的下面是深深的水沟,圩乡的水沟据说有水鬼,夏天游泳淹死人的事每年都会发生几起,大家都说是因为遇到了水鬼。沟里有无水鬼,凡人看不见,水牛的眼睛可以看见。有水鬼的沟边,水牛就会驻足不前,对着水面噗气。放牛时骑着牛背或拽着牛尾巴,从这个埠子游到另一个埠子就成了一件很快乐的事。没有水牛的时候,我们想划水还是有办法的,在下水前就吐一口唾沫到沟面,如聚而不散,就说明这条沟中有水鬼;如很快散开,则没有,就可以下水了。

最惬意的是日斜西山时,沐着余晖骑牛而归。这时牛的大肚子已吃得圆滚滚了。骑在牛背上虽然颠得屁股生疼,但还是有一种成就感。老远就看到村子上空的袅袅炊烟,想到晚上又能吃到奶奶做的香喷喷的猪油拌饭——这是奶奶对我放牛的奖励,于是,不成调的歌声就从牛背传向远方。

多少年过去了,再读李迪的《牧牛图》,总觉李大画家恐怕小时候没有放过牛。骑牛而归,人卧牛背,或仰或骑或趴或立,重心都应在牛背脊中心。牧牛图上,前者靠前,后者靠后,不稳是肯定的,看了感觉人落牛下的事随时都会发生。

倒是看到齐白石的《牧牛图》还是很感动,"祖母闻铃心始欢,也曾总角牧牛还,儿孙照样耕春雨,老对犁锄汗满颜"。总觉得画中的小儿是自己,心头涌起一缕温馨之情。

圩乡不知何时起,已很难见耕牛那慢悠悠的身影,伴随着它远去脚步的,是正离我们渐行渐远的农耕文明。

# 碧水盈盈珠梦远

## 一

水乡的水，虽不浩渺，却清澈明亮，慷慨养人。农人劳作，行人赶路，口渴了，不管何时何处，都可走近沟边，俯下身子掬水而饮。从记事起，没看到过哪一条纵横交错的大沟旱得见过底。

靠山吃山，靠水吃水。水多，自然要做水文章。二十世纪八十年代就曾轰轰烈烈地掀起了一股珍珠养殖热，几乎全圩参与，珍珠养殖差一点蔓延成了圩乡的一个新产业，迎合了不少人迫切想富起来的心理，也造就了一些万元户。

珠由蚌生，养珠当然先要有蚌。蚌都是野生的，沟塘河湖都有。育珠最好的是三角帆蚌，又叫铁蚌，大多生长在河、湖等流动的水域。还有水蚌，一般在山塘和不流动的水体中。圩乡的沟中也有蚌，肚圆壳薄，不宜做蚌育珠，我们管它叫菜蚌，俗名瓦块子。

那个夏天，我们几个十来岁的毛头小伙子，也赶着潮头，四处奔走，到处摸蚌，认认真真做起了美丽的珍珠梦。中坚力量有来根、华海、水根和我。有时另外几个自然村的财旺、林福等也参加。来根的舅舅在海南，他去过一次，算是见过大世面的。

我们的村子在圩心,村庄连接外面的世界就是一条沿着沟边的土路,赤脚走在路面,炙热而踏实,有的老路被烈日烤得蒙上了一层如灰尘土,人走过,便留下一串串清晰的脚印。村上有的老年人就从没把这脚印印到其他路上去,一辈子在这方圆的圩乡徐缓地行走。小路连接着他们的田头、床头直至坟头,以至每一个路上坑洼、缺口、拐角,他们都了如指掌。他们生活简洁、单纯、从容,说人死后要把自己生前的脚印重新捡拾起来,走多了,到了那边很累;走远了,会迷路。

那时我们大多没有走出过圩乡,看起来都是一些听话懂事的孩子,可心底对自身价值的认可,对这个未知世界的好奇,已如春天的田埂长出了一片细如绿针的巴茅草,无边、扎实,毫无惧意,根本不认可老人们的说法。

土路的两边,不是郁郁葱葱的棉花,就是长势喜人的早稻。正值暑热,赤日炎炎,稻田里已鲜有人迹,棉田却时不时见一二大人在棉垄上用锹施肥,这施的正是所谓的"当家肥",花开结蕾,坐桃实果,全靠这一季肥料的营养。棉枝上伸展着碗大的棉叶,映着初绽的红的白的花,格外鲜艳。稻田里的早稻正在灌浆,一穗穗昂着头,扬着细细的稻花,白嫩,静气,稍不留意,就只见稻穗飘扬,不见稻花绽放。

这样,一片旱地接着一片水田,一高一矮,轮换铺展着,宛如一架巨大的钢琴键盘,一片片地向路两旁延伸开去,直至视野的尽处。这是二十世纪八十年代圩乡人弹奏的水旱轮作丰收曲。

向西走,曲子的尽头,便是杨泗了。一条河把圩乡与山区生生分开。夏季的河水浊浪湍急,从东门渡顺金宝圩而下,过裘公、丁湾，一路激荡到这里，再至当涂的乌溪，拐入黄池河和青弋江相汇，流入长江。

河上有一道渡口，就叫杨泗渡，过了此渡就到了芜湖境内。此时，来根提议不坐渡船过河，众人立即响应，齐声说"划水过去"。面对汹涌的河水，没有一个人露一丝怯意。

据传，杨泗又称杨泗将军，是南宋一个治水有功的神人，神通广大，法力无边，能上天入水、隐身遁迹，在江河湖泊斩蛟龙、捉水怪、治水患、平巨浪、镇恶水，保佑江河行船安全和沿岸百姓平安，被尊为九水天灵大元帅、紫云统法真君、水国镇龙安渊王、灵源通济天尊。为什么这里有一个以他名字命名的渡口？想必他和这条河也有一段神奇的传说，值得去考究。

千年之后，几位圩乡的小青年为了心中那可人的珍珠，居然也在这条河，踏浪而去。在离渡口上游不远处，大家自恃水性不错，脱下衣服，像鸭子般扑通扑通跳进河中，手举各自保管的行李，踩水过河。哪知湍急的河水与圩内的沟水根本不是一回事。如果说圩内的沟水静如处子，河水就是一条生机勃勃的蛟龙。我把装着炊具的蛇皮袋高高举过头顶，走下河岸，脚刚离地，一股激流就把我推了出去，喝了两口水后，我才调整好姿势镇静下来，让蛇皮袋漂在水面向对岸游去，最后还是被河水斜冲到离目标地几十米的地方，爬上了岸。

四个人像落汤鸡一样聚到一起，一个没少。大家自小在水中长大，很快能适应水性，顺水斜漂到了对岸，虽很狼狈，却不后悔，都说只是喝了几口水，最起码省了五分钱的过渡钱。所带行李除了来根负责保管的被子，都弄得湿淋淋的。水根保管的米也弄潮了。但他很不服气:米重了一点儿,快到岸了才在水里泡了一下。来根嘲笑他:划水不中,怪薇草罄屌! 几个人哈哈大笑。

## 二

到了芜湖花桥的滩岸, 脚下的泥土颜色和圩乡完全不一样了,红沙土壤,赤脚踩上去,有一种踏上异域之感,陌生而新奇。路边种的净是红薯,一丛丛薯藤碧绿地蔓延着,沿着山垄肆无忌惮地疯狂生长,叶下想必已坐果。每一种植物都有它适宜生长的土地,就像人有自己难舍的故土。圩乡舍不得用平沃的良田来种它,很少见到这么遍野的山芋。大家又精神起来,水根扯着嗓子唱起了当年春晚上费翔唱的"我就像那冬天里的一把火,熊熊火焰燃烧了我……"几个公鸡嗓子立即齐声跟进,把路唱得歪歪扭扭,心中仿佛真有一团熊熊的火焰,引得行人纷纷侧目。

在这片土地上,我们像幽灵一样游荡着,逢河就下水,见塘就摸蚌,半天下来,收获却甚微。

大家都有疲惫之意。一行人有点像乞丐,但又比乞丐富有,袋中有米。

残阳斜扫荒冈。此时,已分不清东南西北,天幕笼在山野,好在所说的山也非山,只是一个个秃土墩子而已,并无丛林茂植,也没有高大的树木,自然不担心有攻击性的野兽出没。如果是春天,满山冈是知名或不知名的小草蓬勃生长,一丛丛野花任性地开遍山野,但都不会张牙舞爪,偶尔有一丛野杜鹃,鲜艳如血。

一条行人抄近踏出的小路向坡上延伸,风一吹,尘土飞扬。我们四个衣衫褴褛的摸蚌人,赤着脚,悠悠地赶着路。每人手中有一个蛇皮袋,袋中是今天在山塘中摸到的水蚌,不多,也就是几个。此时离家已很远,要赶回去已不可能。在离大路不远的一块山芋田边,来根说:就在这儿吃饭吧。于是,就地野爨,淘米的淘米,捡树枝的捡树枝。来根打灶膛的经验很丰富,辨别好风向,选好方位,找了几块石头,支起携带的钢精锅,风鼓火势,炊烟在荒冈上袅袅升起。不一会儿,饭就煮熟了。大家拿来碗,盛上饭,却怎么也找不到筷子。

原来小水根保管的是米,我背的蛇皮袋装的是锅碗筷子。仔细一看蛇皮袋漏了一个洞,几双筷子不知什么时候弄丢了。大家面面相觑,怎么办? 在这荒冈野外,前不着村后不着店,借又没处借,买又没店买。金色的夕阳洒在空旷的山野,微风轻拂,白白的米饭,散发着诱人的香气。此时,人人饥肠辘辘,也实在没法子了,大家就不约而同地用手抓了起来。没有筷子,没有菜,一锅饭被我们不一会儿风卷残云,抓了个精光,真正是赤手空拳吃了一餐白饭。吃完,大家踏上大路继续往前走。

弦月悬西,迟迟疑疑。路上已不见行人,芜湖到湾址的 21 路公共汽车从身边驶过。我们在道路拐弯处停下了脚步,马马虎虎地安营扎寨。在附近找了几捆稻草垫在垄埂上,从蛇皮袋中掏出被单铺上,就算是搭好了今晚睡觉的床,仰面躺下和衣而睡。几颗星星悬挂天际,仿佛离我们很近,一眨一眨地窥视着我们这一行非丐非盗的行人。远处有一灯星火,有人说是看鱼的,有人说是放鸭的。暑热渐退,虽是野外,蚊子并不多。旷野静寂,只是偶尔有一两辆大篷车突突突地路过。夜半渐凉,我们便裹着被子蒙头呼呼大睡,一夜无梦。

晨曦初露，我正睡得蒙蒙眬眬，听到水根尖着嗓子催大家快起来。露水把草木乃至空气都清洁了一遍，东方刚发白，太阳还没露脸，大家伸伸腿，弯弯腰，便分头捡柴的捡柴，寻水的寻水。人勤春早，功到秋实，乡下孩子也不兴贪睡。

　　这时大家才发现水根变声喊起床的原因：原来我们昨天夜里睡觉的垄埂是一片坟岗地，头十个大大小小的土包杂乱地卧在山冈上，有几块腐朽的木板，疑是棺材板残片。来根笑着说：要发财了，棺材棺材，见官发财。大家放大声音笑起来，臭骂水根是个胆小鬼，个个群情昂扬，好像没有一点儿后怕。但从夸张的笑声中还是可以看出我们心中有一丝余悸。华海说找个地方烧早饭去，于是众人一溜烟离开了那个地方。

## 三

　　这天早上最大的收获是在附近发现了一个不大不小的水库。

　　一条百米左右的大坝横置在两个山脊之间，四周是低矮的荒山冈，蓄水面积也就两平方公里左右，积水不漫，从水沿尺许以上，寸草不生，想必最近下游农田放水较多，在丰水线以下。水面清澈如镜，晨风吹过，一缕细波荡漾，几只片鹧子凫于水面，见有人来，向塘对岸钻去，很长时间才又浮出水面。塘的下游有一土坝，坝左侧是一石砌的闸门，右侧是溢洪道，离水面有一米多高。走下坡岸，见沿水的岸坡并无脚印，想必是常年积水不干。除了塘坡的巴茅草，水中不见水草。来根说：这个塘没有人摸过，我们试试看看。话音未落，小水根已一个健步跳入了水中，溅起一片清凉的水花，在晨晖中闪烁着耀眼的光芒。他一边用脚在水底像扫雷一样往前探，一边用手拂着水拍打着胸膛，像吃了一大碗辣椒，嘴里发出咝咝的声音。突然他一个猛子钻下去，不一会儿，一只手攥着一只水蚌露出了水面。那蚌，形如船帆，滚圆肥硕，色泽青绿，足有三四两。我们喜出望外，毫不介意清晨的塘水还有股寒意，二话不说，一个个跳进了塘中。

水库中的水不深，最深处也就齐胸不没头，也没有水草和淤泥。几个人并排沿着岸边向前探去。脚在水底如探雷，触到一个硬尖之物，就一个猛子扎下去，用手抠出，自然是一个水蚌。大家信心十足了，不一会儿，人人都触雷有收获。

没想到这平时用来灌溉的水，还为我们养了这一塘的水蚌。水库中不时发出欢笑声。太阳渐渐升起来，灼热起来，塘面的水也有了暖意。这时候水库中的人也渐渐多了，和我们一样的摸蚌人都聚过来了。几乎每一寸塘底都被人探了两遍以上，摸到蚌的概率愈来愈小，人声愈来愈杂，笑声越来越少。我们一行却已收获满满，每个人蛇皮袋都有半袋子，于是爬上岸赤膊晒太阳。

烈日下肚子咕咕叫起来，这时候我们才想起来还没有吃饭。

来根说：我姨娘在南洋圩，走过去大概不远，到她家吃饭去。"好，我们到姨娘家去。"说去就去，几个人把半蛇皮袋子的蚌，用绳一扎，找一根木棍，两个人一担，挑着向南洋圩走去。一张张黝黑的脸上，两只眼睛都炯炯有神，又神采飞扬起来。

沿着窄窄的圩埂一路询问，一路向前走。圩埂下是一排排防浪杨柳，斜斜地朝河间刺去，从堤坡的宽度可以看出这是一个千亩小圩。姨娘家就在圩埂的边上。三间土基瓦房，堂前摆着一张黑漆漆的八仙桌，四个流浪汉一进来，室内就显得局促了。姨娘见了几位少年,十分高兴,忙淘米煮饭烧菜。很快,灶膛中炽烈的火焰催得大铁锅中的米饭咕咚咕咚作响,诱得饥肠辘辘的肚子也哼起了小曲。我们干瞪着眼,看着姨娘在灶台前忙上忙下。终于,一大碗冬瓜汤和一碗清炒的咸豇豆端上了桌。咸豇豆青翠悦目,冬瓜汤上漂着几片红辣椒,令人馋涎欲滴。

　僻野的乡村,就着这咸豇豆、冬瓜汤,我们狼吞虎咽饕餮而食,每人三碗白米饭,硬是把锅中饭、盘中菜吃了个精光,直吃得来根的姨娘傻傻地对着我们笑,直说"慢点慢点"。多年以后,我仍坚持认为,小菜米饭最是养身体,早中晚三餐无饭不食,什么面条、粗粮一概不理。当然,后来好像再也没有吃到那么香的冬瓜汤、咸豇豆。前几天打电话问来根,他说他姨娘过得还好,现在享受低保,身体已大不如前。想来她再也不能以那么快的速度烧出一顿饭了。

　吃过饭,我们一路往回走。大家海阔天空,胡侃一通,仿佛有说不完的话,大致是计算着,这些蚌回去以后养一个月就能培育珍珠,三只蚌做两个吊头,过了一个梅天,第二年就能出售,一个吊头值十元,我们每个人就能卖到四五百元……一路喋喋不休,渡过杨泗河,过了惠民沟,天擦黑时才到家。

# 四

　铁蚌养的珍珠比水蚌贵一倍还转弯。回来后,我们在前面沟里把水蚌吊好。大家又想到河湖区去摸铁蚌。附近最大的湖是南漪湖,虽然一次也没去过,但我们还是说去就去。一人一只蛇皮袋,装着钢精锅、碗筷、米和一床单被等最简单的行李就出发了,

从双庙到总管庙,过管家渡绕过稻堆山,游过浑水河穿越朱桥圩心,到了湖边,四个人硬是把一百多里路走成了一条直线,省了小一半的路程。

南漪湖浩渺无边,听说环湖二百多里,三十万亩,水天一色。身处其间,几个小伙儿,除了看到天上几朵白云悠悠地掠过,就是身边的水。对岸是连绵的青山。有人说那里有一座硫铁矿,叫马山埠,两岸无桥相连,仿佛很遥远。极目远眺,湖水荡漾,白茫茫一片,无一张风帆,一行南归还是北往的大雁从远处斜掠上空,"喳喳"的鸣声仿佛在传递着外面世界的红尘烟火,在它们眼里,我们几个也许就是几只渺小的水鸟。远处有几叶小舟在水面漂荡,大概是到湖中来采菱角菜的。此时,感觉人是那么渺小,"君看一叶舟,出没风波里"就是这种情景了。假如说那天立于山塘,还有舍我其谁的气概,今天到了湖边,大家只是沿着湖岸摸找,一个猛子扎下去,立即又往回游,谁也没有胆量向那湖中间深入。夕阳西下,湖面一片金黄,更显得大湖的无边和神秘。

收工了,每人收获都很少,几个小小的三角帆蚌。于是就埋锅造饭,在南漪湖岸边升起了我们的一缕炊烟,烟气沿堤环绕,并不袅袅上升,如幽魂般缭着夕照,宁静、轻盈而缥缈。

这情景不由得让人吟起《天净沙·秋》:"孤村落日残霞,轻烟老树寒鸦,一点飞鸿影下。青山绿水,白草红叶黄花。"我想白朴可能在同样的时刻也曾来过这里,否则,怎么能描摹得如此真切?

一轮硕大的圆月从湖中露出苍白的脸,很远,又很近,渐渐地孤悬空中。仰看着湛蓝的天空,湖风扑面,一俯身即可用手拨动水中的星月,搅动满湖洒金,摇落一湖碎花。

此时才想起,今天是农历七月十五,大家并不在意是什么"节日",只是好久没见过这么圆的月亮了,喃喃地说,再过一个月就是中秋了。中秋节对于圩乡人来说,是一个快乐的节日,又是一个重要的时间节点。俗话说,年怕中秋月怕半,中秋一过,走了一半。它勾起了我们对圩乡童年月圆的记忆,美好的情景虽去不久,但仿佛已很遥远,一缕儿歌轻飘耳际:

> 月亮粑粑,照见家家,
> 家家出来买菜,里面有个老太,
> 老太出来烧香,里面出来个小鬼,
> 小鬼出来爬墙头,磕嗒磕嗒几榔头。
> …………

湖堤旁有一放水的斗门,距水面约二米左右,四个人缘柱而上,围绕着中间的闸柱一人一边,把这狭小的斗顶当作今晚睡觉的床。

月亮分外圆,映着湖面,白苍苍的,萤火虫穿梭在我们左右,微风从湖面吹来阵阵的凉意,白天的燥热也随风而去,只是蚊子却比在山里多了许多。我们四人用被单蒙住头脚,以抵挡蚊虫的叮咬,但嗡嗡的叫声不断,刚要睡着,又被埂上路人吵醒,他们高声谈论着霍元甲和陈真的武功,方知这些人是从邻村看电视剧回来的。这么一大帮人,路过斗门,居然没有发现斗顶上有四个人凌波而眠,传出去,我们的功夫也算武林一绝了。

三十多年后,我到这里做防汛工作,找到了这个曾睡了一夜的斗门。但周围的环境已发生了巨大的变化，一桥横跨两岸，高速连通南北。梅雨季节的南漪湖又是一番情致，宛如一幅水墨山水画，远山含黛，极清且浅。少顷，换了大师般地层层晕染，笔墨渐重，当一轮残阳从云雾中泼洒下来，整个湖浓墨重彩，艳丽神奇，实在是一幅了不起的艺术品。烟柳繁荫，湖面澄碧，一艘小艇点于苍穹之下，拍岸而来，艇后的红旗渐亮渐艳，迎风招展，推开白浪……自然的造化已神奇至极，时间对于人生也有让人不可思议的刻画。

那天半夜，我迷迷糊糊感觉，满湖的鱼虾在私语，仿佛告诉了每一湖角落待着的铁蚌，教它们如何躲过这帮闲散的浪人。第二天我们在附近折腾了一上午，就原路返回了。

经过一夏的奔波，沧桑逐渐刻录进稚嫩的青春，生命沉淀着厚度，不满现状对外面世界的向往更强烈了，那些沉在水底的愿望像渔网一样被抄了起来。乡村低矮的土坯房、泥泞的土路已拴不住年轻人的心，每个人都血脉偾张地萌生出走出这片土地的念头。

时代注定这代人不会像他们的父辈那样，守着那碧水沃野，把自己活成村头那斑驳摇曳的老桥，渡过形形色色的行人，渡过自己，渡过不老的时光。他们心底渐渐疯长出一个忽明忽暗的欲望，飞到了一个未知的远方。那是每一个小伙子都对未来充满了憧憬的时期，满怀理想，像春天的风筝，拼命地向上飞去。

来根第二年就到海南去了；小水根带着女友奔赴无锡，融入了打工潮；华海与时俱进养起了螃蟹；没劲的我又回到了书桌旁。

后来父亲告诉我，那些蚌割了珍珠后，卖了一千多元，是一个工人两年的工资。其实，那时金宝圩有不少农户因养珍珠成了万元户,和现在比起来,并不算多。但那是农民幸福感最强的一个时代,只要付出就会有收获。

## 五

养珍珠的多了,育珠就成了一门很好的手艺。华海从大官圩请来了两位师傅,办起了育珠培训班,高音喇叭广而告之。第一期,村上堂哥的三间新瓦房就迅速被学育珍珠的姑娘挤满了。

平时静寂的村庄一下子来了几十位学育珠的小姑娘小嫂子,便平添了一股生机勃勃的气息,村上的狗也兴奋地满村转起来。二月里的乡村是最闲的季节。"正月里过年,二月里赌钱,三月里种田",来来往往热热闹闹的春节已落下帷幕,大地又没有苏醒,春耕生产还有一段时间,正是静心学习的大好时机。

姑娘来培训,自然就有许多小伙子来——他们当然不是来学做蚌的。育珠是细活,两人一组,一只木架,斜放着河蚌,一只不锈钢的开口器,两个铁夹子,在蚌的两头撑住,把蚌口启开,左手一根银钩,右手一根银勺,两肘悬空,左手银钩在蚌体上钩出一个小切口,右手把已切好的蚌片轻轻送入,做完了一面,把蚌体翻过来,再做另一面。一只蚌可以整齐排序地送入约七十个切片。轻手轻脚,如此反复。将来一个切口就是一粒珍珠。密,则长不大;稀,则影响产量。重了,可能成为贴壳珠,不值钱;过轻,则没有进入薄膜,不成珠。尤其是蚌唇处的珠子,过水多,养料丰富,容易长大,格外要注意。送片的镊叉,要在小片的中间,偏了长成的珠子不规整,成椭圆形或歪瓜裂枣状,也不值钱。珠子收成好不好,活儿全在姑娘们手上。这完全是一个耐心加细心的活儿,小伙子一般弄不来。

可姑娘们却很适合，比平时绣花不难。师傅也不讲什么理论，手把手地教，一个个地巡回指点，聪明的姑娘很快就学会了。当然现在养蚌就不再注重切片了，全是用塑料的圆珠送到蚌肉中，长出的珠子溜圆溜圆的，这也是一种技术进步。

练习当然不能用三角蚌和水蚌，做坏了或做死了成本就太大了。最好的样本是菜蚌。一个姑娘的练习标本一天要几十个。圩乡的菜蚌，每条沟每个塘都有，只是春寒料峭，摸蚌是一件较难的事，如花似玉的姑娘们是绝不会干的，于是小伙子们就要为姑娘们到沟里去摸菜蚌，作为练习的标本。一般是未婚夫帮未婚妻，哥哥帮妹妹，父亲帮女儿。

柳芽还没有成烟，风浑身长满了刺，一吹就拐着弯地往衣服里钻。春天的冷有时让人猝不及防，寒气毫不客气，直往你的袖子、脖子、裤脚里钻，直至骨头缝中。得等午后阳光和煦，稍微晒热了地气，弄一小船，把厚实的棉衣脱出半边膀子，侧着船舷，沿沟岸一边在水底探寻，一边把船划着向前，浅水处有的是螺丝，砚蚌菜蚌一般在深水处，胳膊不入水中，就难觅踪影。沟水清澈，却也像钢针扎人，在水中摸长了也受不了。有经验的，一般在午后摸上半个时辰，也够一位姑娘练个一两天了。

更多的时候是用耙子扒菜蚌。这就要到铁匠店去特制。平时捞塘泥的耙子是四块铁皮拼凑，中间稍留缝隙，以利渗水。扒蚌的耙子，是以铁齿为主，齿与齿之间约隔二指宽。往上扒时，泥渗蚌留。

扒蚌是一个有一定技术含量的苦活儿和累活儿。沟水寒瘦，近岸水清见底，沟心碧波微漾，船行水面，水中呈现一片蓝天白云，便觉水深莫测了。划一条小船，把双桨叉架在船艄。脚踏小船，抛耙入水，沿着沟岸，边扒边推船而行。耙在泥上，触到菜蚌，便切入泥中，起出菜蚌，全凭手握耙柄的分寸感。

虽说春寒如冬，几耙子下来，棉袄是穿不住了。干了一会儿，又脱去毛衣，最后只剩一件单衫，仍是满头大汗。收获当然不会差，菜蚌在圩乡的每一条沟岸都是不缺的，一篮子很快就满了。

还有一种是直接站在沟沿，双腿呈马步，双臂用力地把耙子平平地甩出去，手牵柄梢，沉入沟底触到菜蚌，手握的竹篙上会感觉"嚓嚓"地响，此时暂停一下，让齿切入淤泥，钩出生长在泥中的菜蚌，慢慢地拖上岸，不可心急，太快蚌就会随水漂掉。

有时在村庄后面的那条大沟里，也能扒到一种癞蚌。厚厚的一坨，没有活的，且已完全钙化。人们把它敲碎后碾成粉状，收藏起来，夏天给婴儿当爽身粉，奇爽无比，比商店里卖的盒装爽身粉好得多。只是其他的沟塘好像没见过，也是稀奇珍贵之物。

后来听一位老先生说，它的学名叫石决明，生长在沙土的河水中，可入药，有清热、镇静、降血压、抗感染的功效，可用于治疗肝阳上亢、头晕目眩和翳障及视物昏花等病症。石决明在淤泥里难生存，生长期长，长成慢。这也说明我们村子后面的这条长池在圈圩之前，应该是一条河道。一千七百多年前的那场环境巨变，不仅让它们失去了繁衍后代的能力，也让它们陈尸河底，全部钙化了。当年，激流岸滩上它们也曾与碧草、清水、游鱼有过欢乐的交流，也曾迎晨晖普洒水间，仰望群雁南渡北归。今天，能被人用耙子捞上来重见天日，结束了待在昏暗的底层沟水中的生活，真是沧海桑田,也算是一种缘分。

那年小年刚结婚,老婆金玉也在学做蚌,为新婚妻子准备练习的标本,自然成了他义不容辞的责任。打耙子,要到铁匠店排队。为老婆做事,他心急,索性脱掉衣衫去摸蚌。

俗话说:好牛好马难过二月八。顶着春寒料峭,他半天蚌摸下来,寒气袭心,加上原来有病未愈,从此一病不起。家人带他跑了附近的几家医院医治,终是没有好起来,几个月后他就离开了人世。在这个春夏之交,为了爱人的学习,他牺牲了自己的病弱身躯,停息了澎湃热情的青春。

新婚妻子金玉哭干了眼泪,心如瓷碎,从此,不再做蚌育珠,远远地离开了故土。

我偶尔陪妻子回老家,经过堂兄翻建了的三间新瓦房,曾和金玉一起学做蚌的妻子,总是会说起这段往事,言谈间依然唏嘘不已。


# 六

因技术不成熟和蚌源不足,圩乡的养蚌潮在二十世纪八十年代中期昙花一现后,终究没有形成一个支柱产业。一些养殖户因发生蚌瘟等,反而亏了一些钱。但养蚌热却造就一批圩乡姑娘,她们凭借灵巧的双手成了高超的育珠能手,可谓失之东隅收之桑榆。

恰逢此时,苏南地区人工养蚌技术实现了巨大的突破,蚌源不成问题,珍珠养殖便成了一个轰轰烈烈的养殖产业。掌握娴熟育珠技术的圩乡姑娘赶上了这一波养殖潮,身价倍增。

又是十年,苏南、浙北地区养蚌热因工业化进程的加快、水域污染,已不宜再进行规模化育珠,产业日渐式微。一批大户把目光转移到了沟渠纵横、水资源丰富的圩乡。人工育珠像蝗虫一样铺天盖地地落到水乡生态本已脆弱的沟间,覆盖了圩乡大大小小的水面。潦塘、澉埠滩、白字埠滩、长池……圩乡中大面积的水面插满了竹篙,整齐地挂着一排排盐水瓶,圩乡人养蚌致富的美梦迅速揉碎了一泓清丽的圩乡水。

一批人参与了进来。老表根子就是其中之一,他承包了长池二百一十八亩水面,一面高密度的养殖胖头鱼,一面养蚌育珠。

水乡的生态越来越脆弱,多年来已没有人再辛苦地去捞塘泥,沟中的淤泥越积越厚,底栖的螺丝、菜蚌又很难有好的生存环境,日渐稀少,甚至在有的沟渠中已消失。

扁担草、红头薇等水草也几近绝迹。一个猛子扎下去,就能捞一大捆水草的事已封存在人们的记忆中,成了口耳相传的故事。畅通的水系也因通圩乡的道路,被一条条坝埂割断,水域变小了,流水不畅了。

盐水瓶整齐地排满沟塘,太阳照射下泛着白色的光芒,沟水不再清澈,变得微黄。大家知道那一排排队列整齐的瓶下面,垂吊的是珍珠蚌,这是养殖户的希望。养殖业发展到今天,已从农业的高风险、自然因素的不可控,向工业化转向。从人工繁育幼蚌,到培养成长,再到育珠、长成,每个环节都有了技术上的突破,多种技术参数的可控性越来越强。实际上,蚌在日常的吐纳间起到了对沟水的净化作用,每只蚌一天要吸进数吨水,一吸一出,浮游生物被它消化,水质得到了纯净。这又是一把双刃剑,水中浮游生物少,蚌的食物就少,水瘦,蚌便无养料。清汤寡水,珍珠就长得慢。养蚌更需要的是水质的富营养。

有的养殖户为了让蚌有养料,想出了一个对水质特别增肥的办法,就是直接把成包成包的鸡粪倒进水沟,腐化水域,促进浮游生物的生长,这就是肥水养蚌。因为交了高额的承包费,相关的监管制度又没有制定出台,部分养殖户毫无对自然的敬畏之心,明目张胆。圩乡的水,失去了往日的清丽。此时的水乡已不再草木清新、水清岸绿,水面的富营养化已日趋严重。有的水塘的水像酱油一样,生态环境越来越恶劣,老百姓深恶痛绝,怨声载道。

终于,养蚌成了压垮圩乡水环境的最后一根稻草,清澈的沟水不再,碧水荡漾成了过去式。

水混浊了,我们一群当年想拼命往外奔的小伙子,却又总是想回家了。

细细数来,我们有多少人得益于这圩乡清水的滋润和养育,如今却不曾对它珍惜、呵护,以致它抱着满身污秽的身体,来不及对自己做一番调适和净化,以史上不曾有的散乱、疲惫、混浊面容,祖露在天地之间。

人们的欲望之壑何曾填满,沟水被局限于一段一段,一截一截,圩乡没有了船行碧波的美丽,没有了渔歌唱晚的诗意,只能从散碎的记忆中去拼凑那副圩乡的农耕文明图。

何时才能回到二十世纪八十年代前那种掬水可饮,潜水观鱼,条条沟都具有完美的自净能力的年代呢?

好在这种情况很快引起了政府的重视,一场声势浩大的保护生态环境,恢复水体自净能力的行动在圩乡,像暴风雨,倾泻到每一个养殖户，每一块水面。禁止养蚌，改坝为桥，清淤种草，立体生态养殖……政府的行动得到了圩乡养殖户的积极响应，一场以恢复水生态环境为主的养殖运动迅速在圩乡拉开了架势。

圩乡的水又在全域范围流动起来，渐渐唱起了欢快的自净之歌，微风吹过宽阔的水面，一览无余，碧波荡漾，昔日的沟障逐渐消失。

根子的父亲是我的姑父，他生了病，我赶回去看望他时，正巧碰上根子在拆除养蚌的竹篙子。

根子铁塔般伫立船头，狠狠地从混浊的水中拔出一根根挂蚌的竹篙，竹篙横七竖八漂浮着，如残兵败将，风一刮，挤挤挨挨淌到了下风口，陈尸如山。

根子吐字坚决：镇政府不让养就不养，明年春上，放螺栽草少养鱼，保证还它一沟清水。

他说话时虽面有戚色，却底气十足。

我眼睛一涩，突然记起，已有近三十年没喝过这沟里的水了。那股清洌甘甜，近在咫尺，却又缥缈如云，我努力咽了一口唾沫。夕阳如霞，沟水拍打着船帮，溅起无数水花，闪烁着金色的光芒，如无数的珍珠撒在水面……

第二辑

野有蔓草

# 野有蔓草

一

种了一畦韭菜,精心打理下,郁郁葱葱,挺拔脆嫩,每次割完都有一些杂草要清理,最多的是萹蓄,叶细绿如竹,赤茎如钗股,韭一割完,它就探出细瘦的身子,格外显眼。

还有繁缕,又叫鹅肠草,贴地而生,丝丝缠绕,十分繁茂,也是一年中开得最早的野花。

和野豌豆差不多的是小巢菜,又叫雀野豆,是猪的好饲料,一丝丝,从不偷懒,"山林野豆香,人采小巢忙",秋天结的果实即小巢豆。当然,我从没让它在韭菜的领地长到结果的那一天,也不知其种从何处来。菜地边有一丛球序卷耳,这在老家叫"鹅尼长",小时候,在油菜地或小麦地中拉草,最喜欢拉的就是鹅尼长,一拉就是一大把,很快就会把篮子装满。回来放在猪笼就好交差,也不管猪吃不吃。牛羊还是喜欢吃的。

细细数了一下,十八穴韭菜,一丈多长,周边居然有十八种之多的杂草。除了萹蓄、繁缕、小巢菜、球序卷耳,还有早熟禾、老鹳菜、酢浆草、香附子、碎米荠、翅果菊、牛筋草、小蓬草、天门冬、野蒜、蓼、棒头草、芫荽、阿拉伯婆婆纳……

这里面的杂草，有的一直是野草，从来没受到过人类的重视、青睐和驯化，农人每见之，则除之为快，但它们不会轻易就范，一有机会就繁茂自己，毫不客气占据一席之地；有的是已经被驯化成人类的朋友，但因为不在主流种植区域，影响了主流物种的生长，便视为杂草除之；也有的虽然是野草，但可以满足人们求野求鲜的食欲，俗称为野菜，有时价格可能超过主流食材的价格，如野蒜等。

这就是生物的多样性，不管人们愿意不愿意，自然就是这样多元而繁茂，难以遏制。

于是，藏在心底那些圩乡野草的种子，便也难以遏制地发起芽来。

二

圩乡的草，除了一些土里土气的牛筋草、芭茅草和狗尾巴草，还有许多有着堂堂正正名字的草，什么灯笼果、马齿苋、野蒿、癞痢茉等等。牛筋草根系十分发达，吸收土壤水分和养分的能力都很强，常与棉花、黄豆、油菜等农作物争夺水分和养料，影响农作物对光能的利用，干扰农作物的生长。它的种子具有休眠功能，当湿度、水分、阳光、温度等外部条件达不到其萌芽的标准时，便处于一种休眠的状态，在土壤中生存多年。牛筋草还可以通过根茎无性繁殖，繁衍后代，所以庄户人最讨厌它在田间落户。在草甘膦发明之前，锄禾日当午，锄的不是禾，而是伴禾而生的杂草。农人有"一遍锄头三遍肥"之说。

秋天,放牛时,斜躺在绵软的青草上,顺手扯两根狗尾巴草,两头一系,再将草茎对穿,就是一把像模像样的"二胡"了。二郎腿一跷,仰望天空风吹白云,边拉"胡琴"边煞有介事地哼哼唧唧,摇头晃脑,一任水牛自啃绿草,白鹭栖立其身。

在生产队时,棉花田里最易滋生芭茅草。暑假期间,我们被分配了拔草的任务,一天两捆。几个小伙伴钻进棉花地的窑口,半垄田就能拽一捆,半人高,打个绕子扎起来,赤膊肩背回家。上午一捆,下午一捆。

背回家的草堆在稻场上,敞开晒干。母亲再把它们绕成草把子,烧柴使用。想想芭茅草也不容易,躲过了棉农数次银锄挥舞,终于在生产队稀稀拉拉的棉花地里,费了九牛二虎之力,争得一方天地,出了头,结果被我们连根拔除,背回来,当烧锅柴。这种柴在灶膛里火很旺,一点就着,"噼噼啪啪"烈焰熊熊,有声有色,比稻草强多了。炊烟袅袅中烧的饭香气缭绕。这也算芭茅草对当时农村艰苦生活的一大贡献。

芭茅草,根连根,扯断骨头连着筋。父亲喜欢把沟埂、路、田头上的草皮用锋利的挖锨铲起来。翻晒至七八成干,就开始煨灰堆。弄一把草烧着了,作为火心,慢慢地把所有的草皮堆上去,堆成一座小山包,浓浓的烟雾被压住,让火内燃,烟不外露,远远地就能闻到一缕淡淡的青草香随着烟气飘逸在野外。煨完的灰烬是很好的肥料,种午季时掺上沤过的菜饼,一穴一穴地敷施在油菜苗的根部,既保温,又增肥。

一棵草就是一个生命,虽然一生很短,很少能完整地感受春夏秋冬,但它依然拥有过自己朝霞初露的清晨,或细雨隐晦的黄昏,料得草生的体验里,也有灿烂辉煌和风雨飘摇吧。

## 三

我们小时候喜欢在野草丛中找野果果,如灯笼果、野桑葚、蔷薇刺的嫩茎,找到了就吃,不是有多好吃,只是解馋。

母亲少年时吃过许多草,却是为了果腹。她说,乡里能吃的草不少,癫痫茉,摘除根,把嫩叶放在竹篮中揉出绿汁,再用滚水一焯,就不苦了,可充饥。"牛舌条"叶子,吃起来腻滋滑瘩。"打碗花"的根叶皆可食,特别是根,雪白清脆,有点甜丝丝,只是不好挖,一锹深,辛苦半天,也就能挖个斤把,不够一家人吃一餐。苎麻根、黄麻籽都吃过,炒过的麻果果籽尤其香。野黄萝卜缨子是不能吃的。她说,有一天,家里实在揭不开锅了,外公让她割了一竹篮野黄萝卜缨子回家充饥。她吃了一口,直躺喉咙,实在吞不下,就饿了一夜。第二天看见家里人个个口吐白沫,不省人事,她跑到食堂找到社里干部袁成高,袁成高立即写了张条子让她找社里的葛医生。葛医生开了药陪到家,让烧开水一个个喂了吃。折腾了半天,一家人才起死回生。

现代人也喜食野草,已是为了健康。

苜蓿,别名小苜蓿、破鞋底、野苜蓿,俗名金花草,原来是马的饲料。李商隐有诗云:"汉家天马出蒲梢,苜蓿榴花遍近郊。内苑只知含凤嘴,属东无复插鸡翘。玉桃偷得怜方朔,金尾修成贮阿娇。谁料苏卿老归国,茂陵松柏与萧萧。"因为它含有丰富的营养,能改善身体的酸性体质,降低胆固醇,平衡血糖及荷尔蒙,促进脑下垂体功能,已成了现代人所谓的健康食物,人皆争食。

荠菜是最接近驯化后的野菜，一丛丛，路边凌寒独自开，是做饺子馅的上好原料，春日挖回而食的人很多，大路边能留下一两株实属不易。俗话说，人怕出名猪怕壮。菜，在人的面前，就是怕香了。香而鲜克有终。

还有晒干的马齿苋，据说可以降血压，便也有"由野转正"的趋势。

## 四

水草也是草，圩乡的水草有扁担草、红头薇、轮叶黑藻等，有的可以做猪的饲料，也可以做肥田的有机肥。

打水草过去是圩乡的一项农活儿。用两根竹篙，人站船头，把它们插进茂盛的水草中，双手一搅，水草就慢慢地附在竹篙上，拉上来，洗净淤泥，往船舱里一层一层地堆放。一船水草打满，船沿擦水，稍遇风浪，就易翻船。在圩乡的夏天，听到有人船翻落水，也不算什么新鲜事，只是偶尔有身亡的悲剧，就觉得可惜了。

打回来的水草有两种用途。一是喂猪。切碎后的扁担草，薄薄地撒上一层米糠，猪特别喜欢吃。

还有就是积肥。积肥用刷镰刀。两把近一米长的镰刀，八字状装在一根毛竹的头部，人立沟岸，由近至远向沟中心刷去，所到之处，水草缓缓地浮出水面。我十岁左右曾配合二叔干过这活儿。我把二叔弄起来的水草，用吊钩勾集水边，置于沟岸。待晒干后，再挑到田间做肥料。这种方式像割韭菜，水草过一段时间又在水中长出来了，没有破坏它的根系。

上海海洋大学著名的水产专家王武教授生前来到圩乡考察，

他说水产品的口感主要取决于三个要素：一是水质，二是饵料，三是品种。而水质的好坏与水草的多少有很大关系，水草是净化水质的滤网。今天，我们学会了在看得到的城市公园，栽花种草，满园绿意，四季花香，赏心悦目，这大概是在我们中华民族的历史上，平民百姓感受到人工园林最繁华的年代。但我们还没有学会在沟渠河道这些看不到的地方去保护、利用水草，河塘的水草愈来愈少，水质自然愈来愈差。

## 五

这几年，我们对一些外来物种保持了高度的警惕。一枝黄花就是其中之一。因其强大的生长繁殖能力，一枝黄花过处寸草不生，对生物多样性构成了严重威胁，破坏了生态平衡，所以每年都要组织集中清除。春天的一枝黄花与一般杂草的幼苗无异，稚嫩、浅绿，这个时候拔除最是事半功倍。但无人去做，就像问题还没有暴露。没有花期那种铺天盖地的张扬，凭她的青枝绿叶，安全地度过了它的青春期，很快大片成长起来。一片黄花遍地绽放时，政府才动员起声势浩大、轰轰烈烈的清除活动，于是短期的成绩明显，但长期是越清越多。这恐怕和清除行动是行政行为有关系吧。不像农民除稗子，从秧苗开始直到稻子出穗，见稗就拔，毫不迟疑。因为，那是自己的事情。

还有个漂洋过海而来的外来物种——蓬蒿，或叫一年蓬，从破土发芽到零落枯萎，都是在一年中完成，因而得名。一年蓬原产北美洲，清末，随着国门被打开传入我国。圩埂上田埂旁都有它的身影，开的小花和菊花有几分相似，白花瓣和黄花心的组合在路边随时可以看到。它的生命力极强,也许所有外来物种的生命力都很强吧。三年困难时期,圩区的农田里到处都是野蒿,有半人高。肥沃的土地是圩乡人用汗水浇出来的,你若勤,地则沃,你若懒,地则荒。地荒得长满了蒿草,这在圩乡历史上也是空前绝后。当年水阳镇干部孙福德曾带领十几个"右派"到马埠,当时八十亩良田,一片荒蒿,他们在那安营扎寨拔了一季。孙老晚年有一次跟我说:下雨天是拔野蒿的最好时机,拔一棵,雨水流进根穴,这一棵就不会再发芽生长了。雨浸断茎,烂根。说到这些,他的脸上已找不到半点雨天拔蒿的辛苦滋味。

# 六

草的生命力确实有些让人不可思议。晨练,在碎石铺成的宛陵湖岸道上,看到漆枯草从石缝的挤压中钻出来,表现出勃勃的求生欲,即使千踏万踩也不示弱。那石缝中也有一丛丛的苔藓,仔细一看居然是浮萍。在我过去的认知中,浮萍一定是在水田、沟渠、池塘、湖泊中,它怎么漂到这湖岸的石缝中呢?这是春季的雨天,想来它的生命不会太长久。纳兰性德在《浣溪沙》里写道:"浮萍漂泊本无根,天涯游子君莫问。"即使浮萍在岸上石缝中的时间不会太长,它依然选择了顽强生长。

万物有灵,花草亦是,虽不参天拔地,却是见隙生根,不选贵贱,即便籽落瓦砾瘠土,也能善待自己,栉风沐雨,努力寻找一片成长自身的天空,何曾言弃!

可现在乡村的草,生长的空间是越来越小,不说田间地头有草甘膦伺候,土路变成了水泥路,稻场也浇成水泥了,再旺盛的生命力让它也找不到平台,永无露头之日。那种牛筋草、芭茅草在乡村的道路、沟埂及场院贴地而生,赤脚踩上去,软绵绵痒乎乎的情景实难寻找了。

倒是城市的公园里有满眼的花花草草,我这个从小与泥土野草打交道的人,居然有许多叫不出名来。经常晨跑的宛陵湖公园,植物就不下近百种。

有泥胡菜,风来我不倒,风去我飘摇。一根直直的茎凌空挺立,顶端有几个花蕾,大风越吹,它们越开心。

还有"美丽日月花",原来就是夜来香,粉红的花开得欢天喜地,让人一见就宛如听到邓丽君那天籁般的歌声。

其中也不乏狗啃草、铺地草、车前子等当年圩乡人见到除之而后快的杂草。此时它们却一棵棵一丛丛堂而皇之地被移植在公园,有人定时修整,专人管护。乡里把它当作草,城里却视其为宝,待遇实在是天壤之别。

## 七

想念那些草后,晨练就改成了在郊野,沿着不同的道路慢跑,每天居然都有新的发现。

一丛洁白的花绽放在路边山坡上,在春风中,摇曳身姿,格外耀眼,像几缕白云芬芳在绿色的灌木丛中,走近一看,根茎带刺,以为是蔷薇,求助植物识别软件,居然叫金樱子,蔷薇科、蔷薇属,又名刺梨、山鸡头子。这在圩区的沟埂上是没有见过的,它还有一定的药用价值,有固精、缩尿、涩肠、止带的功效。

金银花原名叫忍冬,得名于李时珍"新旧相参,黄白相映",所以叫金银花,又叫通灵草,鸳鸯藤,对环境适应性很强,给它一片天地,它就茁壮成长。

韭莲和甘草差不多,也是一种草药,圩乡人骂人说,你是药店里的甘草,即是骂其无大用,到处可以调配。君臣佐使,甘草,充其量只能算"使",在一剂药中起调和作用。

白车轴草,也被称为三叶草,或白花苜蓿,变异形态就会出现四叶。传说,找到四叶草就找到了幸运。它喜欢在气候温暖湿润、阳光充足的环境下生长。不怕炎热,也不怕寒冷,很好养护,生长起来一大片,挤挤挨挨覆盖去,能够有效抑制杂草的生长。这一点倒像紫云英,圩乡人叫它草子或红花草,我观察了很长时间,觉得花季还是不如紫云英奔放热烈。

人生由一连串的偶然与必然组成,每天见到的这些草就串起了生命的过往与现在。草也是大地的密码,将远古与未来串联。

野火烧不尽,春风吹又生。万物皆有灵性,善待万物就是善待人类自身。古人主张"毋竭川泽,毋漉陂地,毋焚山林""斧斤以时入山林",就是博施于物,爱人利物,厚德载物,远远超越了追求自然与生态的平衡,直抵今天我们提出的山水林田湖草沙是一个生命共同体。

草是众生,扎根广袤的田野,有真切的温度,终有一天,我们会在天地间与心中期许的那棵草相遇。

# 月照荷塘

　　我的手机相册中保存最多的照片是荷花，约占了内存的四分之一，这些千姿百态的荷花，全部来自一个小池塘——我种菜挖掘的浇水塘。

　　水塘不大，方圆不过几十步。塘边是几根芦苇和菖蒲，中间一片荷莲。已是盛夏，水面清圆，一一风荷举。芦苇却是老衣犹存，青枝枯根伫立塘边，俨然和青绿的荷枝构成了一塘的风景。

　　荷花开得热烈，每日清早，去时，总是一片菡萏繁华，生命的勃发在晨风中展示得迤逦多姿。踯躅荷塘，身心愉悦。几年来，每个夏日荷花盛开的清晨，我都会绕塘几圈，用我的相机记录下塘中荷花争艳的情景。

　　有时是斜风细雨的清晨，看每一朵荷花在清露里绽放，花蕊流珠，如泪泣诉，楚楚可怜。有时是晴日，听风过荷花，哗哗摇曳着身姿。蜜蜂来了，蝴蝶也来了，它们比我来得还要早，绕塘三匝，舞弄于花房，也与荷花一道被我拍了下来，使一帧帧照片有了动感。天蓝云淡，我便俯下身子把天空的薄云拉进镜头，于是，荷花就在云空中绽开，云荷相护，有了离云最近的荷叶，离天最近的荷花。

更多的时候,是流云在空我在野,天上人间两相望的情致。

　　不同的视角,给我的荷花照带来了不同的视觉感受。人生何尝不是如此!难怪杨绛先生曾说:当你身居高位,看到的都是浮华春梦;当你身处卑微,才有机缘看到世态真相。

　　独乐乐,不如众乐乐。每天一组的照片,整理好后私发给几位家人好友,算是清晨的问候。荷花又为我带来了友谊、亲情和交流。

　　夏天,干旱越来越厉害,菜地浇水也用量倍增,小小的池塘,便渐渐地干涸了,露出漆黑的淤泥,仅有边缘的拐角深挖的洞中,第二天才渗出一桶两桶清水。于是,不舍得再浇菜了,把水泼向塘中的荷叶下,保持泥土湿润,不愿这份燥热让荷叶枯去,荷叶便依旧舒展着阔叶,荷花依旧款款而开。

　　一日清晨,发现清水竟然满了塘,荷枝在水中快乐地荡漾。原来,是居菜地不远的朋友老柳,昨晚从他家深挖的井里,用水泵接了水管,给小荷塘续上了一池水。呵,这水可是注入了一份特别的情谊。我更不忍用塘中的水来浇菜了,让它们多陪伴一日这里的荷花、荷枝、荷叶。

　　秋寒水浅,仍是来到塘边,终于,那一枝舒展的荷秆不再清高地挺立。开完了最后一朵荷花,一团团兀立的荷叶,也失去它们青绿的神韵,从荷叶的边缘开始,像人的脸上爬上皱纹,头上添上了白发,生出一卷烟叶黄来,慢慢变成一片枯黄的焦叶,便有了点“菡萏香销翠叶残,西风愁起绿波间”的意思。

　　有一年冬日,沿着圩埂驱车回老家,车行圩心黝黑的柏油路,蔚蓝的天空白云飘过。沟那边是一片红瓦白墙的村庄,其间是荷塘。满塘残荷,枯叶稀疏,荷枝横斜。我不由自主地把车泊在荷塘旁,举起相机,想从不同的角度,搜寻出疏影横斜之美,可终究没有去拍一张照片。此时,不是去看,而是用心去欣赏,去感悟那一种对青春年华走远的静谧和从容,此中藏深意,默默不言语。每一个喜爱残荷满塘的人,其实都是已走过了无数桥,拥有丰富人生的远行人。

古人是"可怜君子花,衰来不忍看"。其实残荷犹记平生事,它的静影枯瘦,实在是洞察时空幻影,曾经沧海桑田后的从容。

枯荷,按理说给人一种残败衰煞之感。残荷听雨,却是一种美,一种可以触动人柔弱的审美神经的动人图画。因为它彰显了一种人生的境界,不畏苦难,坦然面对,花开花落,枯萎繁茂。它与人生的豁达、无畏又紧紧相连。

有一晚,与友饮酒,月光洒碎一地,一道从乡下回镇上的住处。五里地而已,便歪歪斜斜地从小路上走回。途经一塘,微风一吹,银光闪烁,隐约有荷花仙子在摇摆不定的碧荷中闪闪显现,遂停下脚步,面对清香肆意的荷塘,久久凝望,不顾斯文,高声地朗诵起周敦颐先生妙笔生花的篇章:"水陆草木之花,可爱者甚蕃。晋陶渊明独爱菊。自李唐来,世人甚爱牡丹。予独爱莲之出淤泥而不染,濯清涟而不妖,中通外直,不蔓不枝,香远益清,亭亭净植,可远观而不可亵玩也……"月夜中,清脆的声音,拽着月光,挣脱了路旁窸窸窣窣的杂树斜枝,穿过荷塘,乘起一缕荷风向天空飘去,渐渐地远离了这人间的微茫灯火,越飘越远。

于是便想起了故乡那曾经的荷塘。

老家门口有一渠大塘——夏家塘。原是夏家祖坟前的风水塘。满塘荷莲。一到盛夏,碧叶莲天,荷花像星星般撒遍其间。荷叶接天蔽日,水面很是清凉。"双抢"之时,父母因起早摸黑地在田间劳作,中午一般要歇凉,这时,我们这些中午睡不着的小家伙,就来到荷塘寻找阴凉,泡在荷塘沁凉的水中,摘一朵荷叶戴在头顶,玩着水中躲猫猫的游戏。

游泳当然不能在荷塘,荷梗上节节是小刺,一碰,细嫩的皮肤就是一条条伤痕。荷塘中除了躲猫猫,就是用脚掏藕,那时藕已长成,雪白细长,俗称杏花藕。掏上来就在水中洗洗,咬一口,白嫩生脆,涩涩中有一种甜津津的味道,长长的藕丝缠绕,实在是夏天最好的零食。这只能是偷着吃,不能往家带的。当然遇到芡实就不一样了,在藕塘里它算野生。与荷叶骄傲地挺举在水面不同,芡实的叶圆圆地躺在水面,顺着细细的筋,一个猛子扎下去,用手拽上来一截,掏的多了可以带回家,做菜,经母亲在厨房一加工,那贫瘠的餐桌便增添了一份诱惑。

荷塘的东头有一湾水面,种的是菱角,就在姑父家门口。姑父是木匠,带了一个徒弟,眉清目秀,我们叫他小木匠,他是大官圩人,是姑父的表侄儿,高中毕业没考上大学,就来跟着姑父学门手艺。

那天,村上的爱莲在荷塘边划着腰子盆采菱角。采完了就往岸边划,到了水埠头,爱莲直起腰,准备抬脚上岸,哪知腰子盆很要,她脚还没跨出去,盆子一歪,侧向一边,爱莲连人带刚采的菱角一起泡进了水中。爱莲一骨碌从水中站起来,一时蒙了,傻傻地看着齐腰深的水里漂浮的菱角,任由长发上的水贴着身子往下淌。

正在门前树荫下干活儿的小木匠,立即跳进水里,把爱莲拉上岸,拽回盆子,又操起篮子在水中捞起散落的菱角。原来成熟的菱角浮于半水中,嫩菱角漂在水面上,不一会儿,菱角全捞了上来。

爱莲看着小木匠麻利的身手, 眼睛都亮了一圈, 就柔声说:"小哥哥,好事做到底,帮我把腰子盆背回家吧。"

小木匠咧嘴一笑:"得嘞,小事一桩。"

从此,荷塘边、街上的影剧院,经常有两人相依相偎的身影。

莲塘深处,采莲蓬的腰子盆,也刚刚好可以容纳两个年轻的相爱的灵魂。

小木匠与爱莲谈起了恋爱的消息,像风一样传遍了村庄。

爱莲是家中的小女儿,是父亲的掌上明珠。爱莲的父亲是本队的生产队队长,不仅在本队,在周边地区,也是吐口唾沫一个钉,说一不二的人物。爱莲不读书后,父亲就让她学裁缝,不像别人家的姑娘,还要下地干活儿。早年,队长和他的一位老庚喝酒时,就为爱莲定了一门娃娃亲。对方家在外驾船跑运输,挣的是活络钱,家境不错。爱莲却一直不满意,为此常和父亲磕磕碰碰,大吵三六九,小闹天天有,说:"我的事,我自己做主。"父亲也不在意,说:"婚姻大事哪有自己做主的,不当家不知柴米贵,不养儿不知父母恩,等你成家了,就知道爹爹是为你好。"

就是那个夏天,对方家见爱莲出落成水灵灵的大姑娘,就托人来催着定亲了。自然,爱莲因心里装着小木匠,又和父亲闹了起来。

晚上,爱莲把小木匠约到荷塘边,有人瞧见两人坐在祠堂门口的础石上,出神地望着挂在空中像腰子盆一样的月亮。小木匠手里剥着莲子,爱莲仰头不语,月光悄悄地移过树梢,映着她脸上的泪痕,也把小木匠的影子映在她的脸上。

悬着的"腰子盆"渐渐西沉,风吹荷叶沙沙作响,夜深了,小木匠起身牵起爱莲的手,帮她擦了擦泪,好言相劝着把她送回了家。础石前,只剩下一小堆撕碎了的莲蓬空壳,被残存的月光冷冷地照着。

这个夏天,爱莲坚决不同意定亲。

父亲坚决要定亲:"说出去的话,泼出去的水。更何况婚姻是大事,自古就是父母之命,媒妁之言!"

谁也没料想,这个刚烈的女子,在一个阳光明媚、荷花盛开的下午,喝了剧毒农药,待家里人发现,身体已经冰凉。家里人崩溃了,几个堂兄弟、小叔叔把悲痛化为满腔的怒火,一下子烧到了小木匠的头上,带着棍棒满村子找小木匠。姑父第一时间找到了正在做工的小木匠,让他赶快走。

小木匠憋着泪水,丢下工具,拔腿就跑,村上到处人声鼎沸,出村的道路,也被爱莲的家里人把住了路口。小木匠灵机一动,悄悄地潜入了荷塘中,摘一支荷叶顶在头上,屏息静气,躲过了众人的搜查。

残阳如血,残荷呜咽。小木匠又悲又冷,悄悄地爬上岸,离开村子,借着月光,向大官圩的家走去。

爱莲是年轻人,非正常死亡,按照圩乡的风俗不能进老坟山,就在荷塘边埋了一个小坟。

第二天人们发现新坟前有一朵荷花,还有烧完纸钱的灰烬。坟前的泥土板结光滑。有人说小木匠昨天夜里偷偷地来了,在坟前坐了一夜。

爱莲的父亲一怒之下,让我二叔用刷镰刀把一塘荷莲生生地刷掉了。随着锋利的镰刀所到之处,像电影里的机关枪面对一个个冲上来的敌人,一叶叶圆溜溜的荷叶齐刷刷地漂浮于水面,一片狼藉,相互挤压,仿佛不忍离去,在风中扬起一道道荷浪,呼啦呼啦作响,像在诉说着不应该有的遭遇。

清水碧波,环绕着埠子畔的一冢小坟。风吹荷塘,万物俱寂。每至盛夏荷花盛开的季节,爱莲的坟头,隔几天总会有人放上一朵荷花,含苞待放,鲜艳欲滴。大家知道,是小木匠夜里又悄悄地来过。

直到今天,我再也没见到小木匠。有时回去了,问母亲,母亲说:我也没见过。

花落莲成,花开莲生。

李商隐有诗:"荷叶生时春恨生,荷叶枯时秋恨成。深知身在情长在,怅望江头江水声。"这里,恨,伴随着荷的一生。可春恨与秋恨,肯定是不同的恨,谁能理解哪是想爱而不能的委屈,哪是爱过而不得的无奈呢?

此时的荷也肯定不仅仅是荷了,那是一种悲苦、怅茫的人生。

有时我也恍惚,故乡夏家塘的荷花,和现在小池塘的荷花,是不是一种花呢?

# 长忆稻花香

## 一

人们说,蒲之风,竹之雨,荷之露,都是世间极美的景致。可若与稻花相比,还是少了那么一点儿人间的烟火气,尤其是圩乡的水稻之美,应是人间的绝品。黄菊倚风村酒俗,柴门临水稻花香。圩乡不知从何时起被贴上了鱼米之乡的标签,可又当之无愧名副其实。

在圩乡,每年冬季,从清冽冽的沟渠中捞起的淤泥,堆晒田角,来年春上敷撒田间,积年渐厚,形成独特的耕作层,稻禾生长便有了滋养之源。所产稻米,米粒椭圆,如冰似玉,柴火土灶,炊烟袅袅,煮熟后焖在铁锅,透过杉木锅盖,喷香扑鼻,半里路顺风可闻饭香,碗到嘴边,米饭滚滚而下,甜糯爽口。

二十世纪八十年代,从出校门,又返回到学校,其间,我连头带尾整整在圩乡老家,实打实地当了四年农民,寒来暑往中,用汗水浇灌过一季又一季的稻谷之香。

圩乡的水稻是两季,始于何时,众说纷纭,有一种说法,越南占城稻引进后,即变单季为双季。金宝圩是鱼米之乡,土地肥沃,水源充足,百姓勤劳,种双季稻,自然抢风气之先。复种指数提升后,粮食总产量便会大幅增加。所以,从中央到地方,去年年初都出台了一系列的扶持政策,鼓励农民恢复种植双季稻。

早稻要抢早。清明谷雨两相连,浸种耕田莫拖延。田间的油菜,挣脱了淡黄色花瓣的束缚,伸出一枝枝明亮的菜荚,慢慢地,像新嫁娘日渐隆起的肚皮,田里的猪链草,也凋尽淡淡的白花,结上摘了可当哨子吹的绿荚,稻种,便到了浸泡的最佳时机了。

秧田一般选在村子南边避风向阳的田块,翻犁过的泥土冒着热气,散发着特殊的气息。冻了一冬的土疙瘩,用锄头一敲就碎裂开来,冬翻、春捣已有数遍。每一个土块已被锄头敲得粉碎,每一棵试图趁着春光出来透透气的杂草,也被果断地清除。再晒上几天太阳,上满水,泥土粉成了泥浆。二叔便带上我,用锨斛先将完整的田块拾掇成垄状,然后,我们弯腰赤脚在田垄上,用手把没碎的土块都捏碎,一边捏一边往后退。之后再用耖耙像熨斗一样在垄上耖一遍,直至一块块水平如镜的秧模子平展展地排列田间,才把稻种均匀地撒在田垄上。一粒粒谷种,像天女散花,落入泥中,溅起一朵朵的小水花,也激溅起春天的气息……一季水稻的生长就从这里开始了。

随后,每一个春意蒙蒙的清晨,二叔都会走在窄细的田埂,去看它们定根、长叶、分蘖……终于,一株株翠绿的秧苗,郁郁葱葱起来,风一吹,碧波荡漾,生机勃勃。

有时,一夜春雨,清晨,秧田里的水会哗哗地从缺口流向沟里,水入沟中的交集处,准有鱼噼噼啪啪地戏水,一群群,争先恐后。这时,我会兴奋地去"捞田缺"。斜风细雨,触面微凉,也不撑伞,戴一斗笠,持一捞兜,赤着脚,一个秧田一个秧田地奔波、蹲守、捕捞，看着一条条银光灿灿的大鲫鱼在我的网兜里活蹦乱跳，自己仿佛也成了一条鲜活快乐的鱼。也有体力足冲劲猛的鲤鱼或鲫鱼，顺着田缺流水的小瀑布，错把秧田当龙门，跃进田头，便是真的"虎落平阳，龙搁浅滩"了，过几天放水烤田，它们就几无回到老家那清澈的沟水的可能了。

早稻又称籼稻，生长期短，产量不高。但因早，气温较低，害虫少，基本不打农药，耐涨锅（即同样的米比晚稻出饭多），虽然口感差一点，农户还是喜欢自己家中留用。一般是早稻作为家中的口粮，晚稻自然就作为经济稻，除了交公粮就是换钱过日子了。

籼稻草也是宝，铺床、盖屋、喂牛都用它，不像现在要焚烧下田，脱粒后的稻草，晒干后捆起来要抢在雨前堆成草堆。一个个金黄的稻草堆兀立于田野上，也是乡村一道美丽的风景。

自然，圩乡人对早稻种植也就特别重视。在乡镇工作时，有一次和一位周姓的村民聊天，他告诉我：早稻从浸种、催芽、育秧到移栽到大田，这个时候受倒春寒影响，容易出现烂秧死苗，影响后期产量（晚稻在孕穗、灌浆结实期也容易遭遇寒露风，直接影响产量）。一九五八年，当时的整个社会风气都是急躁冒进，为多打粮食早下秧，社里的干部，要求各家各户把自家的席子簟子找出来，拿到秧田边挡风，又在田边架起铁锅烧水往田沟里倒，晚上派劳动力在秧田边值班，有的队还把粪放在锅里，煮熟了往田里施，他说，是谁发明？到底有无效果？不得而知。


二

稻田的田间管理比起棉花等农作物不算烦琐，不外乎灌溉、烤田、薅草、施肥、拔稗子等等。灌溉,在乡村没有通农用电之前,这是稻田种植中一项重活儿,沟里的水全凭水车(cha)抽上来,也有用牛车的,一盘牛车能管三五十亩地。二十世纪七十年代中期,随着电线架到田间地头,灌溉就用电动机抽水了。水车、牛车都消失在历史的烟云中,现在只有到农耕博物馆才能看到。八十年代初,生产队已没有了专业的电工,到一家一户的地头全是二百二十伏全裸铝线,普遍私拉乱接,充满了危险。

一九八二年暑假结束,同学卞忠飞约好了要送另一位同学到水阳高中报名。起了个大早的小伙子,准备把头天稻田里没有完工的两趟田的草薅完后再出发。

东方渐泛白,埂子寂无人。在通往他家稻田的田埂两旁,黄豆秧上厚厚的露水沾湿了他卷起的裤脚,晨风怡人,一片清凉,他匆匆行走,也不看地,直奔田间。哪知,一根带电的铝线断落在田埂中央,他一脚踩上去,强大的电流把他击倒在稻田中,铝线缠绕在身上,田间正拔节生长的稻棵被压倒了一大片……一场悲剧在这个安静的乡村早晨发生了。十六岁的花季少年,生命在这绿茵茵的稻田中消失了。卞忠飞的死亡,让我第一次真切感受了人生如此无常,面对灾难,人,犹如稻叶上的一滴露水。这个清晨,也让圩乡的农耕在接近现代化耕作的征途中,遭遇了惨痛的一页。后来,也还时常会有这样那样的意外,在汗水飞溅的稻田中发生。

"庄稼一枝花,全靠肥当家",稻田的施肥一般是一次性底肥加抽穗时的追肥,底肥以农家肥或塘泥为主。塘泥是在早稻下秧前,一担担挑着撒进田间,再灌水敲碎。后季稻的底肥就是猪笼粪了,村民是一家一头猪,全是笼养,为的是采粪积肥,半年攒一笼猪粪,几十担,一担担挑到田中,又脏、又臭、又累。十六岁那年夏天的一个午后,我和两位叔叔及姑父,像跑接力赛般打换肩,把一笼粪挑到一里外的责任田,前后用了不到一个时辰。当时,心中已抱定彻底放弃跳出农门的念头,铁下心来要一心一意在家务农了,种田是不能嫌脏嫌臭的。这个下午仿佛就成了我当农民的成人礼,沉沉的担子压得肩膀生疼,我没有吭一声。从此,我没什么农活儿不参加了。现在的大户种田已很少有这样施有机肥的了,喜种卫生田,敢种风险田,汗水少流了,粮食的品质自然也下降了。

"拔不尽的稗子,讲不完的话",稻田的稗子是永远拔不净的。稗子与稻子争肥,伪装性十分强,最难认的是在秧田里,几乎差不多,有经验的老农远远地就能分辨出来。稗子要比秧苗颜色略深,节上无茸毛。像是汲取了更多的肥力,大概是因人不喜,更需自身生命力旺盛,从而汲取更多的养分来成长自己。当然出穗以后就无法伪装了,走在田埂,稻稗立分。稻子粒粒饱满,而稗子举着那瘦瘦的细小的一丝可怜的果实,昂着头在风中摇曳。此时也要拔,不拔,待到成熟了,籽粒落在田里,来年就会长出更多的稗子。也有懒的人家,从不去田间细致地拔掉稗子,结果是,垂穗的稻子上一片齐扎扎的稗子,举在天空,极骄傲地昂着头,一点儿也不低调,风一吹沙沙有声。第二年,田里自然是要多滋生不少稗草了。

田中拔稗,是一件轻巧但又要十分耐心的活儿。开始,我是静不下心来分辨,一片晃眼的绿色很难锁定目标,拔过的田块总会有稗子不断冒头。实际上,对于农民来说,拔稗子这个活儿,是贯穿于水稻生长从秧苗到垂穗一辈子的事。人也是这样,不断地拔去心中萌生的稗子，也是一辈子的事。

三

早稻收割之日，就是"双抢"拉开序幕之时。"双抢"就是抢收抢种。

"田家少闲月，五月人倍忙。夜来南风起，小麦覆陇黄。妇姑荷箪食，童稚携壶浆。相随饷田去，丁壮在南冈。足蒸暑土气，背灼炎天光。力尽不知热，但惜夏日长。"这是午季收获季节，节令应在"芒种"，诗中所吹南风之日，已是一片繁忙和辛苦了。不知白居易有没有参加过这些劳作，可比起千年之后的"双抢"，那根本就不是一个级别的辛劳，哪有诗意？有的只是干不完的繁重农活儿和望不到天黑的焦虑。

吃得"双抢"苦，万事皆可为！我总认为经过"双抢"魔鬼训练的人，在工作岗位上，无论遇到什么难题，都会觉得云淡风轻，总会一往无前。"双抢"，磨炼了人的坚强意志，对人生是一种淬炼。

晨起，拿一条毛巾到门前的沟中，掬一捧水，洗去浓浓睡意，别着锯镰刀来到自家稻田。晨曦未露，微风轻拂，泛黄的稻浪一望无边。下田弯腰，飞镰收割，只听见一片"嚓嚓"声响，一排排稻子喇喇地倒下，像获知敌情的士兵整齐地排在田间。这是一天中最凉爽的时候，也是干活儿最出活儿的时段。大家默不作声，你追我赶。有时，一不小心割破手指，便飞奔而回，从门旮旯里捞了一片蛛网，揉成团作为止血膏，再缚上布条，回头继续干。也有用火柴蜡或泥土止血的，挺管用。胳膊上、胸腹上、脖子上，会留下一条条被稻草划破的条痕，汗水流过，有一种刺啦啦的疼痛。

割完的早稻在烈日的暴晒下,草干稻脆。这时,就把斛桶扛进稻田,开始掼稻。临桶掼稻一般是四个劳力为主,一人一角。摞一把稻子,成马步状立于一角,下盘如石,扭腰带臂,把稻子高高地举过头顶,掼向桶壁,再猛地一抖,蹦脆的稻粒哗啦啦地溅向桶底。三五下,稻草分离,手里就剩了一把稻草了。多年后,到了球场陪打高尔夫,发现球员发球和这个动作十分相似。我想无论是体育活动还是生产劳动,都是讲究一个动作协调,动作分解后,技术要领和打高尔夫差不多,只是把杆子当作稻把,球就是稻粒了。以腰带臂发力就猛,稻子脱得就干净。此时,就盼望着烈日天晴,越是赤日烘烤,越易脱粒。

汗水像山头上的溪流涓涓而下,冲破眉毛的封锁,涉眼而过,不能用手揩。一揩,会把手上的汗水粘着的稻草屑掉进眼中,眼睛会辣得睁不开。任汗水顺着脸颊涓涓地流到嘴角,张嘴一吹,一半飞溅而去,一半趁势钻进嘴里,一股咸涩的味道像淡盐水般冲咽进肚里,炽热暴晒下,却并不厌恶。

掼桶中稻子渐满,我就用簸箕把桶中的稻子装进稻箩,挑上船。这是一个力气活儿,一担稻子约一百五十斤左右,若田湿未干,挑着一担稻,一脚一个坑,跨上田埂再上船,一船挑满四担,再往稻场上划。挑着稻子上船,不仅要有力气,还要注意重心,脚踏上小船不偏不倚。四个主舱八只稻箩,摆放也是一门掌握平衡的技术。船行沟渠,清风扑面,这应该是烈日下较舒服的工作了。但很快到了稻场的岸边,又要一担一担地把稻子挑上去。

挑担,扁担很重要。太软,就不能载重,太硬则没有弹性,挑担行走不轻松,挑在肩上有弹性,要软硬适中,有弹性,韧性好,行走起来，有一定的弧度，这才是好扁担。一个地道的农民，都有一条与自己肩膀高度磨合的专用扁担。我十七岁时，父亲专门请木匠为我精心打造了一根柳木扁担。因为扁担是新出，还没挑熟，肩膀很快被磨破了，汗水一浸，每挑一担都疼得龇牙咧嘴。

当然，谷粒也有故意不脱干净的时候。不脱干净的稻草堆在田埂上，曾救过一圩人的命。一九五九年收获季节，十七岁的学生许锡照被安排到眷村"监打监收"，专管姜家圩。他每天例行公事地沿圩堤绕圩一圈，远远地看着农民在圩田里抢收稻子，也不走近检查。社员们趁机故意把稻子只掼下七八成，余下的就随稻草堆在了田埂。到了年底，粮食已十分紧张，大家悄悄地从稻草上搓稻充饥，一圩人居然勉勉强强地安然度过了那个荒年，和其他地方形成了鲜明对比。直到二〇一六年，我到姜家圩做防汛工作，当地村民还在说这个故事。我和已从安徽日报社退休寓居南京的许老说起此事，他说，我那时还是学生，没有工作经验，也是无心插柳。看来，忘了初心的"经验"也不是什么好东西。

夏天"打暴"也是常有的事。立秋前是一暴热一暴，立秋后又是一暴凉一暴。

黄灿灿的稻子晒在稻场上。午后时光，突然天边起云，闪电催着雷声而至。顿时，稻场上，人声鼎沸，锨掀，帚扫，人人忙得满头大汗，把稻子堆成小山一样，盖上草把。刚想喘口气，雨便哗哗下来了，又淋得像落汤鸡。雨霁天晴，一道彩虹斜挂在东方的半天中，渐渐地拉成了一个半圆，空气分外清新。

当然，有时也是虚惊一场，风卷乌云后便是赤天大晴，我们说这是"风暴"，此时觉得太阳格外刺眼，天气也更加闷热。

圩乡的田畴平展如砥,夏天雷电特别多,也偶有人在田中被击倒的事发生。那年夏天,大雨倾盆,魏家不到二十岁的小伙子魏有青暴雨来时没有回家,钻在竖起的斛桶中躲雨。待雨过雷停,大家从村上返回田里,发现他已没有了气息,浑身发黑,居然被雷电击中在斛桶中。

## 四

"绿遍山原白满川……才了蚕桑又插田",稻子打完后,就要插秧了。四年时间,我把圩区种田的各种农活儿,什么犁耙水耖、栽秧割稻等都操练了一遍,可以说刀枪棍棒,斧钺钩叉十八般武艺,样样都会操作,这其中最厉害的还是栽秧。

栽秧又叫栽田,栽田先拔秧,拔秧看上去很轻松,可以坐在秧板凳上。秧板凳与平时坐的小板凳不同,底部有一块两头翘的木板垫着,这样坐在上面就不会下陷,一把扎秧草放在板凳旁,把秧苗成片状拔成两把,放在水中,洗去根部的泥土,交叉在一起,用一根扎秧草一绕,丢在身后。拔秧,一般利用晚上时间,一人一垄。月光下,夜风凉爽,除了有蚊子叮咬,还算舒畅。蚊子实在多,就搽点儿"蚊子油"。大家边拔边聊着天南地北,过去未来,时间长了,实在疲乏了,也就不再作声,只听到秧田里一片"啪嗒啪嗒"的洗秧声了。

第二天清晨,即来挑秧入田。

清新的空气里,夹杂着沟埂旁一簇簇野蔷薇花淡淡的清香,人行埂上,神清气爽,牛筋草上凝结的露珠不时洒落在脚背,晨曦正孕育着田野的希望。昨晚拔好的一排排的秧把,是一行行队列整齐的小战士，矗立田中，头顶着一颗颗晶亮的露珠，像缀满无数只误落凡间的星辰。我把秧把码好，一担一担地挑到大田，按照行间距抛撒到田间。

栽秧是一项体力活儿，更是一项技术活儿。一块田，四五亩，七八个人。田横头处，一边一根一样齐的竹竿子做标杆，尼龙线一拉，一格内分上下两趟，格外又是两趟。依次排开，一趟六棵稻，卷裤，赤脚下田，马步状弯腰下蹲。胯下两行，两边各两行。左手拿秧把紧贴水面，紧随右手而行分苗，右手则如蜻蜓点水，飞梭上下。从左到右，又从右到左，左右循环。很快，平展展的白水被点染成了绿色的画图。

那一片有节奏的踢踢踏踏的击水声，是秧苗向稻棵的裂变声。握在手里叫秧，栽进田中即为稻，就像女儿在娘家称姑娘，嫁到婆家就是新娘子。虽然人还是那个人。

栽秧不仅要快，横竖一条线，方见本事。竖是竖，横是横，横平竖直一般齐。这就一靠拉栽秧线，线拉对弓了，趟子才直；二靠有节奏地后退，秧把到左边，右脚往后退，秧把到右边，左脚往后退，如此反复，左手攥着的秧把随着拇指与中指剔秧的节奏，在手心里转动。右手的拇指、食指和中指也有节奏地把分棵的秧苗插进水田。手指与水中泥土的接触只是瞬息之间，像弹琴一样，一片简单快捷的啪啪声持续不断。高手栽秧，寸劲功夫，每个动作分解是用最简洁的手法，最后几无差距。栽得快慢凭的是腰功。有的人，一弯腰，再长的趟子也不直腰，一直栽到头。有的栽不到几行，就要直腰看天，那工夫就耽误了。我栽秧是从不输人，皆因再长的田也是一次不直腰，这就省下了许多时间。不是俗话说的"赖谷子没屙,小孩子没腰",而是掌握了让腰得到休息的诀窍。那就是每次换秧把,都下蹲胯部,抬头挺胸,让腰身直起来,在解秧把的过程中就让腰得到了休息,很管用。当然,纵是这样,一趟田到头,还是累得够呛,常常在那绿茸茸铺满沟埂的狗牙根草上一躺,四脚八叉,仰面朝天,眯眼观天外云卷云舒,任凭蚂蚁在耳际爬来爬去也不管,只让腰彻底舒坦一番,好开始下一趟的酣战。

此时,特盼望实现农业机械化,最想的还是插秧机。希望有插秧机,把我们农民从繁重的弯腰运动中解放出来,看电视、听广播、翻图书,最想找的也是此内容。甚至有传言,某某木匠发明了插秧机,都心生向往。如今,这些已不成问题,可又不知什么时候起,已"双改单",普遍是一稻一麦(或一油)的种植模式了。栽秧有的已变成了直播了。

最佩服的当然是小姨、表姐她们几个大姑娘。花衬衫的衣袖扣子扣着,百十米一趟田栽下来,轻轻巧巧,衣袖上没有一点点泥水。我不行,小拇指不直,总是带水,栽插时自然噼里啪啦响声大,衣袖和胸前一片泥。

没有撒化肥的田有蚂蟥。上了田埂,卷起裤脚,小姨们白皙的腿肚子上,往往会吸附着滚圆滚圆的蚂蟥,也不惊诈,一巴掌打下去,吸足了血的蚂蟥就滚落在晒得干裂的田埂。被咬的腿会有一缕嫣红的血流下来,依然不惊不叫,俯身抓一把泥敷在伤处,一会儿血就止住了。这时我会找一根细枝条把蚂蟥插在路中间,放在火辣辣的太阳下炙烤。继续拉线,放格下田。再回头,蚂蟥就晒成了肉干了。

中午,烈日炙烤,稻田的水像煮沸一样滚烫,赤脚踩下去,浑身会电击般的一个哆嗦。当双脚深入柔糯的泥土，一股沁凉便涌上心头，于是，一只百灵鸟在胸间舒畅地唱起了动人的歌，大家便又捏起秧把，你追我赶地栽起来……

总结栽秧的经验，首先是节奏，也就是频率。太快，则体力消耗大，有极限。同时，不做无用功，省略掉每一个可能耽误时间又无用的环节，每一个细节都如行云流水，没有半丝多余的空间。还有就是不浪费时间，有毅力。

参加工作后，常以此为鉴，无论在什么岗位，干什么事，都不喜拖沓，不讲废话，注重流程，遇到再大的困难也不叫苦叫累。

多少年来，我的书房一直挂着一位朋友书赠的五代僧人契此的《插秧诗》："手捏青苗种福田，低头便见水中天。六根清净方成道，退后原来是向前。"后退原来是向前，它既是千百年农耕时代农民插秧的真实写照，生动活泼，饶有情趣，同时又是一句充满哲理的偈语，看似浅白平易，却富含哲理，饱蕴禅机。生活和工作中，每遇烦恼，读之，常一片豁然。自觉双脚依然踩在沁凉的泥土中，天空白云悠悠，满眼是星星点点的绿意。

后来看到《耕织图》，有插秧诗曰："晨雨麦秋润，午风槐夏凉。豯南与豯北，啸歌插新秧。抛掷不停手，左右无乱行。我将教秧马，代老民莫忘。"知是南宋绍兴年间画家楼璹，在临安於潜为令所作。想临安於潜，离圩乡不远，又在同一纬度，南宋时期，圩乡正是开发之时，想必诗中所叙插秧场景大体相当，插秧是弯腰撅屁股的活儿，怎可啸歌？实在匪夷所思。圩乡倒有打夯歌、打麦歌、水上船歌，辽远而高亢，有节奏感，置身其间，精神倍觉振奋。记得父亲就是打夯时的领歌者。

# 五

　　晚稻收割后，并不在田里脱粒，而是很快把它们扎成一捆捆的小把子，装运到稻场上，堆起来，一垛垛的有半人高，人行其间，像在一排排的战壕行走。这时腾出的田，立即挖沟培垄，栽上油菜，这一茬叫午季。午季种完，让那些油菜苗在寒风中慢慢生长时，才腾出时间，一家家地轮流着把稻场上的战壕用打稻机清理掉。那时，几乎也是不分日夜，大家相互帮忙，打完一家的稻子，又打另一家。

　　此时，收割过稻子的稻田里，枯白的稻桩，像垂暮的老人，呵护着翠绿的一行行油菜苗。一场大雪覆盖着茫茫的田野，露出一个个的小黑点，来年春暖，这些小黑点就会迎风苗壮成长，那时，一片金色的花海又会在圩乡的稻田蔓延开来。

　　如此四年，辛勤劳作，在我工作的年份中，再也没有比这更耗体力的了。以后，每一段时光的经营，都磨不掉那烈日炙烤下挥汗如雨的印象，它已成了我人生中不可分割的一段经历，已如芯片深深地植入心底。但在我的工作简历中却从无填写，自然也不算工龄，和我的父老乡亲一样。

　　而千百年来，有多少圩乡人如此循环往复地春耕、夏耘、秋收、冬藏，在这片肥沃的稻田重复着昨天的故事，所为却仅仅是果腹而已，但每天依然像东边的日出，越过层层山峦，从心底升起那缕曦光。

　　"布谷，布谷"，布谷鸟的叫声撕破了黎明的安静，裹着春风朝露，把我从睡梦中拽醒，我知道，又到了圩乡农耕忙碌的时候了。一刹那，宛如梦回少年，远接那一片悠悠的清风和温馨的乡土田野,一种战士出征般的紧张感迅速地蔓延上心头,像晴日里忽然乌云密布于头顶,有风雨欲来之势。几十年了,每当这个声音回荡在耳际,眼前总会有一幅立体的画卷徐徐展开。赤日下,那随风摇曳的白莹莹的稻花泛着淡淡的清香,一株株饱浸汗珠的稻穗,在广袤的圩乡闪耀着金色的光芒。

# 水乡女贞树

冥冥之中有一种不可思议的巧合，竟然促使我对故乡的一棵树如此关心。一棵苍翠挺拔的女贞树。

我骨子里是喜欢树的，一种天然的情愫，也可能前生是栖息于绿树上的鸟儿。

从学校转到政府上班时，我曾去拜望已退休的老校长，临行，他送我十二个字："多栽花，少栽刺；多栽树，少讲话。"当时，我年轻气盛，颇不以为意，认为这是他的生活经验，并不一定适合我。但有一点认同，我喜欢多栽树，树栽好了，你读你的书，干你的事，吃你的饭，它不让你再费半点儿心，日日夜夜地在那儿栉风沐雨茁壮成长。一不小心，有一天，那成荫绿树，居然能为你挡一丝细雨，遮一轮烈日。这份德行确实让人喜欢。

三十多年的工作生涯，严格意义上，我曾在两个区域做过负责人，也就是那种说话算话的干部。二〇〇三年兼任雁翅工作站站长，我做的第一件事就是把新建街道全栽上了行道树，到我离开时，树大多已有碗口那么粗了，粗壮的枝丫已能覆盖半个街道，春风拂来，人行街道，一路清香。白色的玉兰花镶嵌在墨绿的玉兰叶之间,像夏天夜晚的星星闪烁在夜空。二〇一六年,一场洪水致水阳江下游遭受了巨大的涝灾。金宝圩也受到了百年未遇的内涝,街道漫水经月。玉兰树怕水,水退后,一棵棵粗壮的树再没有恢复生机,陆陆续续地随着退去的洪水逐渐枯萎。今年回乡,街道两旁仍然不见树影,显出一份孤寂空落,不能不说是十分遗憾的事。很后悔当时没有选择本地耐渍的树种。

二〇〇六年下半年,我调到狸桥镇任主要负责人。见新辟的街道,空无一树,立即研究决策,在街道两旁种了几百棵香樟和玉兰树。十年后调离,树已两尺多粗,一片葱郁。

也许隔代遗传于外公。我的外公就很喜欢树。他在自家门口栽了两棵树,一棵是金桂,一棵是香樟,树冠成荫,迎来了各种各样的鸟儿。听母亲说,他每天早上起床,第一件事就是来到树下用簸箕装着稻子喂鸟。一群鸽子像云一样在门前飞来飞去,叽叽喳喳。真是鸟鸣嘤嘤,将翱将翔,麀鹿濯濯,白鸟嚣嚣。到了秋天,那棵金桂,花灿似金,浓香醉人。外婆就精心地把盛开的花收集起来,每年能集两簸箩。黄池镇的糕点坊,做桂花糕所需的桂花,每年都是我外公挑去卖与他们。奇怪的是,一年秋天,早上起来,外公照样去喂鸽子,却发现一群鸽子飞得一只不见了。那年秋天,外公一病不起,再也没有好起来,到了冬天,就离开了人世。

圩乡无古树,也无大树。一九三一年遭遇水灾,圩破,沦为沼泽,自然百年以上的树几乎没有。后又大炼钢铁,大树也几近伐光。因为稀少,古树曾是地理的标志,见证着历史,承载着文明,寄托着乡愁,是历史留给后人的宝贵财富。村以树名,如裘公有一村庄叫红杨树史家,以区别于道玉龙史家。树虽不存,但口耳相传中依然以树名为村名。

今年国庆长假,偶然听说朝阳村有一棵知青树,立即拿起电话,向在该村医疗点行医的善喜兄弟咨询。善喜是一个认真的人,第二天中午他打来电话,说就在这棵树的旁边,这里已是一片工地,有人付了定金要把它买走,你赶快来看看。电话那头一阵阵嘈杂。放下电话,怀着对一棵树的牵挂,我没有犹豫,驱车而去。

人生云水,草木人间。凝望车窗外的旷野,遥想着一棵树的荣耀和不易。树,生在乡间,倘有不可考的年份,则常被奉为神,自然有善男信女来焚香膜拜。于是满身红绸绿缎。苍老的躯干发出了翠嫩的新枝,愈发引得鸟鸣附和,便显出一幅辅祝苍生的威严。

喜欢树的不仅是人,还有白云、鸟儿及清风薄雾。大树是鸟的天堂。一棵大树就是一群鸟儿栖息的乐园,有的几代同树,其乐无穷。

欲识乾坤大,犹怜草木青。我喜欢每一棵古树历经沧桑后那种任鸟嬉乐的情怀,所以对保护古树情有独钟乐此不疲。

如果我是一棵树,矗立于这荒野之中,虽然不喜欢这种孤独寂寥,但我依然会拥抱每一只鸟的啼鸣,每一阵清风的安抚,每一缕阳光,甚至每一次雷电冰雪,也会对每一个路过的行人致以友好的问候。尽管我可能已经苍老得发不出甜美的声音,比起居住这里的人们,因为我已活得足够长。我会和他们说他们祖父、太公乃至太公的太公的故事。当然我不喜欢他们给我缠上红绸绿缎,神一般的敬畏,但我真诚地接受每一个人的爱。

论树的保护,作为安徽人,我可以很自豪地说,没有哪一棵树可超过黄山那棵生在云海的迎客松了。它已经成为安徽的标志和象征。我有一位画家朋友以画青绿山水闻名,人们尤其喜欢他画的《黄山迎客松》。苍翠的松树立于悬崖边缘,真诚地伸出象征友好的树枝,远处是清清的瀑布一泻而下,近处是一汪深潭,云山雾罩,郁郁葱葱。这样一幅画挂在新装修房屋的客厅,显得大气磅礴,气场十足。这棵树不仅有专人守护,还有古树专家定期为它体检,是我等凡人可以远观静赏,而不可上前亵玩的国宝级树了。

也有树比黄山松金贵。贵州有一棵金丝楠木王,在贵州青松坡镇的一个自然保护区,树龄比黄山松大五百多年,已有一千三百年。树干通直,自带香气,高达三十余米。一次大风吹断了一节树枝,拿到拍卖公司,居然拍了几十万人民币,整棵树若说经济价值估计不下大几千万。这样一棵树,肯定是一个不小的级别来保护它。否则,熙来攘往的众人,白天不行,夜晚也会有人惦记着它。它在一方山水之间,静立千年,经历了多少风霜雨雪,观望过多少人间辛酸,终于把自己修炼成了一副贵族模样。这份修行,芸芸众生又怎能比得了呢?

交通条件的改善和城市化的推进,客观上对一批古树在原址的岁月静好产生了威胁。从政府层面来讲,保护的力度还应该加大。在泾川大地朝百户坑方向,崇山密林中也有棵古檀树。树不高,树围盈丈,当年皖南事变时,叶挺和项英从山上撤下来,即在这棵树下开了一个碰头会,会后大家分头突围,有人还把一支手枪藏在树身里。这应是见证历史之树。几十年后,一位村民居然串通外地的树贩子以五十万元的价格把这棵树卖到了浙江的某个城市。寻着古树来去的轨迹,去追溯这段历史,我们不能不感到具体的历史与虚幻的现实构成了一幅可笑荒诞的图景。最后这种见利忘义之徒一定会被绳之以法。

在狸桥镇有一个以古树为名的红杨村。红杨树实际上是红枫树。一棵红枫树兀立村头数百年,三五人抱不过来。树大空心,露根堪系马,空腹能藏人。传说,夏天炎热,四个人可以躲进树心围着打麻将纳凉。新四军二支队驻扎狸桥时,粟裕的马就拴在这棵树根上。村上一位调皮的孩子来逗马玩儿,被马蹄踢破了头,粟裕专门安排人上门赔礼并补偿了一块银圆。时隔几十年,当年的小孩已是满头银发的老人,村上的人还经常讲这个故事。镇上建新四军展览馆时,他主动把那块银圆捐出来作为展品。

在狸桥工作期间,为了保护好这棵树,我专门安排为它砌了护墩,并挂上了保护牌,同时对全镇二百二十八平方公里土地上一百三十六棵百年以上古树做了一次登记,并一一为之挂牌保护。修宣狸路时,有两棵树正处路中间。规划道路走向时,和工程设计人员反复讨论修改路线避让不过去,就请来南京林业大学的教授,拿出了一个就地平移的方案。先以树干为圆心,画一半径约两米的圆圈,沿圆圈外侧向下切断大树的支根,一年后待须根长出,再从下面切断主根,用草绳盘土平移。此时,那些须根已恢复了生机,迅速供应上老树主根丢失的养分,成活率极高。如今车行宣狸路,看到两棵树仍在路旁,苍翠中透着勃勃生机,甚是欣慰。

到区政府工作后,有一段时间分管交通,当时正值修104省道,道中间又有一棵百姓敬仰的神树。我给出的第一方案就是就近平移。今天围绕着这棵树已建成了一个街边公园。

也有保护不成功的。每日绕宛陵湖步行道跑步,湖北路旁有一棵古树,看着它由荣至枯,着实心疼。原来修建宛陵湖时,有一棵老红枫树生长在公园的北侧，主事者没有就地填土升高树身，而是砌了一个大围墙，专门设置了一个排水系统。殊不知，宛陵湖储水后，地下水水位上升，加上一到雨季，降雨量暴增，积水总是不能及时排出。大树的整个根系常常积月浸于水中，渐渐地从一两根枯枝到仅剩下一两根绿枝。不知从哪个春天开始，它一片新叶也没有长出来。如今，在周边一片姹紫嫣红鸟语花香中，依然张开着它那枯瘦的几根枝丫，无助地面对着蔚蓝的天空，任凭清风每日拂过。我担心它在不远的将来会被一阵风或一场雪或一阵雨彻底摧毁。虽说每棵树终究会归于尘土，哪怕是枝繁叶茂千年万年，但现在我们却用自己的粗心，让它提前结束了生命，实在不应该。

车至圩心，远远就见对岸的沟沿边，一棵冠如伞盖的大树，枝叶清秀，毗邻碧水，挺拔苍翠，于旷野中有遗世独立之感。

涉坝过沟，善喜和圩乡著名的文化志愿者业俊兄早已在等候。树下已是一片工地，巨臂挖掘机近在咫尺，发出隆隆声响。

这是一棵大叶女贞，树干有三四丈，一人难抱，终年常绿，俗称冬青树。

我心中一凛，圩乡本土的树以耐水的杨、柳、榆、槐为主，这么粗壮的女贞树，在圩区我是第一次见到，难怪有人要把它买走。它怎么生长在这里？怎么又叫知青树呢？

我们找到了附近朝阳村莲花组的两位老人，吴志中和马玲玲。一段真实的历史，清晰地展现在眼前。

原来这不是一棵普通的树，它是一棵坟头树，是一棵纪念树。二十世纪六十年代末，十九岁的女知青王祥华响应国家号召，在知识青年上山下乡的大潮中，从芜湖市来到了这偏僻的水乡。白天,她和莲花生产队的社员一起出工劳动。晚上,在生产队的队屋里点着煤油灯教民兵。当年的小青年吴志中和少年马玲玲就是她的学员,她把自己火热的青春,热忱地奉献给了这片水乡的社会主义建设,和这里的社员融为一体,得到了他们的赞同和认可。两年后的一个夜晚,不谙水性的她却因意外失脚落水,跌倒在屋后的沟中再也没有起来。一种生命的活力最终消解在冰冷的沟水中,一个年轻的生命永远留在了这片土地上。

事后,为了一份不可磨灭的纪念,当时的水阳公社党委书记王鸿树,带领已是生产队基干民兵排排长的吴志中等人,到水阳中学移植了一棵女贞树,亲自栽在了王祥华的坟前。人们便叫它知青树。

于是,王书记手植的这棵知青树,变成了她安息的灵魂。伴水而生,俯视田野,一直长得郁郁葱葱,呈现出旺盛的生命力,呼吸着圩乡的新鲜空气,倾听着冬天的落雪无声,春天的蛙鸣悠扬。

然而,时间确实是一把无情的磨刀石。几十年过去了,它默默兀立沟边,和圩乡所有的树一样,朝迎旭日,暮辞炊烟,如所有路上行走的圩乡老人,渐渐地不再引起任何人的格外注意。

今天,我们仍然能回忆起五十多年前的这位女知青,不能仅仅说是偶然。即使是偶然,这种偶然一定也蕴含着一份情怀或某种人的意志外的暗示。

天地无终极,人命若朝霞。越是见过世面的人内心越是悲悯,越是走过万水千山,历经风霜雨雪,越是不忘初心。我深深地为王书记——这位我一直敬重的老前辈,彰显在圩乡田野的这一份情怀所折服和感动。

悲悯,是人类最崇高的情怀之一,也是文明存在的理由。与浅显的快乐相比,悲悯其实是一种精神,对世间万物和人生百态充满了同情、理解和更高层次的洞穿和感悟。

半个世纪的岁月虽然已将老书记的这份情怀漂洗得如天边的一抹淡云,在唯利是图的经济人面前随时会湮没进历史的深处,但我们还是见到了这棵树,随之也知道了和它连在一起的故事。

接下来,保护好这棵知青树,我们已责无旁贷。

当场我和镇里的领导联系上,并很快取得共识,立即停止了该区域的施工,把保护好这棵树列入这项工程的重要内容。

其间,我到外地出差一段时间,回来的第二天就约了南京的文化名人张炜和善喜、业俊一道来到了知青树前。

张炜兄面对苍劲的女贞树,神色凝重,深深地鞠了三个躬。

就在树下,大家一起讨论这棵树的保护方案,包括之前树下的已被施工人员迁进了公墓的王祥华的陵墓。

其实,大家已不仅仅在关心一棵树,而是在追思与树下相伴的那个人,追思那个人那一段激情燃烧的岁月。

我们无从探知王祥华在生命的最后时刻有没有经历过一种无奈、虚弱、苍白的内心体验。一个青春少女远离家乡,来到圩乡,一定也曾有过孤单、寂寞和对未来的期望。而今天的她,除了这棵树,在圩乡已找不到只言片语的存在。为此我们还是要保护好这棵树,让她不虚圩乡的人生一行。

今天我们与知青树下的女知青已相隔半个世纪的时光,这个世界已发生了翻天覆地的变化。我们喜欢把女人比作花,王祥华正是花季少女,假如没有那场意外的失足落水,她此刻应在新时代与我们一样享受着幸福生活。可这朵花正欲绽放之时,便在这偏远水乡凋零了,生命定格在她最高光的时刻。

人生如寄,忽然而已,幸好有王书记植树为记,她的生命形式才又转化为这棵知青树,和众生一起永远融入了这一片碧水沃野。

白云悠悠空中,心随云去,一片苍茫,心底充满了无限的惆怅,满眼是浪舞的幻影。

堤岸蒲柳,难系故人行舟。山长水阔,寂寥一鸿鸥。夕阳渐斜,女贞树那斑驳的树影,贴着我们岸边几个疏松的人影,跌落水中,如人生匆匆而过的岁月,随波悄移。碧水行舟过,斑斓如一梦。

我们的生命终究归于这一片土地,像每一棵树一样,无论时间多长,根下的这块土地永远是难以舍离的故乡。

人类社会生生不息,作为个人,犹如沧海水滴,留下记忆的,从来不会是因为生命的长短,而是在这个时代的潮流中,人的灵魂可曾向着阳光闪烁出哪怕一缕光芒。

现在,我们真诚地去保护好这棵树,又岂止是保护好一棵树!

# 拾得泥土一段香

从乡下搬进城后，我的爱人依然眷恋着那份故土的芳香，很长一段时间不适应如鸽子笼般的水泥森林里的生活。终于有一天，她找到了一份乐趣——种菜。只是菜地较远，离家约五公里。是一片城市化进程中的自带伤——一个烂尾楼盘的二期空地。不过，车子可以直达边缘，还是高等级柏油路。地里荒草萋萋，四周是翠林修竹。

在晨曦微露的清晨，或斜阳柔和的黄昏，我就成了妻子的驾驶员，开着车送她去垦荒。一番番开荒拓土，一次次挥汗如雨，生地变成了熟地。于是，又开车陪她购种、播种、施肥、锄草、浇水、采摘……虽然，每次都不会超过短短的个把小时，几年下来，倒发现了许多的乐趣，悟出一些道理。

打理一片菜地，也要统筹好方方面面的资源，每一块土地都有适合生长的植物，每一个季节都有唱主角的蔬菜。所谓时蔬，是指应季而生。

整个种植的过程虽非复杂的编程设计，也绝不是简单的单一劳作。黄豆可以种四茬，山芋也可种两茬；茄子、辣椒到了秋天剪去老叶，还可以再发新芽，重新开花挂果；玉米、黄瓜收完了就可以腾出地来播冬白菜、种大蒜、栽洋葱；今年种豆的地，明年一般就换茬种瓜了……所有的果实都是种菜人和土地、气候交流合作的产物。它让你去用心感知自然，和自然共同去孕育一个个鲜活的生命，经风雨，沐阳光，茁壮成长。

有一天，我猛然发现妻子对天气的感知比我进步了好几个级别，不仅是最近几天的天气了如指掌，每个小时的阴晴风雨都心中有数。种菜后，她成了家中最关心气候变化的人。

藤蔓蔬菜一般要为它们的生长搭好架子。黄瓜、扁豆、豇豆、丝瓜、葫芦、瓠子，等等都是。

架子自然是我来搭。两排斜叉，三排横缚，横是一条线，斜叉成三角，用平时积攒的塑料线头一一扎紧，整个架子自成一体，任凭风刮藤缠，也是纹丝不动。几季下来，操作的程序、技艺也是十分娴熟。搭架子的竹子是朋友送过来，不够了，就借一把砍刀，就地取材。周边到处是丛丛的修竹，一根根竹细节密，正是搭架子的好材料。初夏时节，几十根小圆竹砍下来，虽汗流浃背，也是非常有成就感。

开始我信奉自由主义，任藤蔓在架子上自主缠攀。它们却不守规矩横冲直撞，有的向四周横伸，直接就侵占到别人的领地，干扰其他蔬菜的生长。有的不是沿着架子往上发展，到了中途，回过头来向侧边攀附。虽整体生机勃勃，却有失秩序。美观度也不够。于是，我每天按照因势利导的原则，在总体保持稳定的基础上，对攀上架子的藤蔓进行一番梳理，将斜出旁逸者归拢，侧出者附中，低绕者扶正。蔓茎很嫩，小心翼翼，稍一手重就可能断掉。几天下来,整垄架子看上去疏密有致,顺畅井然,一朵朵小花绽放其上。

胡萝科的都要搭架子。有两种,一种是瓠子,圆柱形,皮外有茸茸的细毛,用锅铲刮去外面青皮,切成条状,清炒,做汤皆可,爽嫩,味很美,甜丝丝的有回甘,甚至有点肥腻。但也有苦味的,那是花开之后,种菜人不小心踩扁了藤子,致使水分供应不畅的缘故。

还有一种葫芦科是匏,俗称葫芦。上小下大,圆形束腰,一般用作葫芦瓢,所谓"一个葫芦两介瓢,照葫芦画瓢",就是指它。八仙之一铁拐李就有一个道具为匏。"一匏渡江湖"。在圩乡老家,掏出葫芦里的籽囊,风干后可以用来装种子等。也有夏天游泳做救生圈用的,相当于现在的跟屁虫。秋风扫落叶,藤蔓渐枯,架子上仅剩了几个匏子吊在空中,摘回两个送友人,很是喜欢。剩下两个挂在门口,谐音福禄吉祥之意。风一吹,里面的籽呼呼作响,也挺有意思。

山芋、番瓜也是藤蔓植物,却不要搭架子了。贴地而生,任其生长。山芋的梗子可以吃,叶子也可以吃。记得在老家,这些都是用来喂猪的,现在却是好蔬菜。深秋,山芋收上来,一时吃不完,放在阳台上晾上几个太阳天,用纸盒子装起来,囤着,一直可以吃到来年的春上。

番瓜即南瓜,藤向四处蔓延,与周围的杂草蒙络交错,到了盛夏,也不再去清除杂草,任其一道疯长,绿草茵盛,瓜渐长大,若隐若现,草中寻瓜,倒也是一乐。有的触须毫不客气地伸长到杂草的深处,不觉得已在人家的领地打下了一片江山天地,开花结果。待到秋风催草,枯黄一片,居然有几个瓜躺在枯草之间,便又收获了一份意外的惊喜。

陶渊明在老家种田时，有一童生向他请教读书之法。他手指禾苗问童生，你是否看到禾苗在长高？童生凝视良久，不觉禾苗有变化。陶渊明笑道，苗其实时刻都在长，只是我们察觉不了。读书无他法，只有持之以恒，日日用功。

其实，夏日瓜菜真的是看着它长。各种不同的菜一个劲儿地比赛着生长，一天一个眼头。这时，每天都要去地里摘回来，大部分是送给朋友分享。于是，在朋友的谢意和夸奖中收获着快乐。

最多的快乐还是在种植的过程中。心情不好时，可以去菜地劳作一番，汗流浃背，心中豁然，便不再执拗，便知和世界妥协是快乐之源。遂就放下过往的疑惑，不想未来的未知，回到了当下的耕种。

人间烟火气，最抚凡人心。夏日的清晨，去看每一种蔬菜的花开是非常不错的选择。

番瓜花是金黄的，雄花高高举在半空，雌花贴茎而生，茎蔓是空心，脆而薄。清晨，几只蜜蜂在深凹的花瓣中忙碌着，一点儿也不偷懒。一朵雌花就是一个蕾，但很少能长大成瓜。蔫脱率非常高，有人教了一个办法，掐去藤梢，在每一个结的瓜蕾前寸许处插一根牙签，改变它肥力输送的末梢效应，让部分肥力回流到所结瓜蕾上。于是，每天早上我跑完步一项重要的活儿就是寻找新的花蕾，一个个认真地戳上牙签。种菜和做各种事一样，都要用心、用情、往精致处奔。果然，经过处理的花蕾很少有凋蔫的了。

豇豆的花是两个荚子，像蝴蝶，蓝白色。俩花瓣像一只蝴蝶的翅膀展开着。几乎每朵花下都会有一挂豆角长出，翠碧嫩绿，招人欢喜。

黄瓜的花也是黄的，五瓣，如小五角星，铜钱般大小，开得很热闹，几乎每朵花都会结一条瓜。瓜是青色的，如乡下的土菜瓜。菜瓜是不搭架子的，长得也没有黄瓜这么泼皮。我总认为菜瓜是本土的瓜，小时候在圩乡极普通，既可以生吃也可做菜，一点儿也不金贵。当时圩乡是没有黄瓜的。后来不知从哪本书上看到菜瓜又叫越瓜，在这片土地上已生长了上千年，确实是土著。小时候嫌其没有西瓜香甜，现在倒越来越喜吃菜瓜了，特喜欢它的平淡朴实。

丝瓜又叫丝条，花是黄色，花朵比黄瓜的花大多了，绽放开来如小碗。黄瓜开花时它也凑热闹，这儿开一朵那儿一朵开，却不结瓜，因为丝瓜坐果要求气温高，比黄瓜上市要迟约半个多月。可待它开始挂果时，那是一条条如冬天屋檐悬挂的冰凌子，接二连三，你是吃不完的。

瓠子的花开得很张扬，白色的一朵朵在架子上迎风招展。坐果的瓠子迎着每一个朝霞，都能让自己壮上一圈。

开得最低调的是辣椒的花。花是五瓣，细如米粒，白色的花一律朝下开，简直低调到尘埃，只顾埋着头结出一个个大辣椒。这和它来得晚是否有关系？菜的家族也讲资历。辣椒约在明代万历年间传入我国。关于辣椒的记载，最早出现在明代高濂的著作《草花谱》中，有"番椒，丛生，白花，果子俨秃头笔，味辣，色红，甚可观，子种"的记录。在这之前，我们的辛辣调味品主要是生姜、胡椒、花椒等。辣椒传入后，逐渐担当起辛辣味的主角，并和原有的辛辣品互补而相得益彰。到十九世纪上半叶，辣椒栽培和食用已经相当普及，在一些地方，甚至成为菜蔬要品，顿顿不离。夏季的辣椒是主打菜，随着不断的驯化，今天有的辣椒犹如青菜，辣味全无。

"绿池芳草满晴波,春色都从雨里过。知是人家花落尽,菜畦今日蝶来多"。花引蜂蝶,石生苔藓。想必明代大文人高启也喜欢站在自家的田园,静观蝶舞菜花开。

是的,纯粹的种花,赏眼赏心。种菜,不仅赏心悦目,还可解决吃的问题。从功利的角度更胜一筹,毕竟我们都还是红尘中人。

那些花,不因为你不关注,它就不开。如果说花开有何求,那就是凋零自己,成全果实。洗尽铅华,孕育生命就是花的追求,花开的本真。

种菜,让家中的餐桌摆脱了大棚蔬菜的诱惑。我们回归自然,在泥土的芳香里,重新理顺了四季的更迭。

种菜,让你去关心晴雨,关心气候,离自然更近。它带来的快乐在于随着每个时节的变化,你会考虑是去播种、育秧、移栽、锄草,还是去施肥……因此,有一片田种菜,便有了一份寄托、念想,便有了与土地交流的介质,也拥有了一个个鲜活丰满的清晨和傍晚。这与每天焦虑的案牍劳形或流水线上的枯燥作业,实在不可同日而语。

更让人痴迷的是,只要播下种子,不吝惜汗水,到时,就会有收获。那灰溜溜的菜地,犹如故乡最淳朴的乡亲,你敬他一尺,他会默默地使劲儿敬你一丈,从不拐弯抹角投机取巧。在今天的城里,这种品行,算不算稀缺品呢?

# 寻找稻田

十月将尽,三秋已过,秋天却还没有走远,那黄的花,红的叶,青的山,提醒着我们:秋天的江南真美。此时,便想找一片稻田,看它低调的垂穗,看稻浪的波涌。

出城,一路向西。

路边的一枝黄花,蔓延开来,一片片,挤占了芭茅草、小红豆、小黄菊生存的空间,毫不客气。半旧不新的村庄已被成片的地推倒,偶尔有一幢孤傲地突兀着,反而显得极不和谐。

我知道终有一天,那路边延伸开来的一枝黄花也会消失,取代它的会是城里人种上的高楼大厦,或是成片的厂房。

车行一圈,映入眼帘的大都是风景苗木,果树茶园和荒芜的农田,终究没有找到连片的稻田。

其实,寻找稻田,无非是想寻觅曾经面对稻田的那份心境。小时候看稻,就是香喷喷的新米饭,因为有了它就可以代替餐餐难以下咽的番薯。农人看稻,看出的是汗水浇灌后的喜悦。诗人却另有一番情趣,稻花香里说丰年,牵挂的还是那蛙声一片。因为那是纯净的自然与人类和谐相融的音符。唯有这,才能引发诗人的共鸣,人类更高层次的神往。到了这里,寻找稻田的含义,不再是俗人的那一份功利——早上看稻,接丈母养老;中午看稻,打鬼骂神道;晚上看稻,罢了罢了!

于是,放翁就有了"行歌曳杖到新塘,银阙瑶台无此凉。万里秋风蔬菜老,一川明月稻花香"。秋水阵阵,明月照水,老头儿悠闲惬意的心境跃然纸上。

高僧眼里的稻田却是深深的禅意:"手捏青苗种福田,低头便见水中天。六根清净方成道,退后原来是向前。"那噼噼啪啪禾入水田的声音,不断重复的是一种心境的自我调适,只是偶尔会被雨丝里一掠轻燕的啼鸣打乱了一丝节奏。

没有找到连片的稻田,终是心有不甘,遂想回到老家去看稻田。

家乡是一大圩,自古是鱼米之乡,当然除了纵横的沟渠是鱼儿的故乡,平展的田畴就是禾稻生长的地方。县志上记载:"赋出宣邑六之一,漕取足于圩者十之八九。"从古至今,无论丰歉,稻田,永远是圩内最美的风景。

曾在圩内的稻田中辛勤地耕耘,在水平如镜的水田播种下一行行像律诗般的禾苗,挥汗收割过一垄垄沉甸甸的稻子。情寄之深,无以复加。

想去就去,第二天我就独自开车回了一趟老家。

车驱大堤,来到孤悬城外的圩乡,放眼望去,却无一稻田。圩埂下不知是青葙子还是红蓼,成片成片地一丛一丛挤挤挨挨地蔓延开去。虽卑微而细小,却在这不为人知的角落,认真明丽地绽放。白如绸练的沟渠之间一块块昔日的埠子也已挖成田塘,养起了螃蟹。全国幼蟹之乡的大幅广告牌赫然树立在大堤上，打眼而醒目。

猛然醒悟，已是时过境迁，弃田种树，挖田养蟹，十万亩良田已然成为十万亩蟹塘。

停车开窗，水阳江边的清风带着圩堤旁青草的香气溢进车内，和煦的阳光抚慰着有些疲惫的身躯，我倦倦地闭上眼睛……

收割季节到了，金黄色的稻子沉甸甸地垂着稻穗，微风弹奏着层层稻浪，一只只麻雀整齐地排列在稻田旁的电线上，叽叽喳喳，喜看稻菽千层浪。

沐着晨风，不嫌露水，弯腰下田，唰唰声中，一行行稻子完成了向天上生长的过程，整齐地倒伏在田畈中。锯镰刀是锋利的，稻叶也是锋利的。细皮嫩肉的少年从不服输，弯腰挥镰，不输父母，只是胳膊、手背上全是血痕。

割倒的稻子，浑身散发着草香味，在烈日的暴晒下，青色的稻秆在沉淀它澎湃的激情，静静地在田间思索着茁壮成长的一生，慢慢由青变黄，由硬变软和。

此时把斛桶扛进田里。农人挽起袖子，攥起一摞摞稻把，高高举过头顶，掼向那慵懒了一季的光滑桶壁，震得饱满的稻粒哗啦啦地撒进桶中。力量的碰撞声声震彻田野，漫过风轻云淡的天际。

如今的稻子已没有了这一个过程。当它垂下头准备整理自己一辈子成长的得失时，隆隆的收割机即开进田中，让它不再拥有躺下沉思的时间。于是，现在的稻米也就没有了儿时稻米的那一份醇香。

更多收割过的稻田，一般会有队列整齐的鸭子走进去，它们给烈日下静寂的水田带来一幅生动的鸭戏图,啄食农人收获后遗留的稻粒,欢快而仔细。农耕社会的"颗粒归仓",就由它们最后来打扫战场。那时,在田埂边戏耍的我,总不解,那群鸭子后面挥杆指挥的赶鸭人,凭什么让这成百上千的鸭子服从命令统一行动,不丢不落?为了探寻其中的奥秘,有一次我居然赤脚呆呆地跟着赶鸭人跑了好几个埠子。现在想来也是执着。

忙碌的早稻收割结束后,又是一季。蓝天白云临季秋,空里流霜不觉飞。晚稻在凉风中不慌不忙地呈现一片金黄,红彤彤的柿子骄傲地挂满枝头,点点粒粒在阳光下闪烁,映着湛蓝的天空。白银般的芭茅举着扫帚,仰天清扫,衬着远处的山峦格外清澈。金灿灿的稻谷再次陷入了沉思。

清风夹杂着稻叶的清香,清凉舒爽,黄花满地,落叶千愁,万物凋零,唯余果实厚重,蕴涵着下一季的希望。晚稻似乎更加依恋生长它的那片沃土。割完,日晒,扎成一个个小捆,整齐地像睡在田里的娃娃。这个收获的季节,是农人最闲适的一季。

捆好的稻子码到田埂上,再一担一担挑到稻场,码放成堆。整个生产队只有一台脱粒机,一家家轮着脱粒。进城打工潮还没有开始,干活儿的自然有一群青年男女,身边就是初恋的姑娘。停电了,月光皎洁,机器不响,大家就躺在稻堆上看天上的月亮,七嘴八舌地憧憬着外面光怪神奇的世界。此时倒担心那停了的电马上就来,稻堆上嬉闹所发出的阵阵清音,实在比脱粒机隆隆的轰鸣,让人沉醉。

陪恋人行走田埂。月光把两人的影子印在闪着露水的稻叶上,一片光晕闪闪发亮。至今忆起,仍觉得那是青春年少的光芒之焰在希望田野上的铺展。

稻浪深处，那个记忆中永不漂泊的家乡，出村的小路上，走出了那些与我一起进城成为市民的农民，当然也有一些村民折返，依然留守于乡村的一隅。这些年来，村内村外的我们，似乎从来没有静静地听过一回蛙声。是的，与稻田为伴的人们，没有一个成为诗人，却用自己的双手写下过一行行从青绿成长为橙黄的诗——那是以青春的蓬勃向成熟的收获致敬。

他们不是诗人，但是他们把酒临风之时，眼光柔柔地扫视着一株株稻子，看似没了功利，其实却是满眼的功利。不行春风，难得秋雨。庄稼人眼里的诗，就是过上好日子。

多少次，梦回那片金色稻田，极其真诚地凝眸稻浪：卷起裤腿，光着脚丫，俯下身子，双手抚摸，与之对视着——以脚趾间涌动着泥土的清冽，还有鼻翼下升腾起醉人的清香，以及眼眸深处那片泛滥成灾的金色画卷，实打实地感受着，那一片属于我的稻田。

睁开眼。大自然是最好的画师，多姿多彩的色调冲击着人的视觉，圩乡是一副斑驳陆离的油画，只是画中没有金灿灿的稻田。

没有稻田的画卷，似乎缺少了什么，终究不能直至灵魂。放眼望去，日头于云层之间喷灌而下，刺得眼眸金黄一片：哦，那不是吗？蝴蝶翻飞，稻浪滚滚，大片大片的稻田直扑眼前……此时，圩乡矗立着一排排敖仓……

寻找稻田，或许是寻找农耕文明的那份循环生态的美丽。抑或是在寻找少年的稚趣、青春的烦恼或中年的忧思……

第三辑

一半秋山带夕阳

# 碧水丹心

## 一

"老张,你在哪里?这个星期天到雁翅去吗?"

"哦,我在滁州几个雁翅瓦匠的工地上,回来就去。"

退休十年了,老张在家里还是待不住,雁翅人在外打工的工地上、车间、码头倒时常会出现他的身影。他依然像在工作期间一样喜欢和这些人交流。他们也已习惯了有这么一位贴心人。

时间犹如漫漫黄沙,会湮没许多闪光而又有生机的东西。但老张在雁翅人心中已然成了一座永难侵蚀的丰碑。他的故事像村头古老的水口树,口耳相传中风一般在乡间传诵,历久弥新。老张,在这片土地就是一个神话般的存在。

老张,就是宣城市宣州区雁翅派出所原所长张兴才。在这个岗位上,他被评为安徽省首届优秀公务员;四次进京——两次全国公安英模代表,一次全国先进工作者,一次央视春晚嘉宾;三次受到江泽民、胡锦涛、习近平等党和国家领导人的接见,雁翅所也被评为全国先进派出所。

我当时在雁翅乡政府从事宣传工作,曾把派出所的事迹整理成一篇通讯,以《金盾在老百姓心中闪光》为题发到省广播电台。那是一个广播在农村很有影响力的年代,有人听到了,立即打开对讲机中派出所的频道,让收音机中播音员的声音传到老张的耳边。从此,我和老张便成了忘年交。

后因工作调整搬进了城。作为一个老圩乡人,这些年,相约一道陪老张回雁翅转一转,便是节假日常有的事。我知道,老张离开雁翅虽有十多年了,圩乡的一草一木却从没离开过他的心间。

一次,在回雁翅的路上,车行金宝圩大堤,一江浊水拍打堤岸,几只白鹭横掠江面,飞向远方。我知道那层峦叠嶂的远方有他下放的山村和曾经工作的地方,就问老张,你为什么中途改行到雁翅来当警察?他注视着远处的层峦,点燃一支烟,叙述伴着烟雾飘向窗外,轻盈、缥缈。

老张很小的时候就想当一名解放军战士,做最可爱的人去保家卫国。但由于父亲的原因,他带着深深的遗憾来到农村插队落户,但理想并未泯灭。直到进大学,他才意识到这一生是不可能当兵了。分配到乡镇后,曾担任过一段时间的乡党委宣传委员。后来听说乡公安员位置空缺,他立即找到乡党委书记,提出不干宣传委员,干公安员。乡党委一班人感到很不解,因为乡宣传委员是乡领导班子成员。级别高的宣传委员不干,偏要干职务低的公安员,这太不合常理了!老张这么做,是为了实现少年时候的理想。当不了兵,当警察也可以,当不了警察当公安员也行!

当上公安员以后,老张如鱼得水,披星戴月,每日辛苦地干。大家送老张一个绰号——张疯子,意思是说他干起事来像疯子一样,抓坏人时像疯子一样。一年,乡里发生了两起凶杀案。一起是村支书被杀，一起是一犯罪嫌疑人被杀。这两个案子很快都破了。在侦破的过程中老张起了重要作用。

几年的公安员生涯，地方党委政府以及市公安局，对老张的印象相当好。老百姓更是与老张关系密切。不久组织部门找老张谈话，要提拔老张当副乡长、副书记。当时老张急了，立即向组织上打报告，情急之下写出的报告题目是"永不改行，一公到底"。这"公"就是公安的公，老张愿意永远当一名公安员。

恰巧这时候市公安局准备在雁翅乡设立公安派出所。在与雁翅乡党委政府商量人选时，公安局说老张适合。就这样，一九九三年六月份老张接到到雁翅派出所的调令。那天老张快活得要命，少年时的理想终于实现了，从此成了光荣的人民警察中的一员。

二

雁翅，水阳江下游的一个圩乡，皖苏两省，宣当高芜四县交界之处，区位偏僻。二十世纪八九十年代，派出所没有成立之前，这里的治安环境很烂。乡里"土痞子"十分猖獗，打架闹事，称霸乡里，为害一方，闹得鸡犬不宁，这些家伙把地方搞得乌烟瘴气。特别是和当涂县交界的乌溪拐一带，抢劫、敲诈勒索案件频频发生，下午四五点以后就没人敢路过了。老百姓严重缺乏安全感，也影响了当地经济的发展。

号称金宝圩第一好汉的黄其飞，是远近闻名的狠人头。人高马大，头脑灵活，打架斗殴，心狠手辣。一次，一帮水产养殖承包户与当地农民闹出纠纷要进行械斗，叫来亲朋好友助战。双方互不相让，聚集了数百人，有的持棍、有的拿锹、有的扛锄，齐刷刷地站立塘口两边,喊声震得天上飞鸟遁远,塘里的野鸭扑棱棱擦着水面乱窜。承包户一看对方人多势众,情势不妙,赶紧派人请来黄其飞出面助战,"酒钱"随他开。听说黄其飞要来,人们就寅一个卯一个地往回溜了。他耀武扬威一到场,数百人像见了瘟神一样,立马回家,关门避祸,所谓惹不起躲得起。

女青年刘小香和男朋友一道上街,路上恰遇黄其飞。黄其飞见刘小香长得漂亮,遂起歹念,要霸占她,就对她的男朋友甩出一句话:"姑娘长得不丑,是我的了!以后不准和她来往!"小伙子忍气吞声被迫让到一边。老实本分的圩乡女孩刘小香吓得两眼发直,一时缓不过神来。回家后,越想越害怕,她说:"这绝不可能,我坚决不和这样的人生活在一起。"不久,终因郁闷和恐惧,服毒自尽了。死前留下遗书:黄其飞,该杀!

一天,江苏高淳丹湖供销社钱主任出差经过雁翅,渡船上,见几个小青年套红绿笔骗人钱财,就说了一句"这东西是假的"。话音未落,这伙人就对他拳打脚踢,并将他扔到江里。钱主任一只手刚搭到船沿边,另一只手还没有露出水面,有人从身上抽出砍刀猛地砍向他的手背,血淋淋的四个手指掉在船舱,钱主任却再也没能上船,沉入了江底。

张兴才走马上任暗暗发誓,不把这里的社会治安搞好,就引咎辞职。

他用整整三个月的时间进行细致地摸排,掌握了两种人的底细。对事实清楚证据确凿的犯罪嫌疑人运用法律的武器绳之以法,逮了一批。对事实不太清楚、证据不确凿的危害一方的狠人土痞子,则选择典型,采用最原始的方法,同他们单挑独斗,杀一儆百。一天上午蟹市刚结束,在雁翅后街的圩埂上,张兴才一身正装例行巡逻。真是冤家路窄,迎面与黄其飞相撞。

"别动!你就是黄其飞?"

"是又怎么样?我没犯法,你老张还敢打我?"

"今天,老子就要教训你!看你还敢欺男霸女,为非作歹!"

老张脱下警服解下武装带交给身后的干警:"你们谁也不要上!"

众目睽睽之下,没有多话就一个箭步跃上前,挥手出拳。黄其飞吓得连连后退。随后想倚仗身高力壮,站稳脚跟殊死一搏。张兴才没容他半丝喘息机会,拿出少年时在摔跤队锤炼的童子功,左手虚晃一招,右拳带着风直奔黄的面门,打得他两眼直冒金星。黄其飞只有招架之功,毫无还手之力,节节后退。眼看退到圩埂边缘,张兴才一个转身,飞起一脚踢中黄的臀部,黄轰然倒下,骨碌碌滚到了圩埂下面。张兴才乘胜追击,健步如飞跟到埂下。黄其飞连连讨饶:"张所长,饶了我,以后我一定做一个好人!"

此时圩埂上下尘土飞扬,围观的群众越聚越多,大家齐声喝彩:打得好!事后黄其飞在床上躺了一个多月。

那年正月,天寒地冻。一个上午,一位三轮车驾驶员惊慌失措地到所里报案:刚才一个扒手在三轮车上作案,被人发现后,掏出匕首将人刺伤,现在正往江苏那边跑。

案情就是命令。张兴才立即带着人驱车往水阳江方向追去。

眼看着歹徒就要追上了。那家伙扑通一声跳进了清澈冰冷的水阳江,拼命向对岸游去。冬天的江面虽然不宽不深,寒风习习,江水却是刺骨的冷。老张没有一丝犹豫,跳下车,脱掉外套,也跟着跳进江里,硬是在江中心将他抓到。拖到了岸边,冻得发抖的扒手自认"翻船",连声说:"没见过你这样不要命的警察,我算服了。"

凭着这股狠劲儿,当地的土痞子很快被张兴才征服了。他又集中精力整治那些小偷小摸严重干扰经济发展的害虫。八九月份,菊黄蟹肥,正是河蟹上市季节。当时金宝圩地区偷蟹成风,弄得承包户个个愁眉苦脸。当地的习俗,偷蟹并不是一件太丢人的事。往往是看笑话的人多,协助破案的人少。老张经过调查摸底,发现西塘、中联村一带有不少人偷蟹。他就带着几名干警晚上埋伏在塘口边上。秋天的夜晚,人伏草丛,蚊虫叮咬。衣装整齐,又炎热难耐。老张依然一连坚持蹲守了一个星期。有一天后半夜两点左右,远远见有三个黑影走来。他悄悄地运动到桥洞里,待黑影走近,果然每人拎着一只沉甸甸的网袋,屏息静气,能听到网袋里的蟹子呼哧呼哧吐沫声。等到几个偷蟹的走到了桥边,他大喝一声"站住,别跑!"吓得小偷丢下网袋就跑。几个警察一拥而上,将几个偷蟹的按住了,接着又接连捉住了几批偷蟹的,很快刹住了这种歪风邪气。

虽然没有刀光剑影,那威望也还是在重拳出击下竖了起来,像风扫败叶,推陈出新的是一片翠绿盎然。打掉的是滋生于民间社会的那种戾气,树起的是一股正气,当地水产养殖和造船业也一下兴旺了不少。蟹市兴旺,秩序井然带来的客流物流,一片商贸繁荣。从此,每年的雁翅交流大会就形成了人头攒动的场景。河埠头停满了横七竖八的一片小船,街面上人挨着人,黑压压一片。那情景倒有点儿像当年火车站火热的民工潮来到了这片偏僻的圩乡。

# 三

回雁翅的路上,我和他边行边聊,他又点起一支烟。老张退休后,开始抽起了烟,这也是他生活中唯一的嗜好。烟雾在他的面前袅袅腾起,仿佛要掩饰住那张饱经风霜沧桑的脸,有些疲倦,略显老相。只是从那迥然的眼神偶尔一闪的光芒中,你还是能判断出他曾经激情如火,这种火焰至今还在心底烈烈燃烧。

照理说,这半年里我们日夜操劳为雁翅乡的社会稳定付出了汗水,应该说是有功之臣。但一件小事使老张陷入了沉思。那一天他因为忙于工作误了餐,就到街上小饭店去吃饭,走进饭馆,坐上饭桌后,同桌吃饭的其他人都把饭菜搬到另一桌上,饭桌上只剩下他一个人。这种莫名其妙的冷淡使他倍感孤独,他纳闷起来。他们吃苦卖命,维护稳定,没有功劳也有苦劳,可群众为什么见到所长会回避?思来想去,认为建所半年来,他们虽然全力以赴去抓治安,忙于冲冲杀杀,却忽视了群众,没有树立全心全意为人民服务的思想意识,以至于和群众产生了距离。

老张决心改变这种状况。全所干警开展了大讨论,统一思想,一致认为当警察不仅仅是抓坏人,更重要的是和群众打成一片,建立感情,把全心全意为人民服务作为工作的出发点和落脚点,把一切为了人民满意作为不懈的追求,这样才能以爱心赢得民心,以公心赢得民信,受到百姓的尊重和爱戴。从此老张率先垂范,在一手抓社会治安的同时,把更多的精力放在为人民服务上,把人民满意作为他人生的最高追求。通过努力他对警察有了更高层次的认识:警察是执法者,但首先是人民的公仆,群众有事不找你,说明你不是一个合格的警察。群众有事找你,而你办不好办不公平,群众不满意,说明你不是一个好警察。在不懈追求人民满意的征途中,老张乐此不疲,只要是群众需要的事他都去做,把好事办实,把实事办好,直到群众满意为止。

如果说张兴才整治雁翅的治安靠的是侠骨铮铮,争取群众满意就是凭的一片似水柔情。

在雁翅工作时,我看到老张的办公桌玻璃板下压了两张照片。这两张照片背后的故事,我做了深入的了解,佐证了老张在这方面的努力。

一张是他跟一位叫程剑平的五保老人在一起的合影。金宝圩一带的人都叫他程老先生,当年八十多岁了,是金宝圩四根笔杆子之一,字写得特别好,老人长期跟老伴儿一块住在敬老院里。老张到敬老院认识了老人后,常常去送上一点儿钱物什么的。一次,他见老人牙掉光了,吃东西不太方便,就用车子把老人家接到镇上,镶了副假牙。医生问开不开发票,他笑着说,我帮父亲装牙还开什么发票。后来长时间的交往,两个老人家一直将他当亲儿子看待,张兴才也一直把两位老人当作生身父母,几乎是隔不到几天就要去一趟敬老院看看他们。要是出远门十天半个月,也要去打个招呼,免得他们挂念。一天,老人拄着拐杖找到张兴才,拉着他的手说:"兴才啊,我现在身体衰弱得很,今年不一定挺得过去了。从现在起,我天天祈求老天保佑你,保佑你平安,保佑你两个女儿考上大学。"说着硬要跟张兴才在一起合个影,留张照片在身边。这样看不到他的时候就可以看看照片,好寻找一点儿安慰。张兴才感动得眼泪都要落下来了,他把这张照片压在办公桌的玻璃板下,作为对自己的鞭策。

玻璃板下另一张照片,是一位老大妈跪在张兴才的面前,旁边有一群落泪的人。这天,张兴才接到雁翅的一位船民从东至打来的一个电话,说雁翅船队中有一个叫夏春凤的姑娘不幸掉到长江里去了,尸体到现在都打捞不上来,请他速去想想办法。按常理,这已不是他的职责范围的事了。但他想,难得雁翅父老乡亲遇到困难还想着他,这正说明他们对我们信任,遂不辞辛劳连夜出发,天亮时分赶到了东至。

船队正在用滚钩捞尸体。夏春凤的母亲看见张兴才这么早就来了,非常感动,跑过来就给他跪下了。他一把扶起她。夏春凤母亲对着滔滔的长江大声哭喊道:"春凤啊,你起来吧,我们老家张青天来了,他来了,你对他说说话吧。"江水呜咽,其声可泣。说来也巧,不到一小时滚钩碰到了夏春凤的尸体,将她打捞上岸。

事后一位船户拿了当时拍的这张照片给张兴才看,他感到震惊,说:"说老实话,应该给老乡亲跪下的是我。因为他们给了我这么大的信任。"这件事,给他相当大的震动。他将这张照片一直压在玻璃板下,时时刻刻激励自己:"你张兴才是人民的儿子,士为知己者死,你张兴才就是要为雁翅乡的父老乡亲鞠躬尽瘁,死而后已。"

几十年的从警生涯,张兴才付出了汗水,也得到了回报。这回报不是金钱,是比金钱更珍贵的警民情。一九九八年十二月份,他从合肥参加省十佳优秀公务员表彰大会回来,百姓争着和他合影留念,七十八岁的张老太太便是其中一个。那天老人家看到张兴才说:"张所长,你得了光荣,我高兴。你和别人照相,我也要照一张。"他当即答应了,找来相机,披上绶带,把奖章挂在老太太的胸前,同她合了影。她非常高兴,逢人便讲,并把照片拿给别人看。可没想到,不久,老人就生病卧床不起。弥留之际,她拿着那张照片,叮嘱她的儿女今后遇到困难就去找张所长。一直到去世,老人手中仍紧紧地握着那张照片不放。事后听了老人儿子的叙述,张兴才感到非常震撼,他说:其实,一切荣誉对我来说都不重要,只有像这样得到人民的信任,才是我最高的荣誉,终身的追求。

此时,张兴才的心早就和雁翅这片水土融合在一起了。

## 四

车平稳地行驶在宽阔的圩埂大道。黑色的柏油路,在圩田和水阳江水之间像一条带子向前延伸,阳光下宛如水晶在前方闪烁。当年,这路只是初级的石子路。车一开,灰尘蒙蒙。老张就是在这条路上,车后带着一位死去的姑娘,跑了两个多月。

生活中老张有三不:不喝酒、不抽烟、不喝茶。唯一的爱好就是喜欢骑摩托车,巡逻、办案、出差,单程只要不超过二百公里,他都是骑车来去。他说这样更容易贴近群众。

那一年,水阳镇一个女青年在这条圩埂公路上与一辆三轮车相撞,抢救无效死亡,肇事者是雁翅乡的三轮车驾驶员史某。姑娘的尸体火化后,一大帮亲属气冲冲地来到史某家,又砸又闹,把死者骨灰撒在车主新盖的房屋里。房屋成了墓地,惹火了肇事者和同村的村民。他们拿着锄头挖锹,堵住了出村的道路,双方对峙着,一场恶斗一触即发。张兴才和干警接到报案后及时赶到,双方都放下了手中的家伙,但仍七嘴八舌,群情激愤。老张和干警把双方隔离开分头劝导,要求按照交警部门拿出的意见执行,再这样闹下去就是对家庭、对死者的不负责任。一番苦口婆心终于劝走了水阳的一帮人。此时,肇事者家人又嚷了起来,说:"这新盖的房子里撒了骨灰,不吉利,没法住了。"驾驶员的父亲要求派出所帮他家辟辟邪。他说:"你们是戴大盖帽的,公家人,在我家屋里睡一夜,就能祛除邪气!"张兴才想不到老人有这种要求。他二话没说就答应了,和两名干警在撒满骨灰的客厅打地铺睡了一夜。一觉醒来,他总觉得事情处理得不圆满。死者家人,一气之下撒了骨灰,如果等一段时间气消了,想起女儿要骨灰怎么办? 想到这里,张兴才把骨灰扫起来,找了个干净塑料袋装起来,用红布将塑料袋扎好,把姑娘的骨灰带回了所里。

　　骨灰放在哪里呢?此时的老张犯难了。放在家里,老婆和丈母娘在家,她们肯定会嫌不吉利,不让放;放在所里吧,当时所里正在搞基建,人多手杂,弄得不好被人随手扔了。最后他灵机一动,把骨灰放在自己摩托车的工具箱里。就这样,他巡逻,"姑娘"就跟着巡逻;他出差,"姑娘"就跟着出差;他办案,"姑娘"就跟着办案。不管到哪儿都带着这个苦命的"姑娘"。

　　两个月过去了,整个事情妥善处理完毕。"姑娘"的父母来到派出所,后悔地说:"当时不该一时冲动,现在连女儿的骨灰也没了。"张兴才说:"你们放心,我走到哪里都把你姑娘带着的。"当他把骨灰从车上拿出来交给老人时,两位老人悲喜交集,用颤抖的手抱着女儿的骨灰,放声大哭。

　　我曾陪一位记者采访张兴才,他觉得张兴才是一个谜。张兴才的家四壁空空一贫如洗,连电视机也是台十四英寸黑白的。但派出所却无论什么时候都是整洁明亮,一尘不染,吃、拿、卡、要,他一样没有。像他这样的人,在仕途上已经到了终点站,就要下车了,还图什么?张兴才笑着说:"我图的是民心,人民的信任。"

记者问张兴才感到最难的事是什么?他回答得很快:当先进。因为现在承蒙领导和同志们的信任,我们派出所和我本人身上披满了光环,在鲜花和荣誉面前,唯恐因此拉开了与百姓的距离。各种奖杯、荣誉只能代表一时,不能代表一世,我仍是要回到老百姓当中去,这一辈子只愿当一个警察,当一个敬业的警察,一个优秀的警察,一个老百姓满意的警察。

一九九五年四月二十四日下午,雨过天晴,宣城市雁翅乡派出所门前的公路上,驶来一辆警车,车上走下一位身体瘦弱的少女,她就是雁翅乡被拐卖四个多月的育珠女唐某。历经四天四夜,行程一千四百多公里,派出所所长张兴才和市刑警大队三中队队长王德炳,望着刚被解救出的少女和家人团聚在一起的幸福情景,疲惫的脸上露出了欣慰的笑容。

那年农历十一月初八,十九岁的唐某和同乡的两名姑娘一起到上海郊区的一家个体养殖场帮人育珠。难以下咽的伙食,超工时的劳作,没做两天她们便不想再待下去了。唐某首先溜了出来,两天后她的两名同伴也偷跑回了家。然而唐某却没到家,唐的父母着急了,找遍了远近亲朋好友家,后又搭车到上海郊区那家养殖场均未获知下落。一个月过去了,两个月过去了,她的父母心急如焚。

翌年四月十一日,突然接到一封来自阜阳的信,重新燃起了唐某父母的希望之火,信是写给她在雁翅中学读书的弟弟转交父母的。皱巴巴的信封里，一张揉皱了的练习本纸上写着:敬爱的爸爸妈妈,我现在被人拐卖到阜南县王店乡坪村王飞家,他家兄弟七人,逼我同王飞成婚。每天都有人看着我,四个月来我没有洗过一次澡,只吃了一餐米饭,我好想家呀,你们快来救我回家吧。

当天下午唐某的父母就把信交到了雁翅乡派出所,张兴才看着心急如焚的唐父唐母,坚定地说,像这样的事,我们不会不管的。他立即向宣州市公安局做了专题汇报,市公安局领导非常重视,迅速拿出了解救方案。四月二十一日清晨,细雨蒙蒙,市公安局刑警大队三大队队长王德炳和张所长驱车出发了,夜里两点到达阜阳地区公安处,二十二日下午五时到达王店乡派出所,很快他们在派出所的户口簿中查出了唐某的户籍。原来王飞已在当地派出所给她登记申请了身份证,并改名唐继红,谎报二十二岁,一九七四年生。他们决定将计就计,以领身份证要照相为由把人领出来。在当地派出所的配合下,他们来到王家,唐某正睡在床上,两个中年妇女坐在门口。当他们说明来意把唐带上车,两个中年妇女仍恪尽职守跟着上了车,走到半路,王队长和张所长亮出了自己的真实身份,把两个妇女请下了车。当晚在细雨中他们带唐某踏上了归途。

车上唐某以泪洗面,倾诉了被骗的经过。原来那天她从养殖场溜出来后,搭车来到上海火车站。等车时,一位比她大三四岁的姑娘操着不是很标准的普通话和她搭话,那姑娘自称姓林也是安徽人,她说她们可以一起回家,一路上林向唐问长问短,关心备至。林对唐说,你先跟我回家,然后我再送你回家。涉世不深的少女没有看出林如花的笑脸下那阴险的谋算,她答应了。林把她带到阜阳老家,根本没打算送其回家。几天后,林把她送到了该乡后里庄平村王飞家。在这里,唐某度过了四个多月的痛苦生活,说到这些她不知多后悔轻信了别人,更由衷地感激公安局的警察叔叔解救了她。

二〇〇〇年八月十四日,派出所接到江苏省镇江大港的一个电话,内容是盈字村吴村组刘茂红在镇江大港打工,被电击死亡,而当地的有关单位却定性为刘茂红是溺水淹死的不正确结论。电击死亡同溺水死亡虽然都属于非正常死亡,但性质不同,电击死亡是工伤事故,老板要负全部责任承担经济赔偿,而溺水死亡老板是不负全部责任的。

当地有关单位对死者死因不负责任的定性激怒了群众,他们当场指责处理事故的负责人:"你们办事不公,不像我们雁翅派出所。我们雁翅派出所是全国优秀派出所,我们张所长是全国劳模,办事公公道道,不相信的话,马上打电话叫我们张所长来处理。"

说完就真的拿起电话,非常熟练地拨通了雁翅派出所的电话。

百姓的求助就是信任。当晚,张兴才就和两位干警驱车赶到大港。一下车就先到了现场,收集了相关证据后,立即与当地有关单位正面交涉,并拿出了电击死亡的确凿证据。对方对张兴才一行非常敬佩,说:"你们家老百姓对你们派出所评价很高,他们说打电话就能把所长喊来,我们不相信,没想到你们真的来了。你们不愧是全国优秀派出所。我们敬佩!"随后对方单位重新安排调查,对事故做出了正确定性,老板负全部责任,给死者家属一次性做出了经济赔偿。

这件事对老张有很大的启发,他想:雁翅的百姓越来越多地走出家乡到外面发展,孤身在外,更需要我们的服务。从此,他一有时间就主动到雁翅人在外打工的工地上跑,遇到问题就帮助解决问题,不能解决就帮出出主意,更多的时候是一份问候一次交流。就这样他交了一批打工仔朋友。直至今天,他人已退休,这个习惯却还一直保持着。

正是政法干部队伍整顿期间,党史教育也在轰轰烈烈地开展。从滁州回来后,他又被交警支队、公安局等几家单位请去做了几场报告。终于,这个双休日我们又相约去了百里之外的雁翅。

我知道,张兴才虽然离开了雁翅,他的心却像那蜿蜒跌宕的水阳江,朝着雁翅方向日夜奔流。

他的根已深深扎入这片古老的土地的每一个角落,他的心犹如天空中悠悠白云,随着这里的人们走向每一个城市的角落。如果说他有诗和远方,他的诗,就是这片圩乡人的和谐生活,他的远方就是他牵挂的圩乡人的远方。

不知这是第几次陪他到这片水乡了。一江浊水,裹着城里繁华,汩汩地朝下流去,澄去浮躁,洗去铅华,渐渐清澈起来,清新地奔涌而下。风卷圩乡田野的芬芳,淡然袭来。猛然发现,与这芬芳之间横隔着的虽是数十年的时光,而从没有分开的还是那悠悠的碧水和赤诚的心。

# 一半秋山带夕阳

宣城南乡望族首推梅氏。画坛有宣城画派,扛鼎人物是梅清。其兄弟、子侄、孙辈善画而有成就者众多。王世贞诗云"从夸荆地人人玉,不及梅家树树花"。

清乾隆翰林院侍讲张焘说:"屈指宣城,若干巨族跂望,联蹁雀起,共振宗邦,追迈前烈,而宛北著姓,夙推唐氏。"始祖唐泰岳抗元,唐汝迪因雷州平倭寇,擢升广西按察司卒于任所。

梅、唐二氏,在宣城,一南一北。梅氏崇文,唐氏尚武。

然时至今日,梅氏善画者已鲜见。北乡唐氏倒有一支画笔赫然凌空,南乡梅花北乡开,秉承宣城画派衣钵,灿然于皖苏边界,影响力越来越大。他就是安徽省美协、省书协会员,宣城市政协委员,金宝圩人唐荣喜。

一

荣喜所居之地在金宝圩圩心,这里有一片大水域——白字埂滩。风涌碧波,漫步村头,撷一湾瘦水静坐,思古望今,圩乡的文人画家近几百年来还真难找出一人。

或许是临水而居,得益于圩乡那碧水沃野的浸润,或许是自小受苦,饱经沧桑艰难的磨炼,荣喜外表儒雅冷峻,内心仁和热情。虽然从出生到现在,从没离开过这片碧水,在这里,他却完成了从放牛娃到知名画家的蜕变。

蜕变之路充满艰辛。二十世纪七八十年代的圩乡是清苦的。正是求学之时的荣喜,点灯无油,写字无纸。偏僻落后,穷困的农村,书法艺术显得多余,甚至是奢侈的事情,只有过年写春联才用得上笔墨纸张。

那是一个为温饱而奋斗的年代,众人的眼里,一切没用的东西都是令人怀疑的。曾是行伍出身又卸甲归田的父亲是一个本分的农民,他固守着"千行万行种田上行"的古训,对儿子的要求就是能成为一个种庄稼的好把式。家人所需要的,也是你的手艺能给家庭带来多少收益。乡亲们的判断标准,是你能挣到多少钱,否则,就是不务正业。

恰恰唐荣喜就是这么一个喜欢"无用"之业的人。"无用"之业一旦沉浸其中,便断难割舍。这是一种向内寻求生命意义的东西,而不是仅仅要向世界索取什么。正因为如此,贫穷的生活中,人生就多了一个维度。对于一个有梦想的人,再大的苦难,也会像老牛踏进农田,一定会犁出一片充满希望的沃土。

放学之后,他去放牛,放牛之时,他不忘在写写画画上放飞梦想。初中毕业,他就参加了生产队的劳动,每天收工后就躲进自己的小天地,忘情地苦练书画基本功。

没纸练字,他就找来两块大砖,表面用砂子磨得精光,放在日光中暴晒,再用笔蘸水在上面临摹字帖,随写随干,一块吃满了水，又从太阳底下换回另一块，比现在的水写布不差。

光写字无以糊口，更甭说养家。严厉的父亲曾把他写字的笔墨扔进沟塘。圩乡人靠山吃山，靠水吃水，乡里同龄人贩虾养鱼驾大船，邀他入伙赚钱，他不为所动，家境贫困阻挡不住他对书画的热爱。耐得住清贫的日子，不抛心中酷爱的艺术，坚持即使谋生也不离写字画画。他曾四处帮乡村写标语，做宣传板块，一米见方的字，别人又是打线，又是画方格，几个人一天才能弄一方墙，他却是一手拎桶，一手抓刷笔，在墙上直接书写，不畏酷暑，也不惧严寒。这种历练，既磨炼了他坚强的意志，又锻炼了他的臂力和笔力，书写有度，不让分毫。稍有名气后，方圆乡镇机关又来请他做计划生育宣传版块和布置党员活动室，他不嫌费力，不计报酬多少，精心设计，赢得了各级领导的肯定，周围乡镇的各类宣传标语也几乎被他包揽。从这个意义上说，他的审美观从初始就是扎根基层，来自大众。

就这样，任世态风云变幻，世间多种诱惑，他从未放下手中那支笔，咬紧牙关用勤奋和毅力一点点冲破人生的迷雾，在这偏僻的圩乡书写着自己的奋斗故事，也渐渐赢得了家人的全力支持，一心投入到他热爱的书画世界。

二

画品即人品。苏东坡说：古人论书者，兼论平生，苟非其人，虽工不贵。学识品德修养是作书的基础。

荣喜严格自律，几无不良嗜好，烟酒不沾，远离灯红酒绿，一门心思艺海泛舟。生命力的萌动催发着对艺术的追求。他朴素地认为，绘画的终点并不是成就自己，而是以自身的才情和执着的爱，抒写家乡的那一片山那一汪水，影响或是推动一种文化、一种精神的发展。他没有在学院系统地研读过国画创作的理论，但他博览群书，搜寻各种画家的语录、人物传记及心得。少年时，机缘巧合偶得一套《芥子园画谱》，他如获至宝，废寝忘食日夜临摹乃至烂熟于心。一有空闲，还穿着一双布鞋遍访远近的师友。紧邻的南京新金陵画派的几位大画家的画作，更是精心钻研，反复揣摩。见名家之作，他不是简单的模仿，而是吸取精华自用，博采众长，有所创新，形成自己的绘画特色语言。他走遍了皖南的山山水水，尽摄山川灵秀于胸间，研透天地造化之理，不断练习，不断参悟，不断地自我否定累积沉淀。每至挥毫泼墨之时，宛如心有万千丘壑涌于笔端，常有鬼斧神工之妙笔。

荣喜既重视传统笔墨，又主张造化为师，画路很宽，山水、人物、花果、鸟鱼信手拈来，注入画笔，无一不精，尤以山水为佳。他最好的画是表达对皖南家乡这片山水的沉思，《白云怡意，清泉洗心》是这样，《山乡晨曲》也是如此。

从师承这个意义上说，他可以说无门无派，无师无祖，但又广拜高师，兼学众长，犹如蜜蜂酿蜜，采百花酿之，蜜成而花不见，他笔端耕耘的是那一方挚爱的土地。


三

一幅好画，要配上好的诗文和书法，双璧弥合，才相得益彰。中国画的诗、书、画兼工确实是古人一直以来追求的目标。以诗文、书法体验放大绘画之美，"始自苏、米，至元、明人而备……画由题而妙,盖映带相须者也"。

这也是传统文人画的一个基本的体系,画面和题跋文字相互附和依赖。不同的表现形式和媒介之间共同构成了一个相对完整丰富的表意系统,实现了一个有深厚人文内涵,充实完美的意境空间。也正如此,中国画成为中国画。

但现实中,书法艺术和诗文素养,已在许多画家身上或多或少成了一块短板,存在普遍的隔膜,能娴熟掌握这种本领的越来越少,甚至一些号称的大家。这就造成了社会上更多的美术作品内涵韵味越来越单薄枯索,世俗气、烟火味渐浓,书卷气、文雅气越来越淡,形成了一种发人深省的中国画文化贫血现象。

而唐荣喜素养全面,自幼习字,书法功底深厚,真草隶篆,无一不精。

这也为他后来在中国画的精进上打下了坚实的基础。

在他创作的大量作品中,充分展现了诗书画表现手法上的圆融贯通,有自己独特而生动的体验,在更高的层面上推进性情、才思、画境的营造。从这个意义上说,唐荣喜无异于是在中国画的创作上接续上了传统文人的文脉,如涓涓清流,因有源头活水,那一幅幅"青山绿水"始终在恣意纵横,从不干涸。

我曾整日观荣喜作画。先勾,后皴。勾则胸有丘壑,行笔渐行渐快,正、侧、顺、逆、拖一气呵成,渐显顿、挫、苍、毛的韵味。皴,则浓、淡、干、湿、枯、虚实相映,疏密有致,灵活生动。以层层积累方法表现山水石、树林、明暗之间,先淡后浓,用墨饱、足、稳、准,徐而不疾,每遍都有侧重,浓而不死,淡而不薄,以求得苍茫深秀,笔墨圆融。

他说：作画不可拘谨，尽兴才能传神，洒脱才能画出自然形态，自然、流畅才有意趣和气势，画面生动，有艺术感染力，能够引人入胜。

对艺术认识的水平和高度，决定了他的审美视野与思想境界，他对艺术的理解自觉或不自觉地注入到了他的笔端。

画山水，心胸要宽，气量要大，所谓大情怀、大品格、大德行，肚里装得下万水千山。没有高尚的人品，没有充沛的激情，是画不出好山水画的。德不配艺的人，画不出淋漓酣畅的大作。阴险龌龊的人创作不出正大气象的作品。

近取其质，远蓄其势，云遮雾绕，互相映衬，水有源头，路有来去，野桥孤舟，鸟飞寒林，气势雄浑、雍容洒脱的面貌，意气风发、豪迈开阔的境界，此为荣喜山水画的真趣所在，也是他的作品的一种精神长相。

## 四

梅花香自苦寒来，二〇一九年十二月第二届"强国之路"全国书法、美术、摄影大赛及优秀作品展评选结果出炉，唐荣喜创作的美术作品《山水清音》获成人组金奖，中央电视台做了报道。其实，早在二〇〇八年起他就曾连续获得国家、省、市级各类奖项，深得业内人士的关注。

荣喜的画还广受城市新贵阶层的追捧。或在办公室，或在家中客厅，挂上一幅他的山水画，平添一份静气，有融入自然之美。有的被带到国外作为礼品赠送给侨居海外的华人，居然诱发了一缕浓浓的乡愁。上门求画者已是摩肩接踵。

进入忘我状态的荣喜笔致是自由的,甚至是随意的。但又有着与生俱来的真性情,他创作的每一幅作品都是一曲歌唱家乡山水的情歌,也是作者心灵栖息的家园。

绘画作为艺术品,要么走入庙堂之高的艺术博物馆,高束之,庋藏之;要么如王谢堂前燕飞入寻常百姓之家,为大众喜闻乐见。而随着城市化进程的加快,人民精神消费层次的提高,经济市场化、文化大众化、社会多元化是历史发展的趋势,这两者不是殊途,相互间既有借鉴,又有催发和包容。它们的共同点就是得到认可,让人赏心悦目,在艺术性上更趋高尚。荣喜把作品交给大众,在民间流通的过程中,口耳相传,得到了新市民的广泛认可。此次又在大赛获奖,得到了专家们的首肯,并喜获金奖,就是水到渠成了。我坚信,没有社会基础,没有大众的赞赏,艺术肯定是没有生命力的。

扬州八怪的知音是当时的盐商,我不以为盐商是不懂艺术的,艺术是要卖钱的,是要被人们欣赏、接受的。

齐白石在他的一本画集前面题了四句诗:"冷艳如雪箇,来京不值钱。此翁无肝胆,空负一千年。"他后来创出了红花黑叶一派,他的画被买主接受了。

于非闇的画开始学吴昌硕式的大写意。张大千说:"现在画吴昌硕式的人这样多,你几时才能出头?"他建议于非闇改画院体的工笔画。于是于非闇就改画勾勒重彩,很快也被北京的市民接受了。

红花黑叶,勾勒重彩,扬州八怪,一时成为风尚,实际上决定一时风尚的是买主,画家的风格不能脱离欣赏者的趣味太远。唯有紧贴时代者方可永不落幕,不被抛弃。追随者,为怀旧。超前者,会孤独。这几年,全社会都在重视生态环保,追求人与自然的和谐共生,"绿水青山就是金山银山"。荣喜的青绿山水画获得了上下左右的广泛认可,门前不时有专程来自合肥、广州等处的求画者,就是常理中事了。

"皖山九月艳阳天,一半秋山带夕阳",皖南的山美、水美、人美,荣喜笔下挥洒的山水人情更美。

如今,荣喜依然躲在圩乡这个碧水环绕的村庄,恬淡、宁静,与世无争,内心充满了对山水感悟后的创作激情,用生命与丹青相伴,化作山水,化作清荷,化作自由自在的鱼……

的确,家乡的岁月,给每个人都留下了一片风景,有人放在心上,有人写在脸上,荣喜绘成了画。

# 月光深处的背影

月光，也许是太阳入睡后对白天的回忆或沉思。月光下的大地，朦胧中透着一份缥缈的乡愁和淡淡的清香，犹如舒伯特的小夜曲，掠过清澈的圩乡沟渠，激荡出一缕美丽的念想，穿过黑夜，飘落在微微摇动的一棵棵梧桐树的树梢，隐约，又清亮。

梧桐树下有两排青砖平房，这就是圩乡中学的教室。二十世纪八十年代，在这里，我与它结下了三年情缘，终生难忘。

学校是由当地一座最大的祠堂——唐家祠堂改建的。唐家是大户，圩乡有所谓"丁半边，刘半边，中间一个唐包心"的民谣，祠堂自然不会小。祠堂的东边有一口大塘，水面颇为辽阔，东风拂来，烟波激荡。塘的东面和南面与圩内沟渠相连，便四通八达。中间有一土墩，土墩上一座瓦房。我们在学校读书时，那是作为公社副业队的办公场所，常看到有男男女女划船出出进进。

塘，名曰书墩塘。墩，又叫乌龟墩。据说是唐家祠堂的风水塘，土墩上原有一座石亭。相传，唐氏族长"大先生"唐石亭，和国民党要员汤志先曾在书墩塘畔以对联相讥，成为乡里人茶余饭后的谈资。汤志先手指乌龟墩说："乌龟塘（唐）石亭"。"大先生"随即应道:"王八汤至鲜(志先)"。唐石亭一九二一年任安徽省立第四师范学校的监学。其时,恽代英、萧楚女在学校任教,章伯钧是校长,后曾任望江县县长。汤志先,五四运动时是安徽省学生运动骨干,后留学日本东京大学读政治经济科,曾任国民党安徽省省府代理主席,一九八五年病逝于美国洛杉矶。二人都曾从这里走过,也都已走进了时光的深处。


一


对于我们这些学生来说,书墩塘的一汪碧波给我们留下的是许多快乐的时光。

塘畔有一排翠绿的杨柳树,中午,大家打完饭就喜欢端着饭碗,在树下边聊边吃。清风徐来,浪拍塘岸,岸边是一层厚厚的残砖断瓦,被水洗得干干净净,有的长着一丝青青的苔藓。吃完饭就把茶缸往水里一丢,迅速舀一缸水,荡一荡,喝一口漱漱口,用力向水面喷去。水面漂浮起一层一星两点的浮油。此时,三五成群的小餐鱼也游过来,仿佛也来赶我们这一场午饭。

我不住校,中餐在食堂打饭吃,饭票是用带去的米换的,菜票就要用钱买了,一般是五分钱的菜,也是食堂卖菜的最小单位。烧菜的工友师傅姓杨,一条腿有点跛,走路一歪一歪的,眼睛却有点高高在上,不怎么搭理学生,让大家感觉他有点冷漠,所以有的学生私下里就叫他"杨瘸子"。一天中午,端着缸子打完饭,到杨师傅处排队打菜,轮到我时,我从口袋摸出仅有的一张菜票,发现是两分钱的,够不上买一份菜,脸唰地红了,窘迫地看了看铁锅中热气腾腾的青菜豆腐,犹疑着缩回手,准备吃白饭去了。杨师傅看也没看,舀了一勺子菜汤,没等我转身,把勺子倾了一下,倒出一些汤水,说:"好了,两分钱。"话没落音,"啪",一勺子菜已倒进了我的饭缸子。

直到今天,闭上眼,我依然能感受到那铁勺与饭缸的轻轻一碰的震颤。那震颤中所发出的余音掠过食堂里的嘈杂声久久地回荡在我以后的红尘路上,那么清晰、悦耳。

吃完了,大家就聚在清凉的树荫下聊着天南地北的故事,有的学着吹口琴、吹笛子。有认真的,离得远远的,去背书了,那是极少数,反而遭到一些鄙夷的目光,说假认真。直至上课铃响起,大家才一溜烟钻进教室。

有时,翻捡起岸边的瓦片,比着打"片递子",看谁扔出去的瓦片子在水面漂得最远,留下的圆圈最多。于是,那一块块因毁于某次战火或天灾,沉积了多少年的残碎瓦片,又幸运地被我们捡起,闪烁着刀锋的锐利,在柔和的水面拼命地向远方切去。可无论漂得多远,终究又沉浸于更深的水底,不知何时再重见天日。

悠悠的碧水,对我们圩乡的少年永远充满了无尽的诱惑。一个初夏的中午,暑热已显。我们几个同学在树荫下无聊地听着知了的聒噪。有人提议游到书墩塘上去看看。好奇心驱使我立即脱下外衣,跳入水中,游了一会儿,回头一看,居然只有我一人,他们穿着短裤站在水中朝我咧着嘴笑。游到深处,蓝天白云相映于水中,水天浑然一体,一潭清水便显得更加深邃、幽远。孤身一人,一丝怯寒之意从脚底蔓延上来。可我又不甘回头,硬着头皮游了下去。上了岸,不敢再游回来,就悄悄地把公社副业队的小破船划了过来,居然没有被发现。

后来,听说杨师傅调到县城去了,我再也没有见过他。但那一碗菜汤,仿佛化作了一张芯片置入了我的心间,常常影响着我对这个世界的判断和行动。

## 二

在我心中留下最深印象的老师是王石林老先生。

我们那届学生可以算王石林的关门弟子。他是整个学校中年龄最大的老师,在学生中有一种神秘感。有人说他曾在国民党时期任过高官,因为解放战争时立过功,就被安排到雁翅中学任老师了。我们学生当然无从知晓王老师云遮雾罩的真实来历,也不会真的去探究那些,只知道他的英语水平是杠杠的,教书也是贴着心认真地教。我们的学长中有一批英语高才生,好几个考上了国内一流的外语学院,都是他的学生。

王石林老师教我们时,早过了退休年龄,已与学校定好了第二年回怀远老家。他在第一节课上就和我们说,要站好人生的最后一班岗。

教室走廊的尽头,过一个廊道就是他的家。每一个早读课,他都要迈着蹒跚的步子来到教室,带大家读英语课文。也许是敬畏王老师,也许是那时候记忆力好,早读课温习前一天的课文,每次提问,我都能背出来。记得他很喜欢我,上课时提问我也多。

其实,后来我并没有认真地学英语。这一辈子没有把英语学好,也是辜负了王老师的一片希望,有些事,实在不好回头再来,十二三岁的年纪太少不更事,冥冥中就是让人在回忆中陡增一份伤感,这就是人生。

记忆中，从没有看到王老师高声地批评哪位学生，总是那么和风细雨。有一次，对一个学生的表现实在不满意了，他居然拿下了满口的假牙。他说，为了带好我们这帮学生，保证发音准确，假期中他专门换了这口假牙。当时，看到他取下牙套后瘪瘦空洞的嘴巴，只是觉得好玩，全然不能领会他为了教好这最后一班学生的拳拳之心。

少年的心，最牵挂的就是玩耍，哪里能体会老师的那番苦心。

人往往就是这样，以眼前的利益和感受为行动的导向，注定是肤浅而渺小的。所以即使现在，我们也不能说比当时进步了多少，更不能说这种基于现在的判断，一定就是正确的。关键是远见，远见来自卓识，即诸法唯识。识从何来？修炼。人生就是一个不断修炼的过程，却不能从头再来。

那时，王石林老师年事已高，基本是不出校门的。到半里路外的东塘村小店买酱油食盐等事，基本交给了学生代劳。我们跑得快，一个课间休息就把酱油帮他打来了。当然能被安排此殊荣的一般是他喜欢并信得过的学生。

初一那一年，帮他打酱油，几乎是我包了。

后来我听王述圣校长说，他原是复旦大学的高才生，曾在国民党时期任省人事厅干事，因把一批档案完好地交给了新四军，有功于人民。中华人民共和国成立后，政府安排他在湾沚中学教书。一九五七年暑假，他参加防汛工作，面对圩堤管涌险情，临危不惧，身系麻绳下到湍急的河水中，顺着圩堤摸漏洞，并顺利地堵住了缺口，冒着生命危险换回了圩堤的安全，受到宣城县政府表彰。一九七〇年被王校长请到我们学校来教书。

人的记忆力确实很神奇,最近所遇之事往往过后就忘,昨天的事情,今天回忆起来还要想半天。几十年前,王老师课上问我的一些问题,依然如在眼前。其中有些课文,仍能星星点点地拼凑出来。如此,脑子里的外语板块,衰草凄凄一片荒凉中居然还能冒出几粒英语种子,便是王石林老师当时撒下的。

可王老师已走了好多年了。

## 三

如果说在人生的漫长行旅中,我与王石林老师的遇见只是转瞬即逝的惊鸿一瞥,那么刘宗宝老师在我人生的道路上,却留下了兄长般的关爱。

刘宗宝老师到雁翅中学教书时,我已是毕业班的学生,快要离开这个学校了。我们数学老师请假,他代了两天课。在他众多的学生中,我们只能算有相识之缘。倒是参加工作后,他于我更像一位亦师亦友的兄长。

我参加工作时,他已由中学的教导主任岗位调任乡教办的辅导员。一天,根据工作安排,他下午两点到我所在的学校听课。那天,雨下得很大,道路泥泞,我在办公室望着外面飘泼的大雨,心想,也许刘老师今天不会来了。此时,刘老师走进了我们那间大办公室,一分钟也没迟到。原来他叫了一只小船直接划到了我们学校,到的时候身上已湿淋淋。其实,作为全乡的教办辅导员,他完全可以调整当天的行程,改一个时间。毕竟当时圩乡的交通很不方便。

上完课,我自觉比较拘谨,没有平时发挥得好,忐忑不安。没想到点评时,他对我的课给予了充分的肯定,浑身张扬着激情,这个表扬给了我很大的鼓舞,让我对我的教学风格更有了信心。

那时,他虽已调到乡教办工作,家还在书墩塘畔。一次,我从街道办事回家,经过他家门口,他一定要留我在他家吃饭,加上师母史老师也就三五个人。他能烧一手好菜,最拿手的是糖醋排骨。他的糖醋排骨很明显不是圩乡本地菜系的传承。不管是他照葫芦画瓢从外地学来的,还是他的创新,他的菜一下子触动了我的味蕾,也把我们的距离拉得更近了。从此,我便成了他家饭桌上的常客。我们的交流也从工作蔓延到生活乃至思想。

有一次吃完饭,他突然要送我回家。从书墩塘边沿着沟岸有一条蚯蚓般的小路蜿蜒到我家,中间要穿过一面埠子,两个村庄。月光下,我们不知不觉走到了龙字埠的尽头。

龙字埠传说是一块龙形宝地,它四面环水,仅两条坝埂与外面的大路相连,埠子的龙头处有许多坟茔,都是当地人家的,想占住风水宝地。小时候上街,走到此地,浑身汗毛直竖。后来大多数坟茔被平去,种上了庄稼。那天晚上清风凉爽,田野正绽放的油菜花散发着一缕淡淡的清香,我们行走在那油菜花中,沿着那沟岸小路,一路畅谈,全然没有顾及那花丛田野稀疏的孤坟。走着走着,不知不觉就快到我家门口。我又把他送回去。最后我们还是在龙字埠的田埂间分手。那时,我身在圩乡偏僻的村小,处于人生徘徊期,已萌生了辞职转行的念头。记得分手后,我久久地凝视着他远去的背影,猛然醒悟,他是在鼓励我,激起我的勇气。

这一幕,至今犹在眼前。月色朦胧,青蛙在田间鼓噪,夜幕下的大地像一幅淡淡的水墨画,一个清澈而充满激情的人影行走在画的中央。此情此景,却渐行渐远。

一个夏天,刘老师拿到了教办宿舍的钥匙,他就把家从中学搬到了街道。他专门通知我划了一只小船去帮忙。东西也不多,大多是一些日用品,一船就搬完了。记得我们没让史老师参与,两个人轻轻松松就搞定了。船行水面,突然下起暴雨,天空的云仿佛离地面很近,狂风刮过,乌云翻滚,大有横扫天地之势。小船在风浪里颠簸,摇摇晃晃,我划着船,努力控制着船向。他稳坐船头,淡定地说,这是风暴,不要怕。果然,过了一会儿,风渐渐地小下来,我们顺利地划到街道,搬完了家具。

他在新家烧了两个菜,吃完饭我就划着小船回家了。哪知那是我最后一次吃他烧的菜。

至今,我还一直精心地保留着我们的一张合影,我们唯一的合影。记得那是他来学校检查工作,正遇上我带的毕业班学生照毕业照,我和数学老师小刘一道请他和我们合了影。葱绿的麦苗间我和小刘蹲在前面,他蹲在我们身后,双手放在我们的肩膀上,脸上露出一片慈祥。他的身后绽放着一片金黄的油菜花。那花开得广袤而深远,云烟氤氲,直至远处疏淡的村庄。

一年后,他在宣城开会,路上横遇车祸,英年早逝。如今扳着指头一数,竟然已有二十八年了。

今天,我再一次来到中学校园,校园变高了,变大了,变得花枝招展。校园内的荷塘翠柳、绿茵草坪、综合楼、教学楼、图书馆、教师宿舍……布局有序,相互映衬,透着一分与生俱来的静谧。夕阳横扫进校园,校内的所有建筑都闪烁着金色的光芒。荷塘中的荷花正在绽放,宛如青春的歌声轻轻地洋溢,静待着热烈奔放的明天。微风吹过水面,清香徐来,伴着夕阳的余晖,仿佛哪位少年在这儿浅唱低吟……

今日的校园,已非昨日的校园。犹如校园天空的云彩,绝非是昨天绚烂的抄袭和复制。日子难以重返,那无忧无愁的年少时光,伴着微风已从这儿滑过,滑过了一湾沟塘,滑过了一片金黄的田野,滑过了两排梧桐,滑过了沟旁轻拂水岸的柳丝翠叶……

离得越远,圩乡深处,那月光下的背影,越清晰地呈现在我的眼前。野径埋香,风月琳琅,如水的记忆在每一个红尘渡口,滋润着情怀,丰盈着生命,风雨难摧。

# 师心如船载明月

二十多年过去了，每当黄昏时分来到宛陵湖畔，面对城南这一湾空旷的碧水，常心绪澎湃，便怀念起老家圩乡那一条条小船。此时，故乡的小船和与小船连在一起的那些事常会走进我模糊的视野，渐渐地在湖水的浮光中显得那么清晰、亲切。沟渠之间，碧波之上，一棹轻舟，扬起一滩鸥鹭。那一条条小船就像鹭鸟带着一个个尘封的记忆从我的心里飞出来。

现在的交通工具太发达了，且不说高铁、飞机，我居住的这个偏远小城，上下班出行也大多依赖小汽车了。可在我刚上班时，圩乡的主要交通工具却是那慢悠悠的小船。有一句俗语叫"金宝圩小船慢慢趟"。

隔山容易隔水难。圩乡沟渠连成一片，四通八达，小船便利，可以装货、载客、渡人。当然，小船也记住了许多事，装载着一份份人间的酸甜苦辣。

一

春天的圩乡，春阳垂野，时有幽花。清晨，轻风习习，一位曼妙的圩乡女子载着一船学生,迎着朝阳,张开双臂有力地划动着双桨,将碧绿的沟面犁出一垄银白的涟漪。身后,炊烟袅袅的村庄飞出一群白色的鹅,灰色的鸭,扑棱着翅膀,贴着水面,嘎嘎嘎地追逐着船后的浪花。水岸,葳蕤葱绿的芦苇一漾一漾地闪动着欲飞的新叶。轻雾漫涌下的田野,金黄的油菜花铺天盖地一望无垠。船行的尽头,一面鲜艳的国旗迎风招展。几个儿童端坐船帮,银铃般的笑声溢出船外,和着鹅鸭的叫声唤醒了圩乡宁静的春梦,奏起一曲水乡晨曲。这位划船的女子就是双庙村小学朱坝分校的老师刘玲珍。

双庙行政村在金宝圩的圩心,是九龙戏水之地,一个个自然村像一粒粒孤立的棋子,散落在纵横交错的九条沟渠之间。朱坝分校所辐射的几个小村庄在双庙村的每一条龙的龙尾部,三面环水,位置偏僻,行走全赖小船。一座学校一个教室,一个教室里有一、二年级和学前班,共三个年级,十几名学生,最多时也就二十几个人,都是附近自然村的儿童。外面的教师因生活不便不愿来。刘老师是本地人,中学毕业后就一直坚守着这两间土坯房的小学校。每天,她和同学们划着小船一道上学,一起回家。春去春来,悠悠的岁月送走了一茬又一茬学生,也送走了刘老师的满头青丝,美好年华,可她那颗炽烈纯真爱生恋校之心,始终不改。

我工作的完小和刘老师的学校相距不到一公里,虽然是分属两个行政村,因为距离近,大多数学生到了三年级就到我们学校来上学。那时刘老师已是乡里资深的名师。我正好任三年级班主任,班上有几位学生是从她那儿转来的,每天都是划着小船来上学。从这些学生口中,我渐渐地对这位敬业的乡村教师前辈有了更深的了解。

刘玲珍娘家就在朱坝小学附近的朱坝拐自然村。为了方便上下班,结婚后,她硬是做通了丈夫的思想工作,让他从自己家搬到了她娘家生活。这在当时的圩乡,按照传统的风俗,她的丈夫就算是倒插门的女婿。这对于男女双方确实是一个挑战,既要有敢于冲破世俗偏见的勇气,又要有小心翼翼地处理好双方父母及家庭关系的耐心。刘老师凭着她对教书育人这一份事业的看重,硬是赢得了所有亲友的支持。

每年暑假她都把小船拔上岸,清洗干净,晒干后,用桐油认认真真地油上两遍,放在屋檐下晾干。新学期开学,油得红火锃亮的小船就下水了。她昂首挺胸划船的身影就出现在朝阳和晚霞中。

小船伴随着她从一个圩乡少女成长为退休教师,走完了她的从教生涯,船没有离开过这片水域,她也没有离开过小船。这一划就是三十多年。

二十多年前,我调离了学校。后来听说刘老师退休后,那个分校就拆并了。现在,事隔多年,有时面对晚霞映照的湖面,我还是仿佛可以看见她在柔和的夕阳中划动着一条小船,双桨卷起浪花,银光闪烁,似乎书写着"荡一叶小舟,载满船爱心"。

## 二

我所在的中联小学也有一位和刘老师年龄相仿的女老师,叫米昌先,也是一上班就在圩乡的小学工作。不同的是,她不是土生土长的圩乡人,而是来自大城市上海。

那一年,我兼任着三年级的体育课。乡间的体育课,实在简陋,一个篮球往操场一扔,学生们满场疯跑,抢得尘土飞扬。有一次,下课了同学们还是兴奋地在操场上跑着,我就没有把球收回。

乡村小学的最后一节课是课外活动,实际上是课内自习,当时全乡实行统考,语数要比名次,我们一般把这节课改成了语文课或数学课。我正在上课,数学老师小刘走进教室跟我说,一年级学生钟祥被我们班的刘本喜用篮球砸坏了,米老师正准备送他到正觉寺去看医生,我们也去吧。

原来体育课快下课时,一个叫刘本喜的大个子学生抢着球,猛地向对面的教室踢去,正巧一年级学生钟祥走出教室门,不偏不倚,球打中他的头。上课时,一年级米老师发现钟祥伏在座位上哭,了解情况后二话没说就背起钟祥到了一沟之隔的马埠组的村医疗点。赤脚医生小麻说还是送到正觉寺医院比较把稳。

事不宜迟,说去就去。正觉寺离学校有八公里,一路隔两条河,只有划船去了。在沙埠的医疗点,我们借了一条小船就出发了。我和小刘虽不到二十岁,因自小生长在圩乡,都会划船。

夕阳西斜,水面一片波光粼粼。我和小刘都刚参加工作,鲜遇大事,不知深浅,心乱如草,只知道要快点赶到医院,便猛烈划动双桨,船如箭飞。虽然已是深秋,天气转凉,因用力过猛,不一会儿就汗水涔涔。看到我们辛苦,米老师一定要换我们划一段。可我发现她划船的技术并不娴熟。原来她在大城市长大,自然没有受过圩乡人摇橹划桨的训练,划起船来还是比较吃力。我们坚决不让她动桨了。米老师只好抱着钟祥坐在船舱。

金宝圩的小船虽然在水里漂动,但一般不离开自己所在水域。它忠实地在这一片水域为主人服务。要离开自己的水域也可以,那就要兴师动众了。小的,如一条坝埂的另一边,两个人就可以拽过去。大的,如离开圩乡到外河的水阳江中,那就需要三四个人才能拔得动了。圩乡和水阳江之间高大的圩埂像小山一样阻挡着小船随意切换它的活动范围。那天,我们去的正觉寺就在水阳江的另一边——永丰圩。船到水阳江里就必须拔过圩埂。哪知人急力大,到了金宝圩大堤澄沟处,一只小船硬生生地被我们仨人拽过了高大的圩埂。

在圩内划船,因为是死水,风平浪静,即使有风也没有激流,相对容易。河里是活水,行船不仅有来自风的阻力,还有河水的暗流,这就对划船多了一重挑战。

水阳江水到此处被光明圩分为两支。一支经小菜河过乌溪与青弋江水相汇于黄池河,从芜湖入长江。一支右拐入澄沟,经姑溪河从当涂流到长江。交叉处有一沙洲,沙洲旁是清流激潭,潭名澄沟潭。船过了澄沟潭,行不多远,即到正觉寺医院。

此时虽是枯水期,水流平缓,从来没有到河里划过船的生手还是难以掌握分寸,特别是过澄沟潭,暗流涌动,几股河水交汇又分流,划桨的力量很难平衡。我们一路划一路纠正方向。有时为了能笔直地行驶,就不得不预留好空间,把潜流的阻力抵消掉,此时的直来却难以达到直去的目标。好在路途不远,天断黑前,我们终于到了医院。

医生检查的结果比我们预想的好得多。只是皮外伤,并无大碍,大家悬着的一颗心终于落到心底。考虑到我们第二天要上课,主任医师还专门开了点药,让钟祥吊完水就可以提前出院。

这个时候刘本喜和钟祥的父亲得知消息也赶来了。有两个劳动力参加,我们的胆气壮多了,办完出院手续,连夜划船回家。

弦月悬西山,夜风潜骨冷。我们划桨的划桨,操杪子的操杪子,奋力之间,河水潺潺,拍打着船头,倒不觉得冷。坐在船舱的米老师,披着家长带来的被子,紧紧地抱着钟祥。小船行驶如风,两岸是黑洞洞的村庄或树影,月洒水面,浮光耀金。船桨一拨一拨,划碎了水中一轮一轮的月亮,月亮一次又一次地钻进前方的水中,怎么也碎不完,真有"可怜九月初三夜,露似珍珠月似弓"的意境。近水风寒,大家心里却很暖和。时过多年,我还是不能忘记那夜月光下那只活泼泼的小船。

大概在一九八八年,当时的农村水面承包有了一点集体收入,这笔钱怎么用?时任村书记认为百年大计教育为先,拆除原有的学校危房,翻建新校舍。一个暑假,学校修葺一新。开学后,师生兴高采烈地在崭新的教室上课。老校长高兴地绕着校园转了三圈,说学校建得漂亮,只是光秃秃的,要是能栽上几十棵树就好了。大家面面相觑,因为心里都清楚,圩乡寸土寸金,所有的土地不是种粮就是栽棉花,树苗难找。

一个星期天的下午,突然听到村里的高音喇叭通知所有老师带工具到学校栽树。我立马跑到学校,见一只小船停泊在学校门前的沟畔,上面整整齐齐地装着一船杉树苗。原来米老师听说在水阳的徐村有水杉树苗,那里正好是她下放的第一个故乡。她趁着休息日,抱着试试看的想法,划着小船就去了。这一去,还真赶巧了,很顺利地买到了树苗。

听说弄来了树苗,所有的老师都拿着铁锹镐头陆陆续续来到学校。大家挖洞的挖洞,搬苗的搬苗,栽树的栽树,浇水的浇水……

附近的高年级学生也赶来帮忙。直至夕阳西下，学校的院内院外都栽上了水杉树。

后来，看着苗壮成长的一棵棵水杉树，我常想，从中联到徐村，来回四五十里水路，还要过一条扁埝，米老师那外里外行的划船技术，是怎么把一船树装回来，那要吃多大的苦？我离开学校的时候，这批树已围逾两尺，修顾挺拔，远远望去，一片郁郁葱葱。

随着城市化进程的加快，乡村的孩子都到城里上学了，昔日红红火火的有四五百人的完小最终还是人去校空。米老师却一直没有离开这座圩乡小学。退休后她既没有搬进城，也没回到村子里去住。空荡荡的学校就她一个人坚守着，成了这座空学校的义务护校员。这一护又是十多年。

每次回老家，我都要尽可能抽点时间到学校去，看看空旷的校园，和米老师聊聊天。每次临走，她都要把我送出校园外。一次，听说米老师生病了，我就约了我曾经的十几位学生赶到学校看她。她拖着虚弱的身体硬要和我们在门口合影。她坐在中间，大家围着站成两排。身后是碧波荡漾的沟面，水边横泊着一条已显苍老的小船。

## 三

圩乡春节贴对联，总不忘在小船的后梢贴上一条红彤彤的横幅，内容无外乎"一帆风顺""顺风快利"之类。小船行驶水上，总有遇风遏浪时，希望在新的一年顺利吉祥，平平安安。这是每个圩乡人的心愿，也表现出对大自然的一份敬畏。可美好的愿望并不能代替残酷的现实。船小，难抵风浪。记得那时一年之中，总有那么一两次船翻落水人亡的事故发生。

一九九三年三月二十九日,是一个让鳊鱼学校所有师生难以忘记的日子。那天上午,学校校长赵平宋同乡教办辅导员刘宗颖清理、登记学校的校产、图书,下午他们又去做本校一位教师的思想工作。晚上,忙完了一天的工作,赵校长划着小船送刘宗颖回家,船行沟心,刘宗颖因晕船趴在船沿呕吐不停,一不小心从船上坠入水中。赵校长惊呼:"不得了!"连衣服都未脱就跳进了春寒料峭的沟水里。他抓住刘宗颖的小腿,使劲向上托,向岸边推。渐渐地,他整个身体被衣服束缚住了。想脱掉它,没有成功。于是他横下一条心,拼尽最后力气把刘宗颖推到岸边。刘宗颖在沟岸浮出了水面,终于得救了,可赵平宋终因体力消耗殆尽而沉没于水底。他的生命,在这水乡永远定格在三十二岁。

赵平宋一九八一年从宣师毕业分配到杨泗乡工作,一九八二年调回雁翅任鳊鱼学校校长。一干就是十年。一九九二年五月,他作为"教书育人,为人师表"先进典型,我倾听了他的动人事迹。

那一年期末考试全乡集中在中心小学统一阅卷,我和赵校长一个组,批改小学高年级的作文,赵校长任组长。暑期天热,中心小学的教室没有电风扇,更谈不上有空调。每天他都是第一个来到教室,整理好试卷发到每个阅卷老师桌子上,一身白衬衫自始至终都扣着衣袖,一丝不苟。

赵平宋的追悼会上,雁翅中学的十二名鳊鱼村的初中生,自发组织举着花圈来到会场齐声痛哭:"我们少了一位好老师,一位好大哥!"

"一九九〇年暑假建校,你吃了多大的苦哟。那次到乌溪买毛竹,你亲自搬上搬下,到家已是十一点多钟了……"鳡鱼村村长说着说着,眼泪纵横。

教委领导也克制不住心中的悲恸,失声痛哭:"平宋是一位优秀的青年,他多次被评为市、乡两级优秀教师。"

事后,乡教办王主任专门把我从中联小学抽上去,整理赵平宋的事迹材料。材料上报前,正值清明节,我来到了赵校长孤寂的坟茔前,静静地伫立,坟前已摆满了许多小花。许久,我点燃一炷香,香烟袅袅飘向坟头:"老哥,我来看你了。"

这一年,赵平宋以全省遥遥领先的得票数被评为安徽省首届十佳文明青年,并被追授为烈士。

## 四

金宝圩有四个大的湖泊,上坝有撒埠滩,下坝有张埠滩、潦塘、欧埠滩。驾船出行,最怕过这几个湖泊。特别是风急浪高的恶劣天气,那真是"君看一叶舟,出没风波里",一旦船行湖心,前不着村,后不着店,一遇横风,翻船落水是大概率事件。此时,没有急事,一般是守门不出。

惠民小学就在欧埠滩畔,屋基村与惠民小学之间正好相隔一个欧埠滩。惠民小学老师刘宗胜就住在屋基村。每天朝霞初露,他都会用船载着同村的八位学生横过湖滩到小学上课。放学后,他同样和学生们一道荡舟回家。

江南的雨季,并非仅仅是烟雨蒙蒙,潇洒而浪漫。这一天早晨,狂风如骤,暴雨倾泻,夹杂着阵阵旋风。风助浪高,浊浪击打船帮啪啪作响。刘宗胜划着小船载着学生冒雨顶风逆行,划一桨,退半桨。湖中间风大浪急,湖边蔰巴巴叶子又容易缠着双桨,不好划动。

船到湖心,狂风大作,白浪滚滚,此时的小船在茫茫的波涛中显得那么渺小,刘老师双桨在手,竭尽全力,仍显得无能为力。此时,最忌讳的是船上撑伞,左右摆动。千万不能让风侧面贴船。刘老师要学生收起伞,双手撑船。可最终小船还是没有抵得过一阵横风,一个巨浪掀来,小船翻了过去。一船人全落水中。

刘老师在水中努力地搜索着学生,一个,两个,三个……风浪中他竭尽全力,把他们拉的拉拽的拽托上岸边。程晓红、程晓爱、程跃财、程玉妹、程晓荣、程香妹等七位学生相继脱离了危险。只有芮腊香不见身影。此时风急浪高,他已筋疲力尽。但他还是毫不犹豫地又一次潜入水底。这一次他再也没有上来。芮腊香也没有上来。

后来,刘老师的尸体被打捞上来时,他的一只手还是紧紧地攥着芮腊香的胳膊。最后的一刹那,他没有成功。

现在我们不知道他最后是如何凭借一己之力在水下搜索落水的学生的,却可以想象,他筋疲力尽之时是多么的焦虑和绝望。

就这样,三十一岁的刘老师正值朝阳初升的青春,在和这一场风浪的搏斗中,戛然画上了休止符。时隔多年,在那一片水乡,我仿佛还能听到他用最后的生命演奏的泣人乐章。我想,我还是要为他记录一些事,以对抗这个乡村社会的善忘。

圩乡的水清澈甘甜,滋润了一代又一代圩乡人。水乡的船,轻便灵活,渡人便利。今天,那些行驶在圩乡沟塘里的小木船渐渐稀少乃至消失了,曾和小船相伴的那些老师也大多离开了乡村那一方讲台。

其实想想,我越来越觉得,我们的这些老师倒真像那圩乡的小船,在自己的水域里,完成了自己人生的修炼。他们承受,他们坚持,甚至以生命赴使命,用挚爱护苍生,却从不轻易调整自己的区域。于是他们便在自己熟悉的空间凭着一种操守,一份执着,把一届届学生从此岸摆渡到彼岸,自己却把心血乃至生命,融入那一片水域,那个圩乡。

水乡,你可还记得你的那些小船?

# 贴近泥土的云

一

有一次去法国,发现那里的天空尤为澄净,白云又高又远,飞机过处,总是划出道道白线。那是二〇〇九年,在国内已很少看到天,也很少看到白云,更没有看到过一道道白线。一下子仿佛回到少年时光,与同伴仰头数天上飞机划过的白线,那团团的白云真纯净、淡雅,仿佛有一缕淡淡的荷香。

现在没事时也常爱伫立书房,隔窗望天。白云重回蓝天,悠闲飘荡,如蘑菇绽放。有时晚霞欲燃,云边金黄,宛如一幅神奇的图画,已然有一缕仙气了。

记忆中,总是觉得圩乡的云最接地气,那是我与大自然贴得最近的一段时光。那时,我蜗居在乡间,一边教书,一边种田,人看上去弱不禁风,像风中的旗杆,晃里晃荡。每日朝迎晨曦,一大早就到田里打营养钵、锄地、割稻,能遇到许多早起干活儿的人。俗话说三早抵一工,实际上我当时三个早上干的活儿甚至超过一个一般劳动力一天的活儿。不干活儿的早晨就是农闲时了,田野自然也没有干活儿的人。我依然起床很早,这时,就夹一本书,走到田埂上去读。一般是油菜已结荚的早上，露水湿脚，空气清新，小鸟叽喳。

夏天在田间拔着秧或锄着棉花，就看到天边狂风追着乌云翻滚，如牛，如羊，如奔马，直看得心潮也如这变幻诡谲的天空澎湃激荡，便坚信命运不会就如此把我搁浅在这个乡村田野，对于未来，对于外面的世界就充满了无限的憧憬。风越刮人越兴奋，张开双臂追着潮湿咸热的风，在窄窄细细的田埂上奔跑，高声背诵高尔基的《海燕》片段——让暴风雨来得更猛烈些吧……大有问苍茫大地，我心何处的激昂，瘦弱的身躯在风的鼓荡下满是荷尔蒙在激荡。

就在那时，出于对文学狂热的喜爱，我们几个笔友居然想到要办一份文学刊物，于是，油印小刊《金钱湖》便诞生了。刻字、印刷大多由朱君操劳。记得有一日，几位文学发烧友从圩乡泥泞的小路走到雁翅小街上，一本正经在王君的农经站办公室合了影，以示小刊正式创立。相片底稿，今天已找不到了。前几日老友小聚，有人忆起，居然在手机相册中翻了出来，转给我。精瘦的几位青年男女，个个眼中都透着一股豪气和对未来无限的憧憬，毫无现时的油腻味和世俗之气，有种独属于那个时代的气氛。至今我的书架上还保留着一份创刊号，以后又有多少次正式或非正式的相聚，再无那种气场和氛围。

一次，为了把刊物印得精美一些，便想用铅字打印机来打印。我所在的乡村小学只有钢板蜡纸刻印的油印机，十五里外的水阳高级中学有一台铅字打印机，打字员是我老乡刘文生。一个星期天，我弄了几篇稿子找到他，他二话没说一口承诺下来。他说他就用休息时间来弄,让我下个星期天去拿就行了。

过了一个星期,清晨,我裹着一件绿色的军大衣直奔水阳中学。寒风割脸,冬雾浓厚,对面难见人影。行走路上,如入云间。雨后被行人踩烂的土路冻结如铁,偶尔一个水坑也结着厚厚的冰块,两边的水沟冰封如盖,唯有枯白的芦苇在寒风中抖着精神,飒飒有声,和着我胶鞋踏路的嘎嘎声,孤清,高寒。走着,走着,身前的云雾逐渐淡去,太阳渐渐探出虚弱的身子,身上也渐渐暖和起来。

自小行走圩乡土路,总是甩开双臂,昂首挺胸,无须低头看路,偶尔有一块被雨洗出的残砖,被脚踢飞。夏天常赤脚行走,自然,大脚趾踢出血也是常有的事,此时,只要用泥土揉一揉止止血就行了,也不当回事,继续行走。心中有目标,眼里全是无边的风景,哪管得了那一点点小坎坷、小障碍。

到了学校,刘文生已打印好。我们便忙着装订,几十本小册子装订好后,已近中午。我们也不客气,简单道谢后,就匆匆踏上了回家的路。这时,上冻的泥路在冬阳的照射下已开始化冻。不干不湿的泥土黏性更足了,每走一步都要抓紧脚趾,踩一脚要定一下,才能迈开下一脚,一不留意前脚跨出去,后脚的鞋就没有跟上来,被黏土牢牢黏在原地,只得单脚站立回头拽回胶鞋。此时一只脚已沾满了泥土,好在胶鞋中是用籼稻草做的鞋垫,走到路边有草垛的地方就可以斜靠在草垛上,拽一把草,揉一揉,揣进鞋底,算换了一个鞋垫。每走一步,都十分艰难。

寒风刺面,内衫却汗津津的,稍微休息一下,一股冷风就像刀一样往棉衣中钻,寒彻全身。后来,我索性脱下胶鞋,挽起裤边,走在泥如黏糯的路面上。刚起步,脚下像一片针扎过,很快,脚就麻木了。于是,这个寒冷的冬日,一位高瘦的青年穿着绿色的大衣,背着泛黄的旧书包,脖子上挂着一双胶鞋,赤脚在狭窄的扁埂上走过。

回过头来想想,那时大家虽身处底层,却不甘堕落和麻木,而是用激情和淡然对抗人生的安排,用最简单、最神圣的文学形式,去抵达存在于内心深处的那缕光辉。但最终文学的门没有对他们敞开。他们后来有人做传媒,有人做会计师,有人成了画家,有人经商,都离开了那个偏于一隅的圩乡。情怀满腹的文学梦想,也在世俗面前被碾得仅剩了一丝残渣余骨。但就是这些余烬,说不定哪一天也会燃起一点火星,点亮一盏心灯。理想应不灭,有人就说过,追寻文学的过程就是一种趋光运动,我们不过是延续了幼儿时期的本能。

土路也有土路的风景。偶有一簇簇蔷薇,巴根草,春风拂柳岸,时花幽幽开。一群圩乡人硬是从这小路上走了出来。

在这种小路上,人生照样可以走出精彩的片段。

## 二

什么时候对文学情迷如痴的,实在想不起来了。它除了来自儿童时期的熏染,与那个年代大家都痴情于此的环境不无关系。

在如饥似渴想读书的年代,乡村却找不到一本书。有一次外婆带我上街,在供销社的柜台内,我看到一本名叫《小马倌》的小图书,即两眼放光,盯着不移开。外婆只好从她贴身的衣襟里,掏出一卷用手绢包裹得严严实实的毛票,数出一毛六分钱,递给了柜台后的店员。店员站在高高的柜台后面接过,将钱夹在一个油黑的铁夹子上,钱顺着一根纤细油亮的铁丝,哧溜滑向另一位坐在角落收钱的营业员。我就得到了我平生的第一本书。

读三年级时，同学中有一位是大队书记的儿子，和我同年，大概因为我的成绩不错，又是班长，我们关系很好。他家有许多连环画，都是城里下放知青送的。有一次，他带我到他家阁楼上，搬出整整一纸箱子的小图书，我震撼了。从此，我们达成了一个默契，他每天都带一本小图书给我，看完一本后再和他换另一本。夏天怕蚊虫叮咬，我就在蚊帐里映着罩子灯读。两个学期把那一纸箱"书"全看完了，老师家访了解情况后还特意在班上表扬了我。

这算文学的启蒙？不知道。那时听大鼓书是一种乡村人喜闻乐见的文化生活。一天，村上来了一位叫根宝的说书人。咚咚咚的大鼓声，响彻村庄的寒空，一个个鬼怪精灵的故事像星星精彩悬挂在空中，惹得年少的心，牵挂着那些"且听下回分解"能继续解开谜局，一天到晚盼着天幕拉起来，灯火亮起来。那一个冬天的梦里，都是神仙作法，空中大战，天马行空，法力无边，杨家将中的杨排风可以用一根筷子锁住某一神仙的顶针。想象的翅膀在梦里无边无际的翻飞。一连二十多天，一个《阴阳配》居然还没有讲完，弄得小小年纪常梦中思考着这个神仙配怎么配完。哪知，说书人自己竟然圆不起来了，找了一个理由收起鼓槌离开了村庄。后来，村上也来了许多说书人，这位叫根宝的说书人却再也没有来过。

至今清晰地记得，我读的第一本文学书是《水浒传》。小学五年级的暑假，我的语文老师下放知青葛栩柏，看我喜欢语文课，就送了我一本七十二回的《水浒传》，书的扉页上还有一段毛主席语录："《水浒》好就好在宋江是个投降派……"一个暑假除了放牛就是看《水浒》，一本书看了好几遍，每一个好汉的绰号都能脱口而出，早上起来牵着牛到沟埂边吃草，晚上骑着牛回家，夏天苍蝇围着牛转，有一次我穿了一件白衬衫，骑在牛背上，把爬满牛背的苍蝇压死在身下也浑然不知，印得衣服上血迹斑斑，如梅花绽放。

家住金宝圩圩心，自然偏僻，好在所在村和学校都在乡间邮路边。每天都有一位邮电员从水阳邮政局出发，骑自行车由圩埂到雁翅，再下到圩内经过我所在的村庄上到扁埂，回到邮局。一圈三十多里。经历过磨炼的人生，终会不负，我当时认识了几个邮电员，一位后来邮电分家任电信老总，一位任邮政老总，一位调到市里工作，有的被评为省劳模，得到了体制和社会的认可。

因为他们，我虽身处偏僻的圩心，却一直订阅着诸如《青年文摘》《南风窗》《中文自修》《读书》等各种杂志。那颗青春成长的心被前沿信息熏染，始终和这个时代一起脉动。特别是《南风窗》，自一九八五年的创刊号到去年，实实在在整整陪伴了我三十五年，从学校、乡镇到城区从没漏订，直到去年它在我书桌上的地位才被《散文》《清明》所取代。

也因为有了这些报刊，乡下学校的许多孤独时光变成了成长的快乐。因为读书，我们对人生和社会有了更多通透的感悟，也让生活不那么单薄和贫瘠，便懂得生命无所谓虚度，对于有心人，曾经发生的一切都是一种难得的经历，大浪淘过，沉淀的非沙即金，或许还有坚过苍石的璞玉。久而久之，人生便丰厚起来，更有情怀，更有高度，心中常呈水澄珠莹、云散月明之状。

## 三

小路，应该还是有记忆的。

良秋来时，正值寒假。他是我初中同学，那时师大毕业后已在宁国中学教语文。看到我在报纸上发了几篇文章，便约了两个同道走到圩心我的家中。雪后的圩路，冻冻样样，尤其难走，他们到达时，天已近黄昏。北风吹着屋檐啸傲成霜，一片寒气弥漫村庄。母亲一边安排我烧浴锅给他们洗澡热身，一边烧饭做菜。浴锅灶砌在门前小屋里，房小收气暖和，灶膛的烈火烧得浴锅的水热气上升，如云蒸其上，雾气腾腾，人浴其中，连骨头缝都暖和起来了，顿时神清气爽。

　　屋里亮起灯火时，母亲把红泥小火炉放上了八仙桌，端上烧好的"小锅头"。我们各霸一方，喝着烧酒，谈着文学，聊着人生。直至有人高吟"五花马，千金裘，呼儿将出换美酒"，全然忘了户外，北风呼啸。

　　现在想来，那一晚倒有些疯狂。可疯狂本身就体现出了年轻人无尽的好奇心和求知欲，正是这种疯狂的方式助推了人生的成长。

　　第二天临别，良秋看着我房间一架竹制书架上不多的藏书，像面对他的学生一样诵念了一段文字：知足之心，可用之处境，不可用之以读书。知足常乐，学无止境。身不饥寒，天未尝负我；学无长进，我何以对天？念完，又在我的一本笔记本上默写了一遍，并题上"良秋与国金共勉"。

　　第二年暑假前，他寄来一封信，说一放假就到乡下来看我。不几日，正当我盼着他来时，却传来他游泳不幸身亡的消息。

　　那个夏日，屋外烤着火一样的阳光，我独处室内未开风扇，但感觉有点凉意，风儿越过窗户轻抚我额头，突然地感到很悲伤，不可抑制，什么都不想做，又想着去做点什么，不愿意有人闯进来，又怕一个人待着,简直无所适从,拿出一支笔摆弄着想写一个名字,犹豫而伤感中又把它放进包中。在这个很冷的夏日,仿佛悟到有些事无须深究,有些事无须多想,过于执着,反而远离心灵的绿洲,走进荒凉的沙漠。

风吹竹檐,发出尖啸,像大地的呜咽。多少年后,一遇阴天,耳畔依然会弥漫这种不是哭泣也不是唱歌的声音,揪人心肺。

## 四

终于有一位文友还是忍不住现实的寂寞和枯燥,像一朵云,向着南方那片热土飘去。她收拾完行李告别之际,给我留下了一个淡蓝花的硬皮本子,上面写满了这段时间的彷徨和思想,说:送给你做个纪念吧。

最近整理资料,又翻出了那个有些泛黄的笔记本,从头到尾读完笔记,里面还夹着我当时写的一首诗《怀念去深圳的好友》:

月光映得老街

像一条小河

青石板上曾流淌过

多少前人离别的脚步


你胸前抱着

心爱的诗集

任长发在空中

写着离愁

回首乱石之中的小屋
在这寂静的处所
我们所有的秘密
埋在那隐约的星座

隔壁的楼房
悄无声语却常亮着灯火
在一起的时候
春光会不知不觉地滑过

清风挡住了回屋身影
怎么总是觉得
还有话没说够
月下徜徉已显啰唆

今日再次翻开诗集
月光依然照着小河
月影婆娑我看见
你应在南方招手

　　怀念深圳老友的诗肯定是没有发出去，有些事过去了就过去了，再去寻找不如回忆。真实的事件是在细细的回忆中，发现她更为理性。有些事回忆起来往往会触动你人性中最柔软的部分，当时却并不觉得。事后,可以把你的心静静地放到当时的环境中再去比对一下,此时你会发现,你复盘的现场,能够更加真实地还原一些事物的本相所在。

某年出差深圳。公余,专门让同学载着我去寻找她曾工作的海天出版社和曾借住过的深丽摄影中心,皆已物是人非。想起她曾在信中写道"如此繁华璀璨的都市却无我一人栖身之处,如此往来穿梭的车辆没有一辆可以载我而行"。街头,不识一人,那种空寂孤独的感受设身想来,便刻骨铭心,挥之不去,外人实在难以体会。真有"独立市桥人不识,万人如海一身藏"之感。

我倒真的去找过一位笔友。我在圩乡的小学工作时,有一天一个笔友居然跑了十几公里路找到我,见了一面,谈了一些什么,已不记得了,肯定与金钱名利均无关联,也不知什么时候失去了联系。若干年后,一个闲暇之日去寻了一次,也没有得到音讯。最近我驱车经过,又专门下车,花了半个小时走到那个村子,又一天一地地打听了一番,仍然没有音讯,也没有丝毫失望。人生就是不同的轨迹,有时会有一两处交叉便不见了,有时一直平行地往前走,如有缘该出现的会出现,随缘也就成了一种境界,倒不觉无奈。川流人海,有念想便是一缘,怎能奢望诸念随愿,抖抖身子把那一个念想,藏进心中,继续赶路。

脚踩泥土,追逐白云,如是,便会踏实而高贵地在世间行走。

第四辑

一江流水

# 一江流水

## 一

故乡是一片圩乡,圩乡就在江畔。

一江流水,有时平静如镜,有时汹涌成汛,更多的时候,不声不响,娴静淑雅,像亭亭的少女从唐诗宋词中婉约地走来,曲丽婀娜,缱绻悠长,夹带着两岸的青山、翠堤、圩田,伴着鹭飞鱼跃,从皖南山区一路悠悠静静地向北潺潺而下,赏心怡情,悦目养眼,直抵滔滔不绝的长江。两岸的故事也如汩汩流淌的江水,代代相传,绵绵不绝。有些人,有些事,随流而去;有些事,有些人,又代代接续,渐渐地沉淀到这片山山水水之中。

江水流至下游,与裘公河合抱环绕出一片广袤的沃土,这儿就是我们的圩乡。踟蹰圩堤,闯进时光的深处,常常也会闪现一个美丽的念想——"江畔何人初见月,江月何年初照人",谁是最先踏上江边这片肥沃土地的文人?谁最先在这里刻下了文明的印记?

当然,我最先想到的还是大诗人李白。天宝十四载(七五五年),李白五十五岁,夏游当涂县,作《当涂赵炎少府粉图山山水歌》。当涂就在圩乡的下游。至德元载(七五六年),他来到了圩乡的上游宣城,短暂停留,又到剡中(绍兴)避难,写下了《经乱后将避地剡中留赠崔宣城》。其间,他擦圩乡而过途经溧阳,留下了《猛虎行》和《扶风豪士歌》。

遗憾的是,搜遍《李太白全集》的一千多首诗文,独缺歌吟水阳这片圩乡的绿水禾田之作。我有点犯嘀咕,此时,两岸有闹市,有酒香,有樵夫、渔翁、农人、窑工,李白何不挂帆而驻,素性踏此片田畴,饮几坛美酒?按他的心性,酒入豪肠,在圩乡也酿出一片人文的月光。这样,古诗璀璨星空中,便就有了描写圩乡底层人民的诗句。可李白终究是李白。秋水隐隐中,不是任何一方的土地,任意一方的山水,能承载他潇洒挥遒。万里长风送秋雁,他挥挥衣袖,没有留下半片云彩,过龙溪,直奔远方。

这不能不说是一个巨大的遗憾。也许,此时的圩乡,还没有出现足以让这位大诗人对话的高士。

李白仙逝七十年后,他的第一任夫人安陆许氏的侄孙——许浑任职宣州当涂令。因为一场人风逗留在圩乡:"行尽清溪日已蹉,云容山影水嵯峨。楼前归客怨清梦,楼上美人凝夜歌。独树高高风势急,平湖渺渺月明多。终期一艇载樵去,来往使帆凌白波。"(《将渡故城湖阻风夜泊水阳戍》)。许浑是唐代宰相许圉师的第六代孙,大和六年(八三二年)进士,官至睦、郢二州刺史。一场美丽的风让他成了在这片土地上最早留下诗篇的大文人。这湾水乡,因了这样一段机缘而荡起了一片文化的涟漪。那一刹那的回眸,成全了小镇灿烂的一夜。那一夜,诗人的逗留,成就了江上吟诵千年的诗韵。

许浑来时，相距李白经过时并不久远，那时的水阳已有"楼上美人凝夜歌"的繁华，李白这么一位有情怀的大诗人，扯帆来去水阳江，面对两岸青山村舍，能没有诗心勃发？也可能，他曾经驻留过，并曾留下了墨宝，却遗失在历史的长河里。

　　北宋苏为，天圣四年（一〇二六年）以尚书职方郎中知宣州，作为一方父母，已是深入圩乡，用怜喜的眼光看这方水土了："下田怜沮泽，环堤屹成雉。尧汤水旱时，蓄洩得专利。泥资数斗沃，竭谢千金贵。何物代天工，嘉兹老农智。"（《化城圩》）

　　北宋的周邦彦在对面的溧水任知县，也因了这里的鱼肥田沃，溪女风流，赶来赋诗清赏："清溪再三曲，轻舟信洄沿。水寒鱼在泥，密网白日悬。村长但古庙，老树巢鸟鸢。水阳一聚落，负贩何阗阗。溪女好看客，风流□花钿。王事驱人来，清赏亦所便。独嗟试百里，推轮见凶年。飞蝗避禾稼，猛虎逃人烟。谁云偶然儿，前达多良贤。"（《水阳聚》）

　　于是，圩乡文脉，绵绵不尽。

　　袁旭、姜方奇、李文敏、杨缄……这些先贤的足迹也陆陆续续踏上这水阳的三里长街。街的长度和厚度都发生了质的变化，沉甸甸的文化积淀，穿越时空浸润进圩埂边的街石，千年风雨浸湿，使其更加明亮，光润。于是便有了一座纵跨千年的厚重古镇，横渡无数的古津渡口——龙兴四渡。

　　透过历史迷雾，极目大唐深处，我们看到了这条江上千帆竞发百舸争流，一片繁荣景象。一只远在长沙的题诗壶，乘风破浪和众多的长沙窑瓷器一道来到水阳码头。千年之后，发现了它。那是二〇一四年，水阳江综合治理工程之一的下游开卡项目实施过程中，挖出一只残壶，白瓷黑字，很是潦草，诗曰："上有东流水，下有好山林，主人有此宅，日日斗量金。"这肯定不是大诗人之作，亦不在《全唐诗》收录之列。这只壶在河底沉浸至今，一出世便已千岁，却因为有了这首诗，风流余韵犹存。它的文化意义犹如那河底卷起的风，向我们轻轻地倾诉着，当时圩乡的百姓在生活中，已有了这种文化的需求。

## 二

就像圩外的江水和圩内的沟水，有了圩堤间的陡门就相互联通融合，使得圩内的沟水终年清碧而有活力，生物也呈现丰富性和多样性。外乡大儒在圩乡播下的文化种子也促成了圩内文风逐渐昌盛起来。有宋以来，圩内的各大家族倡办乡塾，延师课子，耕读之风弥兴乡里。唐汝迪、唐一相、唐一澄、唐稷、唐允甲、孙卓、孙襄、钟震阳、钟无暇……一批士子通过寒窗苦读，从科举之路走出圩乡，踏上茫茫征途。虽是山川阻隔，故乡和亲人相隔千里，他们却义无反顾，实践着修身齐家治国平天下的人生抱负。

这其中，唐一澄的心头上，却更多了一份家园情怀。这位天启乙丑进士，文武双全，有勇有谋，在泉州曾单骑出城劝降叛匪，声震朝野，后升至刑部主事。致仕回乡，他把所有的精力都投入到了地方的公益事业和家族事务中。新修陡门，建造醒醐庵，编纂家谱，训之以辞，约之以规，等等。县志记载，"今唐氏祠规，子孙世守者，皆其所立"。后各大家族皆争相仿学。不能不说，他引领了圩乡的风尚，深深地影响了圩乡的民风。

为了方便乡族子弟读书上进，唐一澄在祠堂边设立书院，并在祠堂的风水塘中专砌藏书楼一座，人称此塘为书墩塘。同为江南藏书楼，虽与常熟铁琴铜剑楼、宁波范氏天一阁不可比，但这书墩塘，作为圩乡读书人精神上的一种依托，对当地文脉的延续，作用不可谓不重。漫漫长夜，清风拂水，楼台上的灯，曾抚慰过太多的寒窗苦读的圩乡学子，成为人们心灵智慧的培养基。直至今天，书墩塘上的书楼虽已烟云散去，书墩塘畔祠堂改建的雁翅中学却依然书声琅琅。尊师重教的理念，像大树的根一样，深深地扎进了圩乡这片沃土。在圩乡，三百六十行，三教九流，最受尊敬的应该是读书人。

对于寒门小户的平头百姓来说，钟震阳在圩乡有着极具典型的示范意义。圩乡人可能不知道今天的镇长是谁，但没有不知道三百多年前的这位先贤"钟百里"的，特别是读书的学生。

县志记载，"钟震阳，字百里，少孤贫，寄食舅氏郑世德，以师事之……屡困小试，年及艾始举……崇祯庚午乡试，辛未联第……裁一时古学，声噪京师"。

大家挂在嘴上的一句话——"钟百里要发，河里淹死鸭"，就是专指钟震阳参加"高考"的传奇故事。河水是鸭的故乡，鸭怎么可能溺水而亡？

钟百里年近半百却屡试不中，乡里人对他的科举之路已不抱希望，认为没有"发"的可能了。至及艾之年，钟百里依然壮志不已，重整旗鼓再出发。临行前，去看望舅舅，实在没有拿得出手的礼物，就捉了一只老鸭。过河时，因渡船人多，鸭放船舱怕人厌烦，就让船工把鸭笼拴在船稍的水中，船压竹笼，笼困老鸭于水中。待渡船缓缓地渡到对岸，可怜的老鸭已被活活地闷死在笼中。事出反常应是吉兆。这年,他果然金榜题名。

这个故事在我们儿时,每一个夏天的傍晚,都会在乘凉的竹床上被大人们演绎得活灵活现。

钟震阳通过科举摆脱贫困,跻身上层行列。昔日田舍郎,今登天子堂。用读书改变命运的走向,他为多少圩乡莘莘学子树立了一个不可磨灭的精神楷模,激励着圩乡子弟立志高远,凭借寒窗苦读,成就自己,成就一番事业,也引导着每一个家族有识之士重视教育,尊重先生。

多少既没影响也没名气,除了梦想和才华一无所有的农家子弟,因此便有了奋志云窗,希心桂籍,崛起于茅舍寒室之间的希望。他们深知即便出身贫寒,如果足够坚强,在时代潮流中都有机会做一个弄潮儿。白云总能飘过一个又一个山头。

民国时期圩乡知识分子的典范不能不说丁光焘先生。先生是二十世纪三十年代中期上海法政大学的优秀毕业生。他独秉清志,刚正不阿,对于南京首都地方法院和南京宪兵司令部两处交相延聘的函电,均婉言谢绝。尝自箴曰:"与其以笔代刀以求富贵,不如以笔代耕教书育人。"与其同流同污,毋宁洁身自好,他拒绝参与官府召开的一切会议,也抛弃了一般的世俗应酬,潜江湖而求清净,于乡里置一塾馆,烟霞碧水,风清月朗,讲经授课。无为万世开太平之雄心,却有为生民立命、为天地立心、为往圣继绝学的志向。他自编教材,注重传授新文化、新思想。二十余年,培养学生千百计。

先生的士大夫格局在这裘公河畔找到了感觉,得到了涵养。耕读之余,他曾将父亲睡斋公所作古、近体遗诗,纂成《栗村诗稿》,并自著有《光焘文存》《文坛杂忆》《读书杂记》及《寓言选百篇》《冰玉堂验方选编》,洋洋数十万言。孤傲化作了涓涓细流,才情变成了字字珠玑。

传统的江南农耕社会,既讲精神又论物质。风月无边,诗酒年华,有了诗情的催发,粗粝的底层生活也自然变得有滋有味,柔风细雨里的书香墨韵过滤掉了人生的苦难,让先生在圩乡成了一道独特的风景,成为圩乡学子心头的坐标。

可是,天不假年,先生去世时仅四十有六。过往的苦痛,仿佛一缕白云随风飘过,我们无从探知先生内心曾经的惊涛骇浪,他应该是用信念把自己一生的风霜化作了对生活的平淡坚守。

碧水青山,古韵悠长。

## 三

江上往来多,必有吟咏人。历史的长河中又有多少先人的吟诵散落到这碧波浊水中,犹如风吹尘埃,无影无踪。但对文化的重视在圩乡已如春风夜雨,潜移默化地渗透到平民百姓之中。

最近我们在为打捞那些失落的或渐将湮灭的宣城文化故事,做了一个百集的《故事里的宣州》短视频。几集播下来,有人打来电话说在我的老家发现了一套完整的《唐氏宗谱》。

于是,这个初夏的午后,我们来到了圩乡深处的唐良峰家。门前,一簇簇绣球花开得十分热烈,红的灿若烟霞,白的洁净无瑕。他从埠子的蟹苗塘刚捞取水花生回来,满身汗水,洗完脸就带我们走上了他家的三层阁楼。阁楼的正间供着一尊菩萨,菩萨前香火缭绕,烛光闪烁,拜垫、香案、烛台一应俱全。哦,今天是五月初一。他应该是一个虔诚的佛教徒。他从菩萨的右侧挪出一个红漆斑驳的谱箱,搬进偏房,打开锁,取出一本本家谱。那一瞬间,宛如一簇历经沧桑的花草从久远的记忆中散发出醉人的芳香,清晰的年轮从这隐驳的箱子里走出,驱走了多年的羞涩,穿过历史的烟尘,扑面而来。我轻轻地抚摸着依然有些簇新的家谱,简直不敢相信,百年烟尘,它躲过了一九三一年那场堤溃圩漫的大水灾,逃过了日寇的烧杀抢掠,还是这么完整、这么清晰地呈现在我们面前。一数,四十二本,除了有一本一角残留着一丝焦煳状,无不平整完善。这是我在圩乡发现的唯一一套民国初年印制的保存如此完整的家谱,也可以说是圩乡唯一传承下来的一套家族类丛书,不由得对眼前这位淳朴的村民表露出深深的敬意。

一番闲话,年近七旬的老唐道出了他亲身经历的家谱保护故事。

那年冬天,漫天大雪。父亲唐佑玉驾一叶小舟照例把从沟里捕来的鲤鱼送到他的东家——大先生唐石亭家,大家都知道唐先生就喜欢吃鲤鱼。雪像天上抛撒的棉花,一朵朵飞舞而下,欲把这通衢大沟严严实实地填满,落进水里,又化作雪水,终是无奈而徒劳。唐佑玉多少年都没有见过这么大的雪了。他见到了卧榻上的东家。东家强打精神带佑玉来到空荡荡的书房,挪出一个红漆木箱,一反常态地拉着唐佑玉的手说,这是一箱家谱,我是无力保存它们了,你搬回去,替我好好收着。

第二年春天,被春雨按捺了好多天的柳树芽、桃花苞,被阳光一个个拽醒了,潦塘两岸,顿时柳烟如云,桃花绽放,一片无边的繁华迅速撒满两岸,引得水中的鱼儿跃动,野鸭戏水,唯有滩上的芦苇还是举着枯瘦的身躯，没有醒来。这个春日，唐石亭离开了人世。自此，唐佑玉，这个大字不识一箩筐的农民，人生中便多了一项使命——保藏"唐氏宗谱"。

"四清"运动在全公社轰轰烈烈地展开了，工作队进驻到生产队，一家一户动员主动上交各类"封资修"的老东西，唐佑玉家的一套家谱自然也在其中。唐佑玉把谱箱上的"唐氏宗谱"四个字用刨子刨去，改做了衣箱。家谱装在一只湖苞中，准备埋到竹园里去。等他挖完洞回来，生产队长已带着工作队队长，把他家家谱背走了。唐佑玉想，无论如何不能让他们把家谱烧掉。

他带着当年仅九岁的儿子唐良峰划着一只小鸭壳船，来到赵圩村，把船停在了唐贤公家门口的河埠头。唐贤公家有一位工作队员正在督促焚烧刚刚收来的家谱。唐佑玉就和贤公配合着与工作队员聊起了家常。小良峰在烧家谱的灶间外偷偷地张望。地面散落了一大堆旧书旧谱，一位小姐姐正在一本一本地往灶膛里扔。自己家的湖苞就在灶膛边缘，眼看着小姐姐正拿着湖苞上面的一本家谱揣进火中，小良峰急了，悄悄地从狗洞钻进了灶间，朝小姐姐眨眨眼，从火中抢出他家的那本家谱，迅速地踩灭火头，把一湖苞家谱悄悄地从狗洞里拖出去，搬上船。

雨落沟面，溅起一片如烟的水柱，小良峰把蓑衣紧紧地盖在湖苞上，光着头，淋着雨，划动着小船。家谱像一个婴儿，在风雨中安稳地酣睡在船舱，它不知道，它刚刚躲过了一场火劫，差点又遭遇一场水灾，载着家谱的小鸭壳船，在水面行驶无滞，很快就到了自家的船埠头。

唐佑玉走回家，看到一湖苞家谱妥妥地兀立在昏暗的墙角，立即把自家唯一的米缸腾了出来扛到竹园，埋进挖好的洞里，再把一整湖苞家谱稳稳地放进缸中，在缸沿盖上木板，覆之细土、杂草，这才长长地松了口气，安心离去。

自此以后，每年唐佑玉都要在六月初六这一天悄悄地挖出家谱晒一晒。一九七四年，生产队里并庄，唐佑玉硬是拖着不愿往大村子上搬迁。已是生产队壮劳力的唐良峰知道父亲是怕搬到大村子后每年晒家谱就不方便了。

三年后，唐佑玉生了一场大病，临去之前，对着儿子再三叮嘱，一定要保护好家谱。

从此，唐良峰视谱如命，从不轻易示人……

有位哲学家说，一个人不可能走进同一条河流，但一条河却承载了无数人精彩的故事。

这是偶然，又是必然。听着老唐的叙述，我翻起谱书中《文苑》卷，读到了先贤唐汝迪和梅宛溪的诗："玲珑水面八窗开，云净天空鸟往回。静把床头羲易玩，不闻花外俗车来。"

一缕身居陋乡不改悠闲之操的清风，从古谱中徐徐吹来，满屋溢香。是的，山中甲子无人问，每到春风鸟自啼。李白当然不会局限于一个时代，或者说每一个时代都有光焰璀璨的李白，这片天地，虽无高山峡谷可观，无大漠孤烟可赏，但它那一汪清水，一捧沃土，终是可以滋养一分文脉的传承。

历史的长河中，个人虽然渺小而微茫，你纵有千般万般本事，也难脱风云际会的裹挟，如夏天的暴雨来时，紧烈而漫密，茫茫原野，何去何从？但，若能像唐良峰父子这样于这大雨中，呵护好一箱谱书而不致受潮，这已是对文化传承所做出的杰出贡献了，是一个人无上的功德，实在比无数的侃侃而谈，陷于宏大叙事而不落实地要有意义多少倍。一个人的价值不在于生命的长短，而是在一生中，卑微的灵魂可曾向着阳光闪烁过哪怕一缕光芒。

一江流水，孤月心明，清静无染。

# 村庄和老碑

　　冬天的圩乡,水瘦天寒,万物枯索。回到老家,虽近年关,打工的兄弟们还没有回乡,村上一片寂寞。户庭无杂尘,虚室有余闲,便趁着午后柔和的阳光来到门前的埠子中转转。

　　古老的村庄,处处印刻着文化的符号。

　　小时候村庄上遍地是残砖断瓦,特别是靠沟旁的河岸边,因雨水的冲刷,几乎被小砖瓦片堆积覆盖了一层,在水与岸之间形成了一条砖瓦带,那些碎砖残瓦被清澈的沟水洗涤得干净、清爽。我们常常在岸边选了些凹形的小瓦片,在水面上打偏递子。随手一捡,弯腰扭臀,挥臂掷去,瓦片擦着如镜的水面,向远方一溜烟滑出一串蜻蜓点水般的小圆圈,像郎朗的手指在这碧水上激起一个个清脆的音符。大家比谁的瓦片贴着水面留下的圆圈最多,冲得最远。水面噼噼啪啪的响声和岸上的喝彩声,交相呼应。常常惊得优哉游哉凫于水上一种叫偏流子的小水鸟,也贴着水面向远去飞去,留下同样的一串水圈。

　　那时的村庄大多掩映在绿树丛中。春天圩乡,伫立圩堤,整个圩田一片金黄,那是油菜花在绽放。一条条纵横交错的碧水把这

174

油菜花裁成一块块金色的地毯,一个个绿色的村庄就像翡翠一样镶嵌在这金黄的地毯上,几乎看不到一家一户的房屋。走入其间,除了蝴蝶的飞舞蜜蜂的嗡嗡,偶尔会有几十里外的火车站火车的鸣笛声飘进耳中。

托尔斯泰说,村庄是世界的源头。和每一个村庄一样,如今老家的村庄已长高长大。房屋越建越漂亮,村里的人却越来越少。如果你有几年没到这个村庄,再来时,那种曾经熟悉的场景会荡然无存,面对你的一定是一副新颖的身姿。和万物的成长相反,整个村子一定变得更年轻了,高大了,现代了。熟悉的面孔也越来越少,越来越老。曾经的沧桑斑驳,消失得无影无踪。与此同时,你会发现好像还有一些什么东西也一起消失了。

其实,金宝圩的每一个老的村庄几乎都有精心规划,如东唐村的帆船地,整个村庄用地按照帆船的模式设计,取一帆风顺之寓意。村前的埂子状如风帆,村后的壕沟便是船舱,村中的广场用清一色方方正正的青石板铺成,相当于船上的甲板,雨一下,光鉴照人,十分气派。夏家村是凤凰地,村前两面埂子像凤凰的两只翅膀,凤首朝东直插夏家塘,塘中遍栽莲藕。夏日,碧天莲叶迎风舞,甚是壮美。

我们村是三桥时家村,谱载,元末明初,"罹林儿之乱徙宣邑金宝圩之天字坝去南三里,见其秀水环绕,架三桥于东西因家焉,此三桥时氏所有昉也"。村后临垮塘心专门筑一风水埂,埂上置一巨石,刻"泰山石敢当"五个颜体大字,以挡风煞。埂和村子之间形成乌龟状的池塘,俗名乌龟梢,取玄武之意。村东、村西皆是一湾清水直通长池。村前有一个面前塘,形如朱雀,状如明镜。

当然，现在村庄的肌理都受到了不同程度的破坏。改变最大的是夏家村，二十世纪七十年代的并村运动，纯粹集中的军事思维，造就了今天中间一条路、两边两排房的村庄模样。多姿的文化寓意淹没于单调的空间。不过，所有并过庄的村子都是这样。有时候看看，整齐划一也是一种美，近年来美丽乡村建设大多从这些并过庄的村子先启动，也赢得许多参观者的称赞。一个时代有一个时代的审美，审美迭代与这个时代人的认知层面应该是相匹配的。

三桥时家村现在还剩两桥，据说是因为当年当生产队队长的叔叔和大队书记意见相左，闹翻了，坚决不支持工作，软拖硬抗，运动结束了，庄没并成。

我沿着村子原来那座桥改成的坝埂来到村前的埤子。这些埤子四面环水，一般都在五十亩左右，细细的田埂把它分成十几个田块，以保证每一块田都能临水挂坡，方便取水灌溉，又能雨后沥水。埤子都是有名字的，田也是有名字的，诸如发字埤、此字埤、东朝埤、西朝埤，拐四亩、官五亩等等。

走进发字埤，环沟埂一圈下来，伫立田间，勾起了我尘封的记忆，隐隐约约记得这个埤子的中间有一座大坟，坟前有一块大石碑。七八岁时，父亲曾带我来过，还在坟前磕过头。少不懂事的我也曾和小伙伴们在这座大坟上进行一种抢山头的战斗游戏，谁攻占到坟顶谁就是胜利者。可现在这儿一展平阳。坟呢？碑呢？

回来的路上，迎面碰到二叔。二叔带我来到东庄村的水挑边。

一块碑静静地横卧在水中，风吹浪涌，涛拍堤岸。

"这就是太公坟前的那块碑。"

五十年前的一天，一场声势浩大的平坟运动，在这里扎扎实实地推进。周边的小坟很快被平了。刺目的阳光照耀着发字埠中的每一块肥沃的土地，埠子中心红旗招展，旗帜下就是太公的大土坟。生产队热情似火的社员排着队锹挖肩挑，把一担担封土，由远到近挑撒到田块中。

叔叔用湖苞把挖出的遗骨装好后，集中埋到了本村新设的坟场。那是一湾秀水旁，背靠圩内较深的一条大沟——长池。

一个生产队里歇工的雨天，东庄的华玉伯父和几位弟兄来到被平的大坟边。老碑横卧在一片新土上，细雨绵绵中，碑文愈加清楚，闪烁着这个村庄中逝去的精神之魂。一滴一滴的雨水清洗着碑石的泥痕。大伯用手抚摸着那一行行熟悉的名字，实在不忍它们孤立地躺在这荒郊野外。这碑是他的父辈们在祖父辈文寿公带领下为太公立的。没有坟场依靠的碑，算什么呢？他们冒雨把碑抬到了停泊在埠子边的大船上，装到东庄作了水挑。

碑在这里一待就是五十年。一万多个日日夜夜，没有人来祭拜、凭吊。每天清早，妇女踏着它淘米、洗菜。月夜，浣衣的槌棒之声从这里传遍沟渠的夜空。渐渐地，人们已把它遗忘在沟岸边。多少年，没有引起一个人的注意。碑浸水中，任由着一代一代的小鱼大虾从身边游过。

大伯的一抬，也为我们今天重新认识这段历史埋下了伏笔。

在那个年代，大家秉持着人定胜天的雄心壮志，敢教日月换新天，豪气冲云，以征服自然者的面貌站在了人类伦理道德之上的峰顶，俯视万事万物。殊不知这已经违背了自然界的残酷法则，失去了对天地的敬畏之心，对大自然的慷慨馈赠没有了感恩之情。人类生命本身与山川草木、鸟兽虫鱼，皆是这个世界匆匆过客。比起日月星辰，沧海桑田的演进，无论在空间上还是时间上，都可以忽略不计。我们从来不缺大自然的警示及惩罚，缺的是人类欲望左右下低下的认知能力所不具备的反思精神。从这个意义上说，我们要静下心来认真聆听每一朵小花、每一棵小草、每一滴露水的声音，以卑微的姿态，谦恭地对待与我们共生的每一个生命。虔诚地洗涤缺乏敬畏的自身情感，从而真诚地追求灵魂的不断自省。

年节已过，回到城里，还是牵挂着那块水岸边的石碑。一份厚重的沧桑之气，始终郁结心底，飘飘忽忽，宛如冬天的狂风卷起了夹雪的云。

书房中，我独自翻开保存完整的一套家谱，一百年前立碑的情景展现在眼前。

那是一九二二年九月，曾祖父一辈最年轻的文寿公是"清季例贡生，自幼岐貌端重，天性静穆，寡言笑，矩步规行，乡里咸推为端人正士，因之地方公益事务端赖维持。如筑坝修圩，建筑雁翅陡门以及本团一切公务，无论巨细必假君手"。

就是这位最能干的曾祖父，在太公去世后八年，带领祖父弟兄十人，和曾祖父弟兄四人，率全家三十多口为太公修筑了这个硕大的坟茔，并在坟前立下了这块碑。

这是天高气爽的九月，应该是棉白稻黄的丰收季节，每个人心中对太公都沉浸着一份念想，对未来都抱了一片希望。石碑选的是最好的青石，书丹规整，双刀阴刻，碑首和碑肩阳雕龙凤纹饰。曾祖父辈兄弟四人，文杨、文汝、文木、文寿。祖父辈兄弟十人，章仁、章义、章礼、章智、章信、章道、章德、章忠、章恕、章悌依次排下来。与谱名严丝合缝，中规中矩，完全是一个大家族四世同堂，家兴业旺的景象。

不料，第二年，文寿公英年早逝。又一年，这个四世同堂几十口的大家庭就一分为三。

二十后，也就是一九四二年，章字辈弟兄十人中最小的祖父章悌公，主持续修了家谱。他是墓碑上与我血缘最亲近的一位长辈，我却没有见过。彼时，他正是风华正茂的而立之年，在管理家族事务之余把家族的信息一一收集。这一工程历时多长？耗费多少银子？现在我们很难得知，但他却于那抗战烽火弥漫的岁月，在这偏僻的圩乡，做出了这等家族大事，对于我们这个家族来说也是善莫大焉。因为有这木刻版的宣纸家谱，我们得以了解了我们从哪里来，在这片土地上生活了多少年。就像一棵树的枝叶，我们知道了它的根脉生长在何处，在精神上总是一份营养。当年主修家谱的上海法政大学毕业生丁光焘先生也不无感慨："方今寇氛未靖，举国骚然，离乡背井，谋逊莫遑，何暇涉事于此乎？"

祖父说："吾族小而丁寡，偏居穷乡僻壤，寇未曾至，然安乐中寓无限危机。夫宗谱者，固维系亲亲长长，敦本睦族之枢机也……"

也确实，时代的一粒尘埃落到一个人身上就是一座大山。小有小的做法，大有大的谋划。在这一缕文脉的滋养下，族人虽没干出春风浩荡的大事，却是孕育了一片敦厚温良淳朴的民风。

当年的家谱共七套，都配有专门的谱箱保存。一套存放于宗祠，另外六套分存于六个支房。八十年过去了，现仅存一套。其余，有的在破四旧时上交给工作队化为灰烬，有的在分家析产中不知所踪。这套保存较为完整的家谱是华森伯父用牛皮纸包了埋在猪笼屋墙角,才逃过当年工作队搜查的一劫。

小时候我见过村上最后一个文字辈的长辈,叫文火老长辈。名字叫文火,日子过得却是不温不火,独身一人,满身故事,据说年轻时参加过红枪会,后一直郁郁不得志,没有成家。他住在村中间的一间满山落的老房中,喜欢给村上的晚辈说古刮经。一般是晚饭后,一群小年轻围着他,他从床头厚厚的古书中撕下半张泛黄的纸,用手从一个洋铁筒子里捻出一缕黄烟,放在纸上,舌头朝纸的边沿一抹,熟练地卷起了一支纸烟,衔在唇边,再摸出洋火点着,纸烟的另一头火苗喷出来,他迅速对口一吹,明火熄了。重新衔上纸烟,猛吸一口,从鼻孔中喷出一缕淡淡的青烟。那些老远老远像古书一样泛黄的真真假假的往事,就从他的嘴里慢慢流出来。那时,我刚记事,只是觉得老长辈和别人抽的香烟不一样,多年后才知道他卷烟的纸原来就是从他家保存的一套家谱中撕下的。因为是宣纸,柔韧,易燃。他去世时,据说那套家谱正好被他烧完。现在回想,应该就是这套家谱用这一种特殊的形式伴着他度过了晚年寂寞的时光。

合上数卷厚厚的家谱,来到阳台。

极目远眺,心思弥漫进这冬夜的深处,穿越了城里的一片繁华,落到了那灯火璀璨之外那家乡的埠子里。坟头的树,是人砍去的。人,是岁月砍去的。坟,是人垒砌的。坟,也是人搬走的。一百年过去了,当年垒坟的章字辈文字辈的先人早就归于尘土。那里也曾有日月星辰,草木山河,有岁月静好,烽火干戈。多少跌宕,多少酸楚,在圩乡这片土地上经风沐雨,却又不为人知。

我和我的太公相隔一百年进行了一次静静的对话。

春林花多媚，冬至叶落尽，物候有节律，苒苒耀其华。在这个夜晚，我打电话给几个在家的堂兄弟，建议把浸在水中的那块碑抬上来，在叔叔埋太公遗骸的地方垒一座坟，再立一块新碑，写上父辈和我们及晚辈的名字。

一块碑就是一段绵延不绝的家族史。它的碑文虽然已在岁月中被洗淘模糊，可气场仍在。它沉淀了一个时代的信息，风吹雨淋依然未能让它消弭于大自然的深处。这一天它重新展现在我们面前，犹如汩汩的溪水，倾情细诉着这个家族的前世今生。历史是残酷的遗忘。一块碑凝结了一段历史，那些事，那些人，在茫茫的长河中已飘逝而去。碑蠹坟前，迎来送往的清风中散发的一定是这个古老的村庄不灭的传承。就像人走夜路，看的不是路，更多的是仰望遥远的星空，星星闪烁，指引方向。人生也如走夜路，心中始终要有一颗闪烁的星星，才不会迷失方向。

大家一致赞成我的建议。

碑被堂兄弟们抬到了太公的坟前，发来的照片上字迹虽不是十分清晰，也还是不碍辨识，右边是"中华民国十一年岁次壬戌九月"，中间是"时公××之墓"模糊不清，左边的名字却荡然无存。怪了，我那些祖父的名字呢？难不成被小鱼小虾吃了？打电话问二叔。原来，这些名字是华玉伯父费了好大的劲儿磨掉的。搁放碑石前，他为不辱没先辈，硬是把那一行行熟悉的名字磨平了。他认为，碑作水挑，人来人往，特别是还有妇女们来洗衣淘米，脚踩着祖宗的名字，实在是不敬。华玉伯父识字不多，他以为中间和左边两行只是日期而已。幸好他识字不多，也幸好今天我们有家谱印证。

那夜，我梦见东庄的沟里，小鱼小虾成群结队地游到太公的石碑下,争先恐后地去啃啮祖父们的名字,一颗一颗饱满规整的石刻汉字,瞬间成为飘扬的石粉,像三月凋零的桃花弥漫在清冽的沟水中。沟中渗出一片殷红的血脉。继而,那血脉忽又化作漫天的飞雪,覆盖了整个村庄,田野,沟渠。

一百年后的今天。清明时节,我又回到老家,恰遇疫情,在外务工的兄弟们皆不能回乡。三位华字辈的叔叔带领我们几个居家的晚辈来到新垒砌的太公坟前。两块碑事先已运至,一新一旧,旧碑古朴敦厚,字迹模糊,充满了岁月的包浆。新碑豪华高大,铭文清丽。

岁月的尘土覆盖,毁坟的父辈们也大多如冬天田野的荒草枯萎凋零,石碑却还是那么坚硬,碑上刻的祖先的名字虽经风雨侵洗,不甚清晰,却依然能辨认一二。沿着这一族的血脉,我们今天又垒起一座新坟。老碑矗立坟后,新碑立于坟前,整个家族的繁衍生息的脉络像画家绘就的长卷,徐徐展开,可它仅仅是一个宗族的部分,我们无从看到它更深更广阔的图景,还有那画卷中先辈们曾经生龙活虎跌宕起伏的故事,依然是我们需要用无限的想象来描摹的空白。

叔叔端出碗筷,跪上拜石,深深地磕了三个头,朝着坟茔洒下三杯浊酒。口中喃喃,神情肃然。

春风穆穆,昏黄的阳光透过云层,给这新老碑上镀了一层亮色。坟后便是一湾清澈的沟水,它曾在这里流淌了千年,时间未曾改变它的柔和、清冽,而水边的人,虽然有时可以随意掬一捧而饮,却已是走过了一茬又一茬。堂兄点燃了高炮,旷野中,顿时声震如雷。不一会儿,高炮便成了一堆纸屑,留下的依然是春风穆穆,光影摇移,沟水潺潺,还有坟头嫩绿的柳枝上飘挂着的两串白色的纸钱,随风飘曳。回来的路上,油菜花凋零的花瓣飘落尘土,沾满裤脚。

# 吴韵乡音

一

有时,我感觉很幸运,出生、成长在金宝圩。这方水土承载着我的喜怒哀乐,留存着我从童年、少年到青年的记忆。

年轻时拼命地想离开家乡,现在是一有时间就想回到故乡。有故乡的人,一离开家,浓浓的思乡之情,即从那时起,始终萦绕在心头。

现在工作的城市离老家一百里,开车回去也就个把小时,只要双休日不加班就驱车而回。不为什么,就是找老乡聒聒淡,听听那圩乡醇正的方言。当然也有方言里存放着的趣事和人情,就像脱去上班的正装,穿着休闲服,离开逼仄的水泥森林,走在阡陌田垄,轻松舒适,随意自在。

离开家乡越久,越觉得圩乡话柔软亲切。语言需要环境,只有回到故土,才能激活那些沉睡在心底久违的词汇,再一琢磨,便觉齿舌生香,余味悠长。

读中学时,很羡慕能讲一口标准普通话的同学。我自卑只会讲地方土话,常被耻笑"从各里到个里"。也曾努力学说普通话。随着年纪的增大,离故乡越来越远,对于圩乡的语言却反觉得越来越亲切,在外地也常常为偶尔遇到一个讲老家话的人而惊喜。

圩乡人学说普通话是很难的。圩乡话属于吴方言中的宣州片铜泾小片,发音、词汇和声调与以北方话为基础方言的普通话有很大的区别。就像北方的京剧和南方的黄梅戏一样,一个是雄浑苍凉的高山,一个是平展婉约的水乡。长期生活在这一地区的人,出去工作后,很少不留有圩乡口音的。

但也有例外。我在原乡政府工作的前任同事朱君,从未离开过圩乡。凭着自学,说得一口流利的普通话,居然被市广播电台新闻联播栏目遴选为男主播。那普通话说得不是一般的好了。我接任后,乡里的广播站站长告诉我,他为了练习说普通话,两年时间竟然用坏了三台盘式录放机。天赋是一方面,功夫也非同一般了。

我是语言天赋比较差的那种人。现在还清楚记得,小学毕业的那年暑假,水阳江上的东方红一号载人轮船还在每天从芜湖到宣城,一天一个往返。表哥孟喜正好初中毕业,带了我一道到宣城二舅家去玩。到了雁翅轮船码头,远远就听到汽笛的鸣叫。表哥说,挤上船再补票。我们紧赶慢赶像泥鳅一样挤过了长长的跳板,顺利地上了轮船。船是三层,已载满了人。逆流而上,经水阳、新河庄、油扎、庙埠,再到东团湾码头,已是斜阳残照。船到码头,一张长长的跳板连接到堤岸。堤岸上有验票的工作人员。一路上表哥已把票价研究了个透,他悄悄和我说,我们就说是从油扎上船的,只要两毛钱,雁翅是八毛,两个人可省下一块二呢。说完就揣给我一张两角的毛票。

表哥留着一头长发,穿着喇叭裤,走在前面,洋腔怪调地和验票员糊弄了几句,补交了两毛钱上岸了。

轮到我走近验票员了,一想到要扯谎,心咚咚直跳。我跟着人群往前走,努力提醒自己不要怕。

"票呢?"

"没买,补票。"

"哪里上的?"

"油扎沟。"

"瞎扯,一听你就是水阳佬。一边站着。"

第一次出远门的我,就这样被自己浓厚的圩乡口音暴露了行踪。我乖乖地站在一边,一言不发,感觉所有的阳光都聚集在我的脸上,火燥火燎。

这时,一位穿白衬衫的干部模样的小伙子走过来摸摸我的头,对着验票员用普通话说:"我们一道在油扎上的,让他走吧。"

验票员疑惑地看了我一眼,收了两毛钱,放我上了岸。

我追上在路边等我的老表,他劈头盖脸就是一句:"哎呀,忘记和你说了,你这个土老×,要说普通话呀。"


二

老家话是土得掉渣。美丽的玫瑰叫"刺介子",捕害虫的青蛙叫笪翎谷鸡。有的词,翻遍《辞海》也找不到发音,找不到对应的字。埠子的埠在新华字典中就没有这个发音。刚出来的电脑里也打不出来这个字。划船的小桨,我们称为苗子,也没有这个词,后来,我就用秒子来代替。睡觉,圩乡的话是"歪告",土!但后来读到《红楼梦》中有相同的表述就释然了,甚至有些自诩的意思了。当

186

然,也有本地的街上人,讲"睡告"或"歪觉"。一个词,半江瑟瑟半江红,一半普通话的发音,一半方言的发音,就显得有点不伦不类,真正的洋腔怪调了。

圩乡有两种人,也是很容易被人说为洋腔怪调的。一是读书回乡的,一种是当兵回来的。他们在圩乡话语中常常夹杂着普通话的句子、词汇、发音,大家听着就很别扭。有时候大家就把他们说的词汇当作笑料,讥讽为"种田不如老子,烧饭不如嫂子,打枪中不了靶子,说话还带调子"。那时,圩乡人很排斥外来语,要想融入这个社会就要入乡随"话"。遇到外地在这儿生活的,就直接以他们的语音称呼了,什么"上海佬""江北佬""湖北佬"等等,这里面就有一点点无伤大雅的歧视的意思了。

这样,圩乡的语言就有非常大的吸附力。我们村上有六个兄弟,他们的爷爷辈,是从湖北迁来的。从我记事起一直以为他们是本地人,因为到他们这一辈已经讲一口地道的圩乡话了,丝毫感觉不出他们是外乡人。到城里工作后,我发现同样和他们祖辈一道移民宣城南乡的,传了几代,大多还说着一口地道的湖北话。

有的圩乡话有些粗俗不堪,却贴近自然,贴近生产,贴近生活,甚至精准到纳米级程度。如对动物发情的观察,圩乡话丰富复杂,同样是牲口发情,不同的牲口就有不同的表述。

狗,叫打链。屁股对屁股,谈恋爱了。为什么叫打链呢?铁匠打铁是有动静的。一打铁,二打铁,叮叮当当,炉火闪烁,煤灰飞扬。赤裸上身,锤子一敲一敲,很有韵律,那绝对是体力活儿、技术活儿,也是挣钱的,叫一打铁,二放血,三作强盗,四做石(即贼),都是些来钱快的行业,属三百六十行上行之首。打铁者,赤裸上身,不是为了展示壮硕,而是出力,出力就流汗,流汗就惜衣。近朱者赤,近墨者黑,铁匠的显著标志就是身上有煤灰,黑漆漆的,东一块,西一块,标配。所以有人怼人:你肚子眼涂一点芝麻灰,就想冒充铁匠了?这是损人的话。铁匠打链子什么的是有响动的。狗子打链就不同了,不声不响,也不选地方,不问时间。道路上,稻场上,众目睽睽之下,光天化日之下,就在那里,屁股对着屁股,默默地,两只狗,一公一母,较着劲儿。当然也有公多母少,雌雄失衡的时候,一群狗相互追逐,把正在生长的油菜、麦苗打掉一大片,惹得庄户人家跳脚大骂,骂谁呢?无所指,心疼而已。这就叫狗子"起草"。因为母狗叫草狗。

一次看电影回来的路上,大家群情昂扬了,歌声一路。到了一个村庄的村头,依然停不下来,依然高歌猛嘶。春夜的乡村是安静的,一群小公鸡头(圩乡人对青春期男孩的称呼)的歌唱便声震田野。正当大家十分忘情又嘻嘻哈哈之时,村头人家的大门打开了,同学的母亲大声骂道:"你们起草呀!"

大家顿时静了下来,这话就太重了,这是骂我们都是狗子了,且是正在发情期的狗。估计那时人人脸上都像贴了红纸。太扰民了,却不自知,惭愧得很。大家一路走回去,不再作声。后来,我们白天从那里走,从不敢正眼看同学的母亲,却发现她还是那样笑眯眯地看着我们来去。想来,那天晚上她并不知道是我们一帮家伙,但我从此总是对她没有丝毫的好感。

牛,就不叫起草了,谓之"起云"。夏日,天边一片云脚渐起,黑压压,迅速壮大,以迅雷不及掩耳之势在狂风中席卷而来,绝对壮观。牛,作为圩乡的最大牲畜,为了爱情,也绝对有这个气势。有时几头牯牛争红了眼,扬蹄狂奔,以头相撞,以角相逐,直斗得田野尘土飞扬,云烟弥漫,地动山摇。有的生产队为了确保本队的大牯牛立于不败之地,用煮熟的山芋戳进坚硬的牛角,待牛角受热柔软后,再用锋利的镰刀把牛角修尖,让这头牛在角斗中更有杀伤力,更见雄风。真佩服这片土地上的先人,有如此的想象力,为牛的爱情创造了"起云"这么一个词,实在伟大!

而母猫发情就不同了,圩乡人称"叫号"。春天的夜晚,整个村庄惊天动地,像小孩没奶吃了一样,叫得撕心裂肺,说它"叫号"也是相当贴切了。

这里只有山羊,没有绵羊。山羊的叫声也是咩咩的,母山羊叫水羊。水羊发情便有了一个专用词——"叫栏"。

母猪发情的专用语是"走栏"。"穷养猪,富读书",圩乡人对养猪是十分重视,家家最少年养一头猪,平时积肥,岁末换钱过大年。所谓"养猪不赚钱,落泡猪屎窊(a)窊田"。猪又分为犍猪、壮猪、斗猪(种公猪)、豚猪(还未阉割的母猪)、结猪(还未阉割的公猪)。斗猪是专门用来配种的,由饲养人牵着送种上门。也许这就是"走栏"的缘由。

公鸡母鸡的交配是一瞬间,谓之"澜水"。圩乡话中批评人干事没有韧劲儿没有常性,就说是"公鸡澜水"。

普通话里绝对没有分得如此之细。其实,我倒觉得这是一种爱在语言里的蔓延,是圩乡人,与每一头牲畜,每一只鸟,甚至每一片花草相处中,细心观察、平等相待、真诚惜护的体现,是一种独怜幽草、心系苍生的情怀,只有俯下身子才能看见蚂蚁就在脚下爬行。正如海子的诗所写的:"从明天起,关心粮食和蔬菜……

给每一条河,每一座山,取一个温暖的名字……"

记得在老家时,燕子在屋梁上做窝,每家每户都会用一只竹篮子在窝下兜着,这样既防止刚孵出的小燕子掉出来摔死,又不让燕屎洒落地面,保持了堂前的干净卫生。所有的门都是木质的,且不严丝密缝,出外劳动,或者走亲戚朋友,主人会把锁好的门往里推一下,留出燕子回家的门缝。主人不在家,燕子俨然就是这个房子的主人。于是,房子也不会寂寞,叽叽喳喳,生机无限。这不就是圩乡人心底的"春暖花开,面朝大海"吗?

从这个意义上说,现在是远远地落伍于圩乡的先人。比起他们,我们显得麻木、粗疏,不能融入这片天地,也可以说太自我了。实际上应该是现代科技和城市生活,在我们与这片土地上的风雨雷电、草木花卉、猪狗牛羊之间,设置了一道无形的交流屏障。面对着丰富的自然不再那么心动于衷,情发于身。

## 三

家乡语言的源头有的又直承文言,有点高雅的味道。如今仍有许多文言词汇活在口语中。圩乡人称老婆谓"内眷"。媳妇专指儿媳妇,是公婆对儿子内眷的称呼。还有如戗风、聒经(讲故事)、关饷(开工资)、静烦(僻静)、枵(薄)、晏(晚),等等。在形容词后面直接加一个语气词"煞"表示程度,相当于普通话前缀程度副词"很",如痛煞、吓煞(害怕)、喜煞(快乐)……

圩乡水多,水多鱼多。吃鱼杀鱼这项活动比较频繁,所以鱼下锅之前这个被清理的过程,在圩乡一直传承着古汉语中的说法——刏。每一位水嫂不仅有烧鱼的手艺,还有刏鱼的本事。

家乡的方言保留了古汉语最大的也是最优美的一个特征——入声。它和粤语、闽南话一样,语音层次更丰富更复杂,自然,听起来更优美。现在汉语普通话中,入声字消失了。所有入声字都被派入了普通话的现代四声中。而圩乡方言却保存了中古音系,有大量的入声字,如家去、雪白、磉壳、圪蚤、嚇怕、斫稻……

　　有一句俗话叫"舍不得孩子套不着狼"。这里的"孩子"应该是"鞋子",稍一思量便知,为了打到一只狼,要置孩子于不顾,不近情理了。"鞋子"在圩乡话中就读"háizi",这是古音在吴方言中的遗存。这句俗语,本意就应该是,要想捕捉到狼,就要不怕多跑路,不怕浪费鞋子。如此,就合情合理了。

　　许多唐诗用我们圩乡方言来朗诵,便觉完全合韵。如唐卢纶的《春词》:北苑罗裙带(dài),尘衢锦绣鞋(hái)。醉眼芳树下,半被落花埋(mái)。

　　如杜牧的《山行》:远上寒山石径斜(xiá),白云生处有人家(jiá)。停车坐爱枫林晚,霜叶红于二月花(huā)。圩乡话骂一个人不正经,就说这个人"斜撇倒歪",这里的"斜"就读xiá。

　　圩乡话中对时间的表述,也有一些古汉语的影子,如封岁(除夕晚饭后的一段时间)、旧年(去年)、赫朝(昨天)、中朗(中午)……

　　圩乡人文化底蕴深厚,重伦理、崇礼仪,忠孝传统、耕读传家的理念根深蒂固,于是方言中便承载了厚重的历史和地域文化。圩乡语言很形象,讲起来便特有嚼头。一次,我们车行水阳江畔的堤岸上,看到河里的铁驳船装载的货满满的,有人就说"个船啊装得扑浪浪"。没有了普通话副词加形容词的那种平淡,而是船扑波浪,十分有动感。对小孩子说鸡和鸡蛋,叫"嘎嘎鸡""嘎嘎蛋"。象声词在前,既生动传神,又体现出浓浓的爱意。

这里只有"对弓",没有"笔直",就是直接来自军事用语,也可以说"对弓对"。原来金宝圩就是东吴大将丁奉率领军士围湖屯垦的杰作。

至于把"闪电"叫作"擦黑",就更有意思了。这是两种完全不同的视角和表述了。"闪电"可以说是见景是景,"擦黑"就很明显带着一种憧憬了。

圩乡人讲一个人智商高,办事灵活,就说这个人"灵空"。情商高,做事麻利就叫"麻溜"。麻溜的反面是"脚色",在普通话中就很难找到相对应的词了。女孩长得好看叫体面——"这个小孩长得体体面面",可以用复词。

当然,也有的圩乡话讲起来就显得有些刻薄,如"看人家拉屎喉咙痒",骂喜欢闲逛的人叫"跑风""跑骚"等等。

圩乡的方言柔软,在口语化的过程中,为适应口语的不可重复性,突破书面语的简洁简练,衍生出大量的"子"式词,即在名词后缀"子",使这些词带上感情色彩,加强节奏,减慢语速。如鲤鱼包子(腿肚子)、妈妈娘子(妇女)、寡屌汉子(单身汉)、手巾捏子(手绢儿)、火萤子(萤火虫)、鸣蜂子(蜜蜂),等等。也有"伙罗"的后缀词,如叔妹伙罗(妯娌)、姻亲伙罗(连襟),当然还有兄弟伙罗。这些词在圩乡口语中的出现,让圩乡话听起来更加婉转妩媚,温柔细软。吴韵乡音,特色明显。

奇怪的是,圩乡话里没有"左"和"右"这两个概念,左手叫反手,右手叫正手。方向上就是东南西北。房屋建造一律坐北朝南,出门就说朝东、朝西。表述一个物体的位置就说上头、下头、台子娘、路边娘、路当中……连圩乡的沟渠开挖,也是要么距东距西一条龙,要么距南距北一条线,格格整整。小时候上体育课,老师教向左转向右转,对圩乡孩子挺费劲,一个口令,大家两边各转各的是常有的事。因为自小没有这个感觉。

有一句俗话"不听老人言,吃苦在眼前"。圩乡话中有许多打着"老人家说"的名义而流传已久的充满智慧的谚语和俗语。这位"老人家"是圩乡人心中地位显赫的权威人士。小时候奶奶不让我喝汤,她说:"老人家说,吃饭若喝汤,走路要人搀。"我问,你不就是老人家吗?这个老人家是谁?她哈哈大笑,说,老人家就是老人家,传下来的。后来我才知道这是圩乡一个聪明的老人,是圩乡多少代智慧老人的集合,他说的话是大家在生产生活中代代相传、积淀,不断扬弃、丰富的行之有效的方法、经验、道理的总结。比如,关于做人的:穷不失志,富不癫狂;嘴稳手稳,处处好安身;大路上讲话,草稞里有人;纸里包不住火,雪里藏不住尸……

如批评懒汉的"横草不捡,竖草不拾,踢倒油瓶不扶"。形容人不能脚踏实地,讲得多做得少,不能知行合一的"晚上想想一千桩,早上起来是个青桩"。

特别有一些关于当地气候的谚语,屡试不爽:鸡叫中,鸭叫风;乌云盖东,晴不到中;雪不烊,候老娘;东打雷,西擦黑,有雨不在当地落;雨落霉头,烂掉犁头;干净冬至邋遢年……

还有如说人刚愎自用是"茅屎缸上的一块石头,又臭又硬";说人不会思考叫"扳倒鼻子当枕头";骂人没有骨气是"烂泥扶不上墙";说一件事注定没有结果是"痴狗望着羊卵脬",这绝对比北方话中的"癞蛤蟆想吃天鹅肉"生动传神接地气。至于"共的堂前鸡屎臭"这一句,简直就是经济学术语"公地悲剧"的通俗版了。从这里也可以看出,人心是相仿的,道理是相通的,无论是顶级经济学家,还是偏居圩乡的乡叟野老,只要遵循常识,追求至真,对规律的认识都会殊途同归。

圩乡话中也有些词汇和普通话完全对不上号。外面人无论从发音还是字面都找不到搭界的地方。如:量子指水桶,藏说园,蚯蚓不叫蛐蟮,而叫卧涴,癞蛤蟆叫浆癞蛤宝宝,调解说开交,巫师指马甲,等等。

# 四

一个地方有方言,就会有方言演绎的歌声,也会有用方言演唱的戏曲。这是农耕文明时代不可缺少的精神食粮,是人们辛勤劳作之余的彩头,也是生活中情感倾诉的方式。圩乡自然也不例外,什么山歌、船歌、栽秧歌、打麦歌、打夯歌、颂春歌等等,不一而足。圩乡老老少少不说张口就来,也基本上个个都能来上一两段。

出门山歌进门戏。圩乡人曾经看戏成风,如今,这圩乡深处的荒腔走板,已然与土生土长的方言一道,与冬日的夕阳斜挂西山,面对着清冷的大地,留给我们的除了一丝乡愁的慰藉,还有那淡淡的念想。

夕阳的余晖渐渐散去,村庄上空的炊烟弥漫成夜色中的迷雾,一面红旗在大队部的土台前风展猎猎,碧水漾漾的沟梢里,停满了四面八方划来的船只。喧闹的锣鼓声响彻原野。这里正在演出样板戏,一张汽油灯高悬台前,照得台前台后一片明亮。土台没有麦克风,演员全是本队的社员,全凭一副好嗓子,高时如天外鸣鹤,低时似花下呢喃,演的人全情投入,看的人随戏转情,聚精会神。

台上演的是《智取威虎山》。这时正唱到第九场,高波向少剑波报告,小火车遭到土匪袭击,一撮毛炸死,栾平跑了。这时只听台上传出一段对白:

"报告二〇三,不得了,小火车炸得了。"

"个两个土匪呢?"

"一撮毛炸死的了,小炉匠跑的咯了。"

"个屌的咯了,杨子荣同志有危险了。"

演员也许是忘了台词,也许本身识字不多,有的对白就是按照当时的场景用本地方言自由演绎。看戏的人多是本地人,并不觉得违和。

台上一本正经,台下也是一片哄笑。

那天,刚到生产队下放的知青听了这混搭土气的对白,笑得合不拢嘴。多少年后,当年的知青成了我的领导,每每遇到我提起这段往事就会说:圩乡话有意思!

教戏的是从高淳请来的锡剧名角方师傅,一表人才,满腹才情,教得十分认真。社员们刚刚从荒年走出来,每个人都对美好的生活充满了无限的憧憬,浑身激发出那贫乏的业余生活中潜伏着的精神诉求,排戏、唱戏的热情十分高涨。女主角"阿庆嫂","垒起七星灶,铜壶煮三江,摆开八仙桌,招待十六方",身姿曼妙,婀娜有韵,唱腔线条婉转,醇畅中蕴含着明丽,细腻中彰显着清爽,真是声如燕鸣,甜蜜而纯美。虽是农家子女,却在乡村舞台脱颖而出,自然也受到了师傅的格外关照。

当年方师傅虽已近而立之年,却因出身地主,依然单身一人。

终于，日久生情，方师傅和女主角"阿庆嫂"排戏之余谈起了恋爱。有人提醒方师傅，"阿庆嫂"已被父母口头定亲给正在服役的军人。方师傅说："礼字归礼字，法字归法字，我们两个你情我愿，不怪事。"

哪知后来戏班子散了，从此圩乡田野的夜晚，无论风雨如晦，还是弦月高悬，又沉浸在一片冷冷清清的寂寞之中。

"阿庆嫂"终是不甘父母的安排，后来有人在圩乡，看到她蓬头垢面，跣足而行于荒野，哀哀离离，词不成调。"阿庆嫂"把生活当作了舞台。

在一个月黑风高的夜晚，她把一颗受伤的心妥妥地融入了清澈的大沟。

碧野清冷，沟水呜咽。水乡，那沉静的水面，寂静的天空，平展的阡陌，终是不见了她的身影。水寒幽怨，风雨一叹，圩乡终因它的封闭付出了自己儿女青春夭折的代价，留下了哀伤的一幕。

多少年后，方师傅重返生活的舞台，常说的一句圩乡话就是："人家的事情，明明白白；自家的事情，惑里惑臧。"浓郁的乡音中吐露出对人生的透彻和无奈。

## 五

故土多情，乡音有韵。我在城里住的是学区房，圩乡人陆续进城读书，陪读的家长一开口常常能听到熟悉的乡音，一发声，那种亲切感便油然而生，于是便很自然地用家乡的方言相互聊上几句。临再见，被陪读书的孩子永远是用标准的普通话和我说：叔叔，再见。

我想,这一代陪读的父母,大概是圩乡能熟练掌握本地方言的最后一代了。随着这一代人的逝去,我们的吴韵乡音,作为日常交流的工具,终将会在历史的长河中渐渐消失。

　　总有那么一天,圩乡的后人也能听懂柴可夫斯基、莫扎特,也能说一口流利的英语、法语、德语,却终究听不懂这里不同鸟的叫声,辨别不出这里每一棵草的名字,忘记了那一口婉转妩媚、温柔敦厚的吴侬软语。

　　终究会这样的。

# 圩乡味道

古人说:五方之民,言语不通,嗜欲不同。今天,言语不通,随着普通话的推广已成过去式。嗜欲不同也随着人口的大面积流动已然渐趋同化。

但一方水土养一方人,一方水土也造就了一个地域的食物密码。它是那湾水、那片土、那阵风雨滋养出的口味。据说,有一个小孩自小被拐卖到他乡,当他成年后再一次回到他的家乡,一顿饭,唤醒了他的味蕾,便断定这里就是他的故乡。他从饮食中找到了那份味道密码。这种味道穿越了时空唤醒了他的童年记忆,实在妙不可言。

所以,有故乡的人永远不会忘记故乡的那份味道。

我的故乡是皖苏边界的圩乡。走得越远,圩乡的那份味道,一不小心就会在我的味蕾上复活过来,活蹦乱跳在口舌之间,继而,顺着口水,流进心底。于是,一份思乡的情愫便泛滥开来,像夏季天空暴雨来临前的云层,越积越浓郁,躲也躲不急。

# 一

圩乡是"鱼米之乡",鱼自然是一道必不可少的美食。普通百姓家每到过年或办大事,都要准备一碗"碗头鱼",一般是选鲫鱼、鲤鱼,寓意"节节高""鲤鱼跳龙门"。也有用大条鲴和鳜鱼的,那一定是做生意的人家,意指"嘴大吃四方"。这些鱼的烧法不是很讲究,主要是为讨个彩头。

圩乡的鱼以鳜鱼最贵,来了贵客当然是以鳜鱼招待。鳜鱼的烧法和徽菜中色泽新艳、怪味袭人的"臭鳜鱼"不一样,也没有苏锡常等下江地区的"松鼠鳜鱼"那么甜,而是清蒸,在意的是食材本味,注重本色,这或许有点儿基于对圩乡鳜鱼品质的一分自信。大多是选八两到一斤六两的"把子鳜",肉质细嫩,精髓全在一个"鲜"。

这样的鱼我们几年也难得吃到一回,能经常吃的也就是"跳嘴餐"了。餐鱼是成群地浮于水面,有水牛在混塘的水中就更多了,或者洗菜淘米的跳板前。用一苍蝇拍子打一火柴盒子苍蝇作为钓鱼的饵料。桃子钓和鲫鱼钓,都在货郎担上买,桃子钓一分钱三个,鲫鱼钓五分钱一个。餐鱼钓就不用买了,找一根母亲的缝衣针在煤油灯上烧红,折弯了就是鱼钩。再找一根细线穿上,串上剪成寸许的蒜头芯杆子作为漂浮子,就可以钓了。岸边一立,一会儿就可以钓十几条。

吃餐鱼是可以不吐骨头的。所谓治大国如烹小鲜,说是治理国家像大锅炖小鱼,不能来回折腾,否则肉就容易烂了。圩乡人吃这种小鱼不是烹,是煎。在烧热的锅中浇上香油,轻轻地把小鱼贴在锅里面,文火炊之。待一面金黄,熄火。又用锅铲轻轻翻过来,再

199

用文火慢炊。火不可旺，旺则鱼皮易焦。这样煎出的小鱼两面金黄，肉已熟，皮不破。吃时，夹一条，皮可从头揭到尾，皮是皮，骨是骨，仅剩一副细细的骨梁，肉质细嫩，香酥可口。当然，这和治大国的功夫还是差十万八千里的火候。

## 二

在一个地方，生活的长期积淀，便形成了具有地域特色的饮食习惯。圩乡的特色是偏咸忌甜，对"息谷子甜"的食物尤其不喜欢，不像苏锡常的下江地区，喜欢甜味。这大概和圩乡人勤劳，饮水多，出汗多，需要补充盐分有关系。

于是，圩乡就有了许多腌菜。霜降后，每家每户都要开始腌制缸腌菜。

一般人家最少有三只缸，一只专门腌菜，一只装米，一只装水。当然有的大户人家还要多，什么稻子、麦子等粮食也用缸来囤。有一种缸曰"七箩缸"，据说能装七担稻子。

腌缸腌菜，用高杆大白菜。一棵棵，清秀地矗立在菜地，像一排排列队的小战士，长到两尺多高，成捆成捆地割了挑回来，放在水挑上洗净，再用竹篙晾在冬日和煦的阳光下。水分稍干，就开始踩缸腌菜了。一般是快到傍晚，把一只腌菜的大缸，埋一半在土中，旁边的竹凳或门板上堆放着刚从竹篙上收回来的菜，一坨坨，像小山一样。母亲打盆水让我把脚洗干净，在缸中摆一层菜，放一层粗制盐。我就赤脚跨入缸里，在菜上踩。踩到有水渍出时，再放一层菜，一层盐，直到把缸踩满为止。刚下脚时，一股寒意直刺脚心，像无数的小针在刺，踩着踩着，身上渐渐就暖和了，直至微微出一身细汗。一缸菜几百斤，一般要踩两三个小时。我踩菜很内行，不仅家里的菜，叔叔、伯伯家里的都是我踩。一边踩，一边听收音机中的广播剧，也不寂寞。踩完了，上面放一块洗干净的石头压住。那几天，踩完了这家再踩另一家，天天晚上听着收音机踩缸腌菜，也不觉冷，倒很是有成就感。

新踩的干腌菜很脆，拽一两棵出来炒干子，炒大蒜苗，炒咸肉，咸而不躬，如再加上一点儿茨菇片，木木的，下饭得很。最好吃的还是缸腌菜烧小杂鱼，特别是冬天，烧好后，入菜厨放一夜，结成鱼冻，那个"鲜"简直无法形容，明明比平时多吃了一碗饭，总觉得还没吃好。

泡烂腌菜，则是用覆水坛子了。大的称缸，小的叫坛子。坛子外沿有一圈如外翻的帽檐的沿口，四周内可盛水，坛口有盖，浸入水中，阻隔空气进入坛内。

第二年，立春后，在干腌菜中拽一些出来，用坛子装上，无须另加盐，过一两个星期就成烂腌菜了。这又是一种风味。烂好了的腌菜黄澄澄的，打一块豆腐，装上一碗，放在饭锅上一炖就好了。

屋外，寒风呼啸；屋内，一个茶糊桶，一只火炉。桌子上，清黄的烂腌菜里漂着白色的豆腐块，再在上面剁几片红辣椒片子，加上一勺子猪油，色艳、味鲜，闻起来有淡淡的臭味，吃进嘴里齿颊留香，爽口开胃，令人食欲大增，一碗白米饭很快就下了肚。餐后，仍然有一丝丝回味，流溢舌尖。

烂腌菜的味道重，出外玩耍，小伙伴一搭肩膀，就能知道——你今天吃了烂腌菜吗？

"烂腌菜炖豆腐"已是一道名菜，现在在酒店一般叫"十里飘香"。其实它就是圩乡的一道家常菜。如此卑贱粗鄙的菜蔬,却被现时城里人忘却了那份沧桑,当作了一份铭刻记忆的佳肴,真是此一时,彼一时。

传说乾隆皇帝下江南就曾在圩乡吃过烂腌菜,且吃得很快活。村姑告诉他是"翡翠白玉汤"。小时候,听了这个故事,再吃烂腌菜,便觉胸怀极大,皇上也不过如此,对家乡的家常菜居然如此垂涎,实在有点不够奢华高贵。

县志上并没有记载乾隆皇帝下江南时曾来过我们圩乡。但圩乡人在茶余饭后却把这个故事代代相传了下来。不过圩乡至今倒仍有"十娘娘""皇宿"等地名。附会高雅,想必也是农耕社会圩乡人贫乏精神生活中的一种心理期望。

这种记忆中的味道,就像那被尘封在街上的青石板,会不时闪烁在我们这些有些年纪的圩乡人的脑海中。

# 三

腌菜中还有一种叫蔬菜的,已非日常的菜肴,又名香菜,只是作为吃早茶的辅菜。原料仍然是那种高杆白菜,精选菜心的几叶,洗净,晒干,切成寸许长,用一精致的瓷坛子腌制。吃时取一碗碟,撒上少许胡椒,再拌一点麻油,是佐茶至味。圩乡人对晒香菜十分讲究,至今犹记,天高云淡的晚秋,行走路上,村庄、路旁、割去晚稻的田头,到处是竹垫子、大筛子、趟条子,上面横七竖八地散放着已切成条状的菜梗子。这些菜梗子晒得七八成干,配以姜末、蒜末、茴香、食盐、白糖、黑芝麻,经"水嫂"们神奇的手一揉捏,装进坛子,就成了十分好吃的香菜。

喝早茶是圩乡人的习惯,佐茶除了蔬菜,还有萝卜响、生姜、大蒜子、干子等等。清晨起床后,第一件事是用陶制的车壶在小缸灶上烧开水,水滚后即泡茶。有的捧个杯子,从这家到那家。有的是一把大茶缸,泡一壶,全家饮。那时没有什么好茶叶,父辈们喝的大多是条茶。买回后要烘焙,再用表芯纸包裹好挂在通风处,这种茶很解渴。现在都买了冰柜,春天一次性买回一年用的茶叶,随取随用,四季常青了。

圩乡直至今天,说到酒店吃饭仍叫"进茶馆",眼中只有茶馆,没有酒店。佐茶的茶点当然也不少。每个地方的人都喜欢找出几件事物来寄托一下集体自尊。长江有三鲜:河豚、刀鱼、鲥鱼。圩乡就有三宝:干子、羊糕、鸭脚包。

干子分香干和臭干。无论是香干还是臭干,吃起来都是香味纯久。我患痛风,不可多吃豆类。一日在家中多吃了一包"雁翅干子",夜里痛风就发作了。那种痛不可言表。因此,即使嘴馋想吃,也是尽量控制,不轻易触碰。

最具代表性的圩乡辅菜是羊糕,鲜美之极,不是佐茶的,是喝酒的佳肴。特别是下半年办喜酒,这是必备的一道菜。过去,圩乡人一家一户除了喜欢养一头猪,宰杀了过年,还乐意养一只山羊过年食用。

煮熟的山羊肉要把它们撕成碎片,再配上一定比例的煨熟了的猪蹄脚,在一块专用的刻板上平展展地铺开,撒上绿茵茵的葱花等佐料。一板羊糕做好后,放在客厅的地面,让它接地气。

一夜过后,就板板耶耶了,一片如雪的羊油上点缀着几缕淡淡的葱花青绿。此时,就可以用早就磨得锋利的菜刀,划下一块块,切成片状,用盘碟装上餐桌。水居者腥,肉玃者臊,草食者膻。羊糕的表层撒上些许葱花和胡椒,既增色起鲜,又除去羊肉本身的腥膻之气。吃羊糕时,每人桌前还要放一小碟子腌制的酱油红辣椒,沾之入口,以佐酒,实在鲜美。

# 四

五味令人口爽。

江湖流传"到了宣郎广,辣得口水淌"。这里宣郎广中的宣州人并非原住民的圩乡人,而是所谓"四川人不怕辣,贵州人辣不怕,湖南人怕不辣"中的两湖人。太平天国运动后,宣郎广地区人口锐减,两湖人"趾踵相接,蔽江而至"。这些移民的后代,仍保留了原籍不怕辣的口味。

圩乡人不喜辣的,但辣椒并没有从餐桌上消失,作为菜品配色的点缀之用,是每家必备。过去,出差苏锡常一带,有的人要带上一两瓶辣椒酱,否则吃不下饭,这一定不是原住民的圩乡人。

咸而无醋,不辣不甜。圩乡的主流味道应该是咸和香,且是不喜食醋。醋在圩乡的菜肴中根本不能和油盐酱相比。开门七件事——"柴米油盐酱醋茶",在圩乡当是六件,独缺醋。有的人家几乎一年到头不买醋,过去的商店也基本上是"打酱油,买咸盐"为主,醋在这里并非生活的必需品。

有句俗话"嚼口砂糖喝口醋",把醋作为甜的对立物,可知它的地位有多高了。

圩乡人基本形成了"五味咸为首"的饮食习惯,几乎家家户户都要做一盆子酱。有的是黄豆酱,有的是小麦酱。酱成于盐,而咸于盐,起鲜、上色、除异、解腻、提味都离不开它。

江南气候湿润,在冰箱进入乡村之前,需要酱汁的浸泡才能把食物贮存长久。什么盐生姜、盐菜瓜、盐萝卜一般都是放在酱坛中保存。时间一长,渗进一缕香气芳郁、晶莹红亮的酱汁,其味独特。

至于"香",那非酱油淘饭或猪油拌饭莫属。这是小时候的最爱。后来看到美食家蔡澜原来也有一个习惯,外出旅行,总要带一点袋装酱油,碰上不好吃的饭局,打包点炒饭回酒店,加点酱油解决,再平凡的米饭有了酱油的点缀,也变得好吃起来。

如果说这种"香"还有升级版的话,那就是要加上猪油渣了。

舅舅家做房子,我帮小木匠打下手,刨木头皮,几十根柱子都是在夜晚加班刨完的。加班自然要加餐。外婆心疼,没有其他菜,每天就变着法子用猪油渣子炒饭做我们的夜宵。为了晚上的一顿猪油渣子饭,加班时越干越有劲儿。特别没有炸干净的渣子,轻轻一咬,油汁直冒,满口滋香,吞进肚中,美妙、丰腴、酥脆,稍有腻味。炸干净了的渣子,就脆而不腻,用白米饭一拌是极具冲击力的美食搭配,满满一大碗的饭,刚到嘴边就滚滚而下,真是天下第一美味。吃罢,便和小木匠一道找一个地方倒腿,第二天一觉醒来又是精神抖擞。也不知什么原因,就是那么吃,当时,我总是不见长,始终干瘦干瘦的。

还有一种"香"就是锅巴香。积谷防饥,是圩乡的习俗。每家都有一个专门的锅巴坛子。锅巴是每餐必焙的,焙时在锅沿浇一匙子香油,又脆又香,是小孩钟爱的零食。下半年挑圩,大人们也是带点儿锅巴,中午有水就泡着吃,无水就干嚼着吃,很耐饥。

我的一位朋友投资失败，负债累累，在家乡已不能生活，就准备南下。临别时，看望在公社食堂烧锅的阿姨，阿姨给他准备了一蛇皮袋子锅巴。他就背着锅巴坐着火车来到深圳。出门在外，能省一分是一分，每天的伙食就是泡带去的锅巴吃。他暗下决心，一袋锅巴吃完，还找不到工作，就浪迹江湖。功夫不负有心人，还剩半袋时，终于有一家摄影中心收留了他，从此他一路顺遂。三个月后，我到深圳，在他的床头见到了剩下的半袋锅巴，掏一片嚼之，依然觉得余香依旧。

## 五

圩乡的菜虽然偏咸，但不同于徽菜的偏咸偏臭，重色重油。相对来说要清淡一些，但它又没有下江菜的甜腻。能代表圩乡经典的招牌菜，那肯定是金宝圩小锅头，有点像徽州的"一品锅"。虽然名气没一品锅大，但其味绝美。

圩乡过去是没有专业的厨师的，烧得一手好菜的大多是圩乡的妇女。遇红白喜事，一般是在左右隔壁村邀请平时手巧的"水嫂"来掌厨，再找几个人打下手，几天的喜酒就操办起来了。参与的人也不会索要工钱，几句感谢的话就让大家很受用了。宣城本地有句老话——水东的枣子，水阳的嫂子。

长期以来圩乡的"嫂子"很少出外谋生，大多在家相夫教子，贤淑度日，一手好厨艺很难传到城里，只有深入到圩乡，在农户家吃过，你才能真正感觉到那份好吃的味道。

会不会烧小锅头，自然是检验是否是真正"水嫂"的重要标准。如果要进行一次"水嫂"评比大赛，小锅头便可列入才艺表演类项目。

小锅头实际上是一个大杂烩,烧起来既费时又讲究。各种搭配展现了圩乡饮食文化的多元并蓄。它有三大主料,最少五种辅料,是冬季的大餐,只有冬季它的配料才能凑齐。

小锅头配料有三样主干。第一是腊肉。在缺少保鲜手段的农耕时期,用盐腌渍几乎是让肉类、鱼类长期保存的唯一方法。冬天,家家门口晒着一串串腊肉,便是圩乡的一道风景。

杀完年猪,父亲就会把一刀刀的肉用细盐反复擦,至盐分基本渗入每一刀肉中,才放入缸中腌渍。每天翻一遍,以使盐分布均匀。约一个星期,用麻绳穿上,挂在屋外晾晒,水分晒干了,再一串串挂到屋梁下,用薄白纸遮盖在上面,既通风又不会有灰尘落上,随吃随取。

最好的当然是肋条腊肉,切成一片片,白嫩清爽,在锅上炸出油,放在小锅头的最上面,油沥菜中,肥而不腻,瘦而不柴,咬一口,满嘴留香。

小锅头的另一道主菜是大白菜,必须是下过霜的大白菜。这样的白菜才爽口回甘,吃起来甜丝丝的。没有白菜,老油菜也可取代。老油菜本是第二年结籽打油吃的,一般不轻易去割,除非应急。冬天雪后或正二月,菜还没有起薹,最好吃。隔壁王村唱戏,总是下雨,戏唱了个把月还不倒台。戏班子不走,客人当然也不走,每家就要餐餐烧小锅头。哪有那么多白菜?那年,一个村子吃了几十亩的老油菜。吃着吃着,唱戏的女主角和村上的俊后生谈起了恋爱,也不知是小锅头好吃,还是村上的后生实在有魅力,最后俩人结成夫妻,成就了一段佳话。

没有粉丝的小锅头就不能算正宗金宝圩小锅头了。粉丝的原料是山芋。山芋最好的是杨泗对面九十殿山区的,红沙土壤,淀粉含量高,不像圩区的山芋吃起来水渣渣。山区的山芋出的粉,挂粉丝筋骨好,不断线,有嚼头。小锅头往中间一放,周边七碗八碟依次排开,犹如众星捧月,人们的筷子还是不由自主地戳向中间。人立桌边,粉丝拉上来,扯不断,便有人帮忙用筷子拉下。这样的粉丝不仅有嚼劲儿,且味道纯正。

好吃的东西做起来不容易。单就从杨泗把山芋用小船装回,洗净,到请专业人员蒸粉,挂粉丝,再晒干储存,前后少则个把月。

辅料一般也是提前准备好的,有子饺、圆子、子糕、豆腐、豆腐果子等。有荤有素,一样也不马虎。就拿其中一样豆腐果子来说,足以体现什么叫食不厌精,脍不厌细。

豆腐果子又叫炸豆腐。把做好的豆腐打成四四方方的豆腐块,放在竹筛子上,再压上锅盖,锅盖上放上一碗水或什么重物,第二天豆腐中的水就渐渐地沥干了。此时,把香油倒进锅子,烧沸后,母亲手捧豆腐块用刀把它切成整齐的小四方形,顺着锅沿滑进油里,锅中的油顿时嗞嗞地冒出油花,豆腐块慢慢浮出油面,此时豆腐果子快熟了,内空而膨胀成一个略微鼓鼓的小方球,闪烁着金色的光芒。母亲用铁质的笊篱捞起来,放在一个大盘中沥去香油,再放进专用的竹篮中。我总是迫不及待地用筷子捸上一只,找一个碗放下一勺子辣椒,滴上一两滴酱油,蘸上,美美地先尝上鲜。干了的豆腐果子能保存很长时间,烧小锅头前一般放在水中再浸泡一下。

寒雪飘飘的年尾岁头,一年中最农闲的时候,勤快的"水嫂"

已把原料备齐了,就开始烹制小锅头。厨师的厨艺,唯在火候,善均五味。小锅头的用料荤素搭配,多次烧炒,慢慢入味,菜肴的本味相互渗透,多味一锅而取其和,产生一种独特的味道,再以锅代盘置于红泥小火炉上,香气袅袅,实在是有着美妙灵魂的菜肴,让人百吃不厌。

如今,离乡渐远,总想吃正宗的金宝圩小锅头。可这样的机会却不多,一年也难碰到一次。

江东人张翰在京城齐王府做东曹掾。一日秋风起,便想念起家乡的吴中三鲜——莼羹、菰菜、鲈鱼脍,感叹:"人生贵得适意尔,何能羁宦数千里以要名爵?"于是辞职报告一递,回家去了。

想想,古人还真是洒脱。

# 秋风蟹事

在圩乡，凡物皆可成"精"。正月里玩"采茶灯"，为祈福一年风调雨顺，就有人扮演虾子精、鲤鱼精、螃蟹精……记得那时演河蚌精、鲤鱼精的，都是漂亮的小姐姐，演虾子精的也是小帅哥，而演螃蟹精的则是一位青衣白胡子的老汉。这是缘何？我没想明白，好像理当如此。

据说成精的动物都有很好的灵性，亦仙亦人，可正可邪。所以人们就抱有了期待和敬畏之心，希望它们用修炼的智慧和法力驱恶避邪，造福百姓。

上学后，读到鲁迅《论雷峰塔的倒掉》，发现他对螃蟹精有详细的记载，尽管和圩乡的传说有出入，也还是大同小异。他在文中写道："秋高稻熟时节，吴越间所多的是螃蟹，煮到通红之后，无论取哪一只，揭开背壳来，里面就有黄，有膏，倘是雌的，就有石榴籽一般鲜红的籽。先将这些吃完，即一定露出一个圆锥形的薄膜，再用小刀小心地沿着锥底切下，取出，翻转，使里面向外，只要不破，便变成一个罗汉模样的东西，有头脸、身子，是坐着的。我们那里的小孩都称他'蟹和尚'，就是躲在里面避难的法海。"于是，大家就说螃蟹本来是直着身子爬行的，自从法海钻进去后，就横行霸道了。那螃蟹嘴里不断吐出的白沫，是因为法海在蟹肚子里念经，企图增强法力，最终想逃出来等等。于是，我也有些明白螃蟹精为什么是一位青衣白胡子老汉了。

螃蟹本就不是俊俏玲珑之物，难讨人欢喜。读了鲁迅的描述，便对它生起厌恶之情。其实那时我并没有见过真正的螃蟹——长江绒螯蟹。

圩乡的螃蟹，脚细而短，螯足没有长长的绒毛，个头仅银圆般大小。圩内养起了大螃蟹后，圩乡人就管原来的土蟹叫铁蟹。梅雨季节，下雨天，划一只小船沿着沟岸，用手扒着往前走，见贴着水沿土岸边有一小洞，洞口一小堆新土，有的还有一缕蟹子刚吐的白沫，伸手进去，就能拽出一只小蟹。倘若所见新土光滑，洞口圆润，则弃之不掏，因为，这是蛇洞，一般有一条水蛇盘卷其中，很怕人。一般绕着埒子转一圈，能掏一钢精锅的小土蟹。回来后用毛刷刷干净，滚上面粉，一只只放进烧沸的油锅，炸成微黄，用笊篱捞起，便成了一盘上等的菜肴。清脆酥香，十分解馋，连壳都不会吐出来。现在想来，那是少年的一大乐趣。工作之后再也没有机会尝过。现在，不知什么原因，圩乡的小铁蟹也已是很少见了。

圩内的水是自成封闭体系，除了伏天抗旱和冬季腾空，很少与江水沟通。长江绒螯蟹是洄游动物，海水里繁殖，淡水中生长，圩中沟渠塘湾中并不多见。圩乡水中第一次出现大量的螃蟹是二十世纪七十年代末期。那时，乡养殖场的水面里，用丝网偷鱼的不断增多，副业队的人看管不过来，有人就想了法子，放了许多天然的长江绒螯蟹苗到沟渠中，把它作为破坏丝网的武器引进到圩内。一只大闸蟹爬上网,一搅动,一张网基本就废了,怎么理也理不出来。那年冬天,大家在田头沟岸捡到了许多螃蟹,那时圩乡人还在温饱线上徘徊,感兴趣的是米饭填饱肚子,大鱼大肉的滋润,对蟹子根本不感兴趣,大多送给了村子里上海的下放户。

二十世纪八十年代中期,螃蟹值钱了,自然也就不再那么可恶。圩乡开始了大水面河蟹人工养殖。春上从崇明岛等处买来蟹苗放流到沟渠,也不烦神,秋天蟹子就成熟了。

张蟹一般是在后季稻收割以后,一个个稻草堆堆在沟埂旁边,月光洒下来,黑黝黝的,像一个个小土山兀立着。我便找一个斜坡,把马灯点亮挂在岸沿,用竹竿把专用的蟹网捣出去,一般三条,呈三角形向沟心伸去。每条网的起点有泡沫做的漂浮子,浮在水面,在马灯的光亮中,于水中若隐若现。远处纵深的沟渠,因夜幕的笼罩显出一种空洞的深邃和未知的神秘,倒也与我当时身处乡村的心境相吻合,一丝丝淡淡的忧郁在心底涟漪漂漾。可想想螃蟹都由丑陋之物登堂入室为致富之种,这种涟漪微漾很快又被一阵秋风熨平了,便抽一捆稻草作坐垫,两只眼则紧紧地盯着漂浮的泡沫。

哪张网的漂浮子一动就提起哪张网,快速地往回拽,肯定是一只大螃蟹趴在网上,再用两手平扯网纲一抖,蟹就掉了下来。有时,等了半天,水面毫无动静。有时刚清理好左边的网,右边的网又动起来了,就又快速地拽右边的网。慢了,蟹子就会跑掉。运气好的话,一晚上,一个人能张十几二十只蟹子。只是候到后半夜时,天气凉,冷得有些受不了。

地笼出现后,蟹网捣蟹就成了历史。地笼捕蟹既方便又高效。

晚上把一段段地笼放进沟渠,第二天,沐浴着晨晖,划一只小船,在碧清的水中搜出一节节地笼的尾巴,一只只硕大的螃蟹已齐聚在那儿,你只需要往准备好的塑料桶中一倒就行了。搜完了这条搜那条,一早上能捕几百斤。只是那时我已离开了乡村,不再养蟹了。

不过,我还是忘不了那次特殊的捉蟹经历。

深秋的夜,西风干燥、阴冷。乡里人不再在户外面晃荡了。天一断黑,人们就窝在家中,把偌大的野外让给了黑漆漆的夜色,于是村庄田野就成了一片静寂的世界,当然还有狗偶尔的狂吠。

秋风起,蟹脚痒。此时的西风,于人,是一把把锋利的小刀子,一改东风的温柔湿润,冰冷刺骨;于蟹,仿佛是母亲,一吹,蟹子就从水中纷纷爬上来,在岸边、田埂、稻田呼哧呼哧地横行,一只接着一只,你搀着我,我扶着你,牵成一条线,在水岸处留下一缕湿漉漉的脚印。

那天我从凤联的好友处回家,已是半夜光景,为了抄近路,走进了"拐七亩"的田中间。昏黄的月光下,收割完稻子的稻桩间隐隐约约有一条黑色的线在蠕动,扭亮电筒一看,原来是一群蟹子在爬行。正所谓"稻熟江村蟹正肥,双螯如戟挺青泥"。我喜从心底起,把电筒放在稻桩上,让光对着蟹群,悄悄地绕到灯光的侧面,准备打它们一个埋伏。逮住了怎么装呢? 灵机一动,我脱下裤子,把两只裤子脚扎在一起,打了个死结,两个裤筒就成了一个袋子。我蹲下身子,守候在旁边。蟹群也不慌张,朝着手电筒的光慢悠悠地爬去,一听到人声就灰溜溜地转身,正好被我一手逮住。逮一只往裤子筒中扔一只。一只、两只、三只……蟹群终于被惊醒了,迅速地四散乱窜。我拎着裤袋由远及近围着圈抓捕,很快,十几只蟹被我尽收裤腿之中。我把裤子腰一捆,背着在狭窄的沟埂上往家走。蟹子呼哧呼哧地在裤袋中直吐气。

沟岸杨柳树茂密的树叶已凋零殆尽,萧疏的枝条被月光压得横斜于清亮亮的水面。风一吹,摇摇摆摆,随波荡漾,如鬼魅舞蹈。我穿着一件单秋裤,却一点儿没感觉到寒意。这蟹自然一只也没舍得吃,第二天,全被父亲拎到市场卖掉了。

那几年,螃蟹的价格似乎越来越高,圩乡养蟹户吃蟹越加稀少。所谓"木匠住倒屋,瓦匠住草屋,土地公公住瓦屋"。蟹子养了就是卖的,在大家心中理当如此。

螃蟹在圩乡餐桌成为待客的佳肴,也就是近十年的事。

有人说,最好吃的螃蟹是湖蟹,其次是江蟹,再次是河蟹和沟蟹。一到金秋季节,大多数螃蟹都是贴上"阳澄湖""固城湖""南漪湖"大闸蟹的牌子兜售。其实水产品的品质好坏,取决于三个要素:一是水质,二是饵料,三是品种。固城湖、阳澄湖哪能生产那么多的螃蟹? 现在蟹农创造了一种模仿天然的湖生态养殖模式:在小片的水域中,栽水草,养螺蛳,放水蚤,模拟天然的水生态环境,选择正宗的个头大、活力强的亲本长江绒螯蟹蟹苗养殖,常年饲喂小鱼小虾。这样养出来的成蟹品质丝毫不输于湖蟹,也真正是"壳是青的,肉是白的,毛是黄的,味是鲜的"。市场上所销售的,也大多数是此类的螃蟹。

古人中,对螃蟹最为痴迷的当数李渔。他认为"蟹之鲜而肥,甘而腻。白似玉,而黄似金,已造色、香、味三者之至极,更无一物可以上之",所以,螃蟹是他的最爱,从上市到下市,他是"未尝虚负一夕,缺陷一时"。到了九十月"蟹秋"之后,他又创新吃法,"涤瓮酿酒,以备糟之醉之之用"。在他那里就有"蟹糟""蟹酿""蟹瓮""蟹奴"之称。

他平生所恨是未能在出产螃蟹的地方做官——"未尝于有螃蟹无监州处作郡,出俸钱以供大嚼",深感终有愧于蟹!

我倒在盛产螃蟹的固城湖畔工作过一段时间,却因患痛风病而很少吃蟹。当然,这并不妨碍我用蟹来款待贵客。

印象最深刻的一次是接待一位身居二线的即将离线的外省朋友带来的两位北京客人。一位是著名的作曲家,一位是词作者。他们曾经合作创作过很多首歌曲,传唱大江南北。为了体现出不一般的热情,我把吃蟹的地点选择在紧靠固城湖的湖畔人家。划着小船,摇摇晃晃,从蟹农养殖的蟹塘中拉起地笼,把钻进笼中的蟹倒进塑料桶中。那些离开水的蟹,举着坚硬而尖锐的爪子,沿着桶壁转着圈,张牙舞爪地往上爬,一个个想逃出去,无奈桶壁光滑,对于它们无异于悬崖峭壁。一个个挣扎到半途,就摔了下去,又挣扎着往上爬。可没有一只能把爪子伸到桶沿外。我递了一个乳胶手套给客人,说:"你尽管抓大的,你抓上来的就是今晚我们蒸着吃的。"客人跃跃欲试,像捉迷藏一样弯腰围着桶沿转了几圈,看着一只只张狂的螃蟹,竟不知道从哪儿下手。好不容易按住一只蟹板,却被蟹一回身子,两只蟹螯紧紧地嵌住了食指,直疼得哇哇直叫,赶紧甩了下去。尽管戴着手套,手指还是嵌进了两个深深的凹印,渗着血。蟹农见状,过来,一手拿网兜,一手抓住蟹子的背甲,一只一只扔进网兜中,不一会儿就捡了二十几只,左手提网,右手一旋,一网兜蟹就扎好了。我一提,足有好几斤重。

捉蟹、扎蟹都是一项技术活儿,外行能抓住一只活力八叉的蟹已是不容易,甭说腾出手来扎住它。扎蟹的能手就不一样了,一手抓蟹,一手取草,把草绳的一头递到嘴边,牙齿一咬,另一头贴着蟹身,横三道,竖三道,蟹子的螯脚就服服帖帖被五花大绑起来,严严实实,不到分把钟,麻利得很。每年的螃蟹节,都有一次吸引人的活动——扎蟹比赛。熟练的妇女,一天能扎千余只。

上等的蟹当然是取上等的香草来扎。这种香草细长、柔软、韧劲儿足,用开水一焯,散发着一缕淡淡的清香,可用来裹粽子、编垫子、扎杂货……有的是从泰国进口来的,纯天然,无污染。虽然同是草,扎在蟹子身上,这根草便也身价倍增。有的售蟹户,一年可要用掉几吨香草的。于是,本来漂泊湖中少人问津的一根草也真的香了起来,也能和螃蟹一样卖出一个高价了。人其实也和香草差不多,在不同的平台自然是不同的身价,有的只是没有香草清爽,错把平台当自己的本事。这就不如一根草了。

那晚,一盘螃蟹端上来,金灿流油,客人解开扎蟹的香草,饕餮一番后,便张开金口,玉言频出:"一只螃蟹一张嘴,两只眼睛八条腿……""螃蟹一啊爪八个,两头尖尖这么大个,眼一挤啊,脖一缩,爬呀爬啊过沙河,哥俩好啊该谁喝。"

最后,一段描述吃蟹的"贾氏"段子,把这餐蟹宴推向了高潮:"轻轻解开罗衣带,掀开它的盖头来,褪去裙子扳开腿……"

客人拿着一只蟹子,边说边演示,引得众人人来疯似的七嘴八舌。这不仅是吃蟹了,已是文化,还是荤文化!

有蟹盈盘,有酒满壶,蟹佐美酒,饮者甚乐,这已是待客的至高境界了。

当晚，人人喝得激情满满，把回宾馆的路也走得歪歪扭扭。此时，便觉得这不甚玲珑的家伙倒真有些可爱了。

大闸蟹味美但性寒，一般不宜多食。但也有办法，佐之以南漪湖湖水酿制的青草湖黄酒，即可以温融寒，中和其性，多吃也无妨，大可尽饱口腹。有位朋友，吃了一季蟹后，怕冷，别人穿单衣，他穿夹袄；别人穿夹袄，他穿棉衣。但又检查不出毛病。最后找到的一位老中医说，蟹吃多了，凉性重，要补温。后来他喝了三个月黄酒，居然好了。

小时候听说尼克松访华，最后要设宴答谢中国领导人的款待，每桌出三千元让中国大使馆代办。三千元，实在是个天文数字了，无法想象可以买多少东西，当时一个生产队一年的工分分红也就三千多元。按当时的物价买什么才能凑齐这么多钱呢？中国人最讲诚信，又不能欺报物价。事情汇报到总理处，周总理说，上一道"清炒龙须"——用十八岁的黄河鲤鱼的胡须。这样一桌便耗材数百斤鲤鱼，价格就上来了。当时，也有很是见过一些世面的人说，主食不是米饭，用的是螃蟹里的蟹黄，专门剔取出来下面条。面条也不是普通的面粉挂的，用的是绿豆磨成的粉。讲的人有鼻子有眼，听的人也不断称是。现在想来，真应了那一句话——贫穷限制了我们的想象。

不过，后来我真的吃了一餐蟹黄宴。固城湖畔的一位朋友在家中宴请几位好友。他心血来潮，做了一道桂花蟹黄白玉汤。取豆腐两小块，切成小方形，和剔出的蟹肉放在一起，在油锅炸一下，放进煨好的老鸡汤里，配以蟹黄，加上桂花少许，慢炖，然后把汤滗出，一人一小碗，鲜香嫩滑，大有"食不厌精，脍不厌细"之感。不过,吃过后,还是觉得不够纯真,终究是失了河蟹的真味。

其实,吃蟹还是清蒸为上。如李渔所说"世间好物,利在孤行……和以它味者,犹之以爝火助日,掬水益河"。为了除腥避寒,清蒸螃蟹时,可以垫上一些葱叶和切成片状的生姜,蒸熟后,佐以姜末蒜末生抽即可。

简洁,简单,纯真至味便好!吃蟹如此,世间的许多事何尝不也是这样呢?

静水秋凉,丹桂飘香,又到一年菊黄之季,望云染青山,湖光潋滟,便觉一缕鲜腴之味伴着袅袅炊烟在圩乡漫延……

第五辑

# 雨季的年轮

# 雨季的年轮

　　江南雨季,并非像诗人吟诵的那么婉约和浪漫。淅淅沥沥的黄梅雨带给圩乡人更多的是提心吊胆,日夜防范。每一次防汛都是圩乡百姓用意志和韧劲儿与洪水较量的一场战斗。这里既有抗洪抢险的豪迈,也有与自然抗争中徒余的心酸和无奈。

　　其实在明正德七年(一五一二年)前,防汛形势并非如此严峻,特别是宋人南渡以前,大面积的围湖造田还没有开始,水阳江流域可谓有洪水无洪灾。南宋才有宣州知府张果抱万民册跳江救民的故事。

　　水阳江,蜿蜒于浙皖,起始谓杭水,进入安徽又曰东溪。过河沥、水东、孙埠古镇,叩门宣城而绕行谓之句溪。顺敬亭而下,穿北山稻堆山峡谷,已平缓,为龙溪。这就到了水阳江下游,宣州金宝圩、高淳相国圩、当涂大公圩,如藤牵瓜,散落于固城、丹阳、石臼三湖之间,是古丹阳大泽最早的圩田。

　　其中的金宝圩就是我的家乡。相传筑于后汉章武年间,治事者为东吴名将丁奉,历时四年,发动十万军民围湖屯田。赤乌五年(二四二年),孙权御驾金宝圩,登龙溪塔俯瞰,但见良田万顷,农庄错落,百姓安居,不禁心中大喜,赞丁奉为"江表之总管"。自此丁奉"总管"的名号在民间不胫而走。今天在金宝圩中心仍建有总管庙,庙中祀奉的总管菩萨旁有一联:五路总管围湖屯田筑金宝,一代名将横刀立马保东吴。横批:江东遗爱。读之不由得让人神思千载感慨不已。

实际上早先大圩由化城圩和惠民圩合成,洪武《宣城志》有记载:"圩埠大者有二,曰化成,曰惠民。化成管田约八百八十顷……南唐保大十一年(九五三年),圩民束四请以私田为官圩,李璟嘉之。诏补束四官,赐金帛有差,号金银圩。是年,各起役兴筑,广袤八十四里,明年正月工毕,以其速成,改名化成圩。"《舆地纪胜》引《圩田系年录》:"绍兴中,命宣州守臣葺治圩田……易名金宝。"

民间有一说法,金宝圩的水系构筑就是模仿南京城建设的,南京有多少城门,金宝圩就有多少陡门,圩内的沟渠就是南京城的道路。这也许说明了金宝圩在历史上可能做了不止一次的大规模的有组织的水利整治。从现有的构筑来看,特别是下坝区域(古惠民圩),开凿的水域所具有的储水能力相对于埠子的来水面积比,与当地的降雨量很匹配。沟渠开凿的整齐程度,如没有统一的规划和严格的实施是不可能做到的。

金宝圩地处亚热带北部,属亚热带季风气候,温和湿润,雨量充沛,十万亩良田,五万亩水面。民国前"赋出宣邑六之一,漕取足于圩者十之八九",是名副其实的鱼米之乡。

明永乐元年(一四〇三年),朝廷采纳苏州人吴相五之议,在高淳县东侧修筑水坝(高淳东坝镇由此得名),把自安徽而来的水挡在太湖流域之西,以保护太湖流域苏锡常诸镇。

明正德七年（一五一二），为绝苏锡常地区水患，东坝坝基加高三丈，"三湖"之水遂遏绝古初入震泽之流，不复东行，造成宣城、高淳、当涂诸县大批圩田沉没。

民间传说当年刘伯温筑东坝，阻遏了丹阳大泽流向太湖流域的水系，曾说："苏州溧阳，终究不长，五百年后，化为长江。"其实胥河筑坝之时刘基早已仙去。

我在当涂县志上倒查到了这一段记载："宜兴溧阳，终究不长，东坝一倒，一片汪洋。"

未筑东坝之前，如清代河道总督靳辅言：江南之苏、松、常镇，浙江之杭、嘉、湖等府，在唐汉之前，不过一泽国耳。

故苏州有句民谚："固城湖边东坝倒，白寺塔上稻草漂。"汛期水阳江流域水位常高于太湖水位七到九米，一九三一年大水，东坝漫溢旬日，下游宜、溧等县震恐，深以东坝崩溃焉。白寺塔乃苏州城内最高点。

东坝一筑，金宝圩浩荡南来之水，一支从西南由黄池河经芜湖入长江，一支从北面由运粮河经姑溪从当涂入长江，从牛儿港流固城湖由胥河入太湖的东向之水受阻。人不给水出路，水就不给人活路。汛期来临，圩区防汛抗洪压力陡然上升。过去水阳江流域有洪水无洪灾的历史发生了改变，溃圩决堤，从此成了圩乡人的心病，防汛抗洪也成了圩乡人最大的事业。

自明正德七年（一五一二年）到一九四九年，经调查记载水阳江流域因洪涝而引起的大范围破圩达八十余次。旧志中"圩埠尽溃，民舍漂没""船达于市，鱼穿树梢""溺毙甚众，尸散水滨"等有关水灾惨状的记载，屡有出现。每次大水以后，社会元气大伤，人口锐减,经济停滞甚至倒退。

金宝圩历史上有记载的溃圩有六次。

这个雨季的一天下午,我在一九四二年祖父时公章悌主修、上海法政大学毕业生丁光焘先生编纂的家谱中,找到了前五次圩堤溃破的记载:

明万历三十六年大水,没圩堤、坏田舍、溺人畜。

康熙戊子岁五月二十三日,西埂袁家场、丁家湾、东埂徐村坊三处尽决。袁家场破缺较甚,计长百余丈,深百余尺,将决之时,梅雨连旬,上蛟下潮,奔腾澎湃,势若滔天……农家之器物,俱属风飘,草野之屋庐尽随浪卷,大木为之拔根,古墓为之掀泥。

道光三年,水势滔天,圩堤崩溃七决其处,亦时,田禾未熟,粒米无存,老弱转于沟壑,壮者逃之四方。饿殍盈途,骨尸满道,愁惨之象何忍见闻。

道光二十八年八月潮水浩大,北埂杨家沟梢尽决,口阔六十余丈深二十余丈。

道光二十九年四月,淫雨连绵四十五日,鸿波涌地,巨浪滔天,水势汹汹,高出圩堤三尺。五月初二,大水漫圩……

村落邱墟尽为蛟龙之沼,禾苗黍稻悉沉鱼鳖之乡。

圩溃之日,百姓无处露宿,"日不火兮饥极,寒气侵兮多疾,鬻子者泣血牵衣,弃妻者抱头恸绝"。

窗外阴雨霏霏,眺目远望,天地一片模糊。

历史虽然悠远，却又是如此切近。读罢未尝不潸潸然泪下，犹有余哀。

圩乡的人，大多知道一个年份——民国二十年。这一年洪水成了金宝圩人的集体记忆，甚至有的并不知道这年是一九三一年。但相互口传，历久弥远，"民国二十年"这五个字和"洪水破圩"紧紧联系在了一起。

那时祖父已是二十一岁。在他十一年后主修的家谱中，我却没有找到记载这场大水的只言片语。只是小时候听奶奶讲，水退后，祖父拆了原来家中三进九间的老屋改建为一进三间，剩余的木料运到东坝卖掉，以此渡过了那个荒年。

据《安徽省赈务会汇刊》第一期（一九三一年九月）记载，这年夏，沿江地区连续的大雨下了将近整整三个月，从年中一直下到九月十六日，江潮倒灌，山洪暴发，皖南各县圩堤先后溃决。人畜淹毙，房屋坍塌，栖止无所，哀鸿遍野，啼饥号寒，惨不忍闻。据统计，宣城县，淹没农田七十二万亩，其中圩田六十二万亩，灾民三十五万，死亡三千七百一十人，坍塌房屋七万九千六百间。

这是金宝圩有史以来最后一次破圩。虽然已隔近九十年，但随便找一位老人都能和你讲一两个与之关联的故事。

长期以来，人民群众与水患做斗争过程中，水阳江沿岸劳动人民信奉祠山、杨泗（治水道教神灵）。

雁翅绅民对观音菩萨十分信仰。每年农历九月十九，观音庙会，规模之大，在江南仅次于九华山庙会。观音大圣在雁翅有两庵，一是大土庵为坐宫，有三进十五间。在外河河滩高处建有锦水庵，为观音菩萨行宫，原有两进十间，毁于一九五四年特大洪水。每当汛情紧急,就把观音菩萨请至行宫坐镇河间,"坐镇陡门震水威,护坝保民压蛟龙"。寄望洪魔袭来时,观世音能伏波安澜,化险为夷。

民国二十年农历六月十四,几位乡绅来到锦水庵求签。签题是:姜太公八十三岁遇文王。其中一位乡绅读完签书,掐指一算,大腿一拍道:不好,道光二十九年至今正好八十三年,此是一劫,圩堤难保。少顷,一只快船送来鸡毛信一封,西埂丁湾处已溃堤。遂立即组织人员转移,逾三日,圩内水满。洪水横流,一片汪洋,"全境无田庐,但见云树梢,野哭声断续,浮尸逐水草"。

此后,金宝圩再没溃破。遭遇洪水侵袭,在全圩百姓心中留下深刻记忆的仍有数次。每一次虽惊心动魄,最终也化危为安。

一九五四年大水算最大的一次,《宣城县水利志》记载,五月至九月,宣城降雨一千五百一十五点二毫米,五月下旬至八月下旬,相继出现十四次洪峰,江潮倒灌高,持续时间长,漫破大小圩口八十四个。

虽然金宝圩圩堤没有溃破,但内涝已是十分严重。那次大水也融化在儿时对父亲的印象里。

父亲那时年轻,积极进取,冲在防汛一线,在金宝圩北湖滩处带头下水挡浪,染上了一种叫"火瘤腿"的病。后来每当劳累过度或受凉就会发病,腿肿痛不已。一发病就会提起一九五四年的那场大水。

因我一直在河道防汛,对挡浪的感性认识不深。二〇二〇年七月,在朱桥联圩防汛,遇到周科宝老人,谈到一九五四年的防汛,他给讲了一个神奇的故事:现在的朱桥联圩是一九八三年汪圩、青草湖、团结圩、裕丰圩合并的一个万亩大圩。汪圩当时孤悬于南漪湖和水阳江之前,居然没有溃破,得益于不知从哪里漂来的一片大野篙排。汪圩东埂全部临湖,南漪湖岸没有防浪林,二百多平方公里一览无余,烟波浩渺,浊浪滔天,圩堤在汛期高水位时防浪是防汛的一项重中之重。浪淘岸堤,犹如虫噬,几浪拍过,堤埂即削去半边,圩堤岌岌可危,此时湖里不知何处漂来一大丛野篙。野篙丛像一个大竹排,长约六七里,宽数十丈,高出圩堤尺余。人可以在上面行走,有人还掏了许多鸟蛋。人们立即用竹缆绳把这条野篙排紧紧地绑缚于圩堤上,这样野篙排就成了汪圩天然的防浪滩,紧紧地护着圩堤的安全,让危在旦夕的汪圩顺利渡过了这一场大洪水。退水之时,人们想把这只"排"留住,加密了竹缆绳。一个夜晚,缆绳一片"啪啪"炸响,野篙排消失在漫漫的湖面,不知去向。

一九八三年的多雨,是我永难磨灭的记忆。雨水像天上捅了洞一样往下倒,沟水爬上了村庄,小船直接停在了我家的稻场上。宣城县大小一百零一个圩口,只剩下了两个半圩没有决堤,其中一个就是金宝圩。

那一年我虽初中刚毕业,因个子高,作为一个整劳力,参加了全程的防汛。金宝圩防汛是以村集体为单位的,这也是实行联产承包责任制后,乡村唯一剩下的集体活动了。我年纪轻,是新兵,也觉得很新鲜,就事事冲在前面。一个村负责防守约一千到一千五百米的埂段,我们中联村在雁翅下街到新陡门处。

防汛值班的人分两班,一班巡埂查险情,一班是抢险队。抢险队员有险抢险,无险休息。都是技术活儿,诸如清沟沥水,沙石导渗,下外罩打桩等等。我们小年轻轮不上,就排班送水牌,从上个村接一块牌子,两人一组,一人扛牌,一人拿锹,走圩堤坡脚处,走到下个村的防区交接,约莫一小时,来回三公里。发现渗水、塌方等,及时汇报。汛情一松,也就不走圩堤下面了,不过遇到干部模样的还是赶紧跑到埂下去。有一次我们还捡到一只三斤多重的老鳖,拿到雁翅街上卖了五元钱,解决了好几天的午餐问题。当然送水牌也是排班来的,遇到不送水牌的日子,也是和抢险队一道,在一个大澡堂子里休息。外面的雨下得哗哗响,里面有的人愁眉苦脸,有的靠在澡堂子的靠椅上吹牛、扯淡、睡觉。前后居然持续了一个月。

这期间最辛苦的一次就是在圩埂上加子埂。在圩内离圩堤有二百米的棉花田里,把土用锹挖到圩篮里,挑到圩埂埂面外沿,垒成一道约五十厘米高的小埂堤。平时挑担子上圩埂就很费劲,那时天下着蒙蒙细雨,路面泥泞,一走一滑,大家干脆脱了胶靴,赤脚上阵。爬堤时用大脚趾紧紧扣着脚下的泥土,步步扎稳,稍不留心,就会人仰担翻,摔个满嘴啃泥。干不到一会儿,大家个个像落汤鸡,脸上也分不清是汗水还是雨水。

细雨仍孤傲地蒙蒙地下,不因人的厌恶而有丝毫收敛。不记得是因为村民舍不得挖掉田里的棉花苗,还是效率太低,进度太慢,反正这个活儿只干了半天,就被宣布停工。大家无不拍手称快。

一天突然传来说,对岸的高淳要抛石护岸,圩管会要求一个村派一支队伍去阻止。

金宝圩四个乡,几十个村,一村抽调一个基干民兵排,一只大船,沿着水阳江浩浩荡荡集中到高宣交界的水碧桥,几十条大船,数百人,每人发一条白毛巾扎在左臂,或拿"挖锹"或举"杪子",齐呼"打倒高佬,保圩保家!"一股干云豪气在宽阔的江面回荡,大有荡平高淳之势。我跟在人群中凑热闹,觉得很好玩,也奋力呼喊,盼着能有一场声势浩大的战斗。结果当然令人失望,居然没有打起来。

二十多年后,我已在一个乡镇任主要负责人,遇到了当时高淳砖墙镇的党委书记,推杯换盏中,他揭开了那天的谜底。原来他们乡为争取市里的水利项目资金扶持,运了几卡车石头,停在水碧桥水阳江迎流顶冲的地段,对来检查的领导上报,此处圩埂需抛石加固,需要多少多少资金,并不是真的要抛石逼水。我们的干部在对岸看到了,信以为真,因属两省,又没有协调沟通机制,遂造成了金宝圩群众的过度反应。

一九九九年的汛期,是金宝圩的圩堤最危险的一次,那年我已是乡里的准班子成员,负责惠丰村的埂段防汛。这段圩埂是金宝圩最好的圩埂之一。六月三十日下午,我们发现仅圩堤坡脚有几处散浸,就采取了清沟沥水的方式进行了处理。圩堤是一个完整的生命体,堤脚坡有散浸,任其发展,就会造成圩堤土质软烂,严重时就会塌方滑坡,最终造成决堤破圩。而只要及时清沟沥水,让散浸汇总,周边的软土很快会恢复坚硬,有抗压力了。这就是所谓的及早发现险情,及时处理险情。这天傍晚,大雨倾盆,河水暴涨,全体民工都上了圩埂,不到一米一个男劳力,每个党员都扎一个红绸带,每个埂段的负责干部都发了一根长一米的竹片,对违反防汛纪律的民工可以随时进行处罚。

雨越下越大,从其他圩段传来的消息很不乐观,有的在抛石抢险,有的在加子埂,尽管我们埂段没有大的险情,大家也丝毫不敢马虎,个个在汛雨中严阵以待。我和惠丰村村书记赵福根,在黄灵宫殿的埠阶前,看着台阶上的河水像蚂蚁缓缓地往上爬,一脸严肃,心如蚁噬。

夜里二时(应是七月一日了)左右,赵书记告诉我水不涨了。仔细观察,果然发现"蚂蚁"没有再往上爬。老赵说:"应该是附近的哪个圩破了。"不一会儿,传来下游芜湖的咸定圩已漫破。听到这个消息大家长长地舒了一口气。我和着雨衣躺在圩埂上居然睡着了。

汛情稍安,我和梅小龙骑了一辆摩托车绕了金宝圩大堤一圈,几十处内塌方,有的长达几十米,千疮百孔,触目惊心,更加感受到了那一晚的紧张。

二十年,转瞬即逝。今年又遇长江全流域大洪水。从老家传来消息,金宝圩五十二点五公里埂段无一处大的险情,既无内涝又无外患。宣城首圩以全新的身姿迎来了一个有洪水无洪灾的新时代,实在令人欣慰!

愿金宝圩大堤愈加弥坚,不畏洪水侵袭!愿父老远离水患之苦。

# "奉宪严禁设筏碑"的遐思

梦里河山,故土依稀,家乡不是一个缥缈的梦幻,而是一片精致的绿洲家园。她的每一丝风吹草动都会牵动我的神经。端午前夕,阴雨连绵,雁翅街头,一幢百年老屋因风雨浸湿,墙倾屋塌,露出几块石碑,得知消息,我立即和社区万秋根书记电话联系,叮嘱他妥妥地存放好。

黄梅时节家家雨,公务稍减,遂抽暇赶去,以探究竟。

车行坚实的金宝圩大堤,绵绵细雨,朦胧着窗外的视线,青山在右,圩田在左,堤下就是盈盈满满的水阳江。江水混浊躁动,顺堤而泻,和我们是一个方向的逐浪澎湃,仿佛也和我们一样,着急地去寻找那一段封尘多年的历史。

隶属宣州区的雁翅老街,宽不盈丈,与新街相比,显得很是破败。青石板早就换成了水泥地,偶有挑檐、斗拱、垛墙,横桁矮窗,也油漆剥落,两边的木质檐廊和槽门皆已斑驳陆离,偶见一段灰砖墙也是风雨沧桑,所见之处,无不显现出繁华之后的苍凉。

其实水阳江畔的老街全都不甚宽敞。也许是沿堤设街,地皮紧张。也许是从商业经营考虑,所谓宽街无闹市。规划有序的一字街都是檐角相抵的一线天状。油榨、新河、水阳、雁翅、乌溪、黄池一路下来都是一个模样,中间一条街,两爿门店,走在街上有一种深邃的气息。古碑就在雁翅老街的上街头。

一

金宝圩历史悠久,往远了说可追溯到东汉末年,但真正上百年的物件也是屈指可数,更甭说文物。尤其在雁翅和水阳,除了历年的水患淹没,太平天国和日寇侵华时期都曾被烧杀抢掠,付之一炬。这是一块饱经风雨的土地。古碑能历尽沧桑幸存下来,重见天日,作为圩乡人,我觉得弥足珍贵。

碑有三块。其中一块题为"奉宪严禁设筏碑",立于大清光绪七年。古碑自有气场,不怕风雨侵蚀。虽历经一百多年,字迹依然清晰可辨。

一个地方,没有几块古碑,那就宛如此处断了根基。某个节点,没有以碑为记,此时就没有大事,历史就显得平淡而寡味。于是石碑有时便是很称职的历史解说员。

这块"奉宪禁筏碑"就讲述了明清时期一段渔民和圩民之间的故事。

原来宣城市的母亲河——水阳江行至金宝圩段,原有三个出水方向,一是东面经牛儿港至固城湖,由胥溪经溧阳入太湖。自明代高淳东坝修筑,东向之水被阻。一是西向由裘公河至黄池河经芜湖入长江。还有一个是北向经花津湖由姑溪从当涂入长江。渔民在花津沿河一带拦河设筏阻遏水道。这种渔筏是"以竹木芦席从河底竖柱而起,上覆以土,中流一缺,仅可通舟,虽稍能出,而筏内之水每加于筏外一二尺,数十里内,连设四筏"。筏头与筏尾的水位就相差两三米。这样的渔筏捕鱼导致圩田积水难消。冬令二麦难种,夏令低田淹没,以致栽插难成,寻常危害如此,每遇大水殆尤甚焉。渔民这种捕鱼方式严重影响了圩民圩田的耕种。

花津湖一带,在明代虽同属南直隶,却分属应天、太平、宁国三府,且由江宁、安徽两布政使司管辖。因此,处理这样的事件,必然要由两布政使司合作,才能促成此事解决,难度可想而知。好在水利是农耕文明的命脉,不管哪级政府都高度重视,都有责任以水利大局为重,保持河道畅通。恰在此时,官至刑部主事的雁翅人唐金颖致政归里,正居家综理家政。作为一方乡贤,遂毫无避让地以其影响力推动了此事的解决。

万历二十二年(一五九四年),安徽、江宁承宣布政使司联合发布禁令,严禁设置渔筏阻遏水道,设筏之人"从严惩办"。

此令在执行中历经几百年,后又出现了反复。

清光绪年间有"沙埂唐宅圩等处刁民藐法不遵,仍敢拦海港口湾、渡沙店、釜山湾,硬设坚筏五道遏水不流"。因事关水利,地方各级政府非常重视,宁布政司会同安藩司、太平府当涂县知县提查了拦河设筏的三位主犯,并从严惩办。为此金宝圩特颁示勒石禁为。此示仰军民人等知悉,"自示之后只准用网捕鱼,不得前设筏插箔改遏水道,倘敢故犯,一经查处,定即究办,绝不姑息"。

假如推测不错的话,在高淳的相国圩,当涂的大官圩,应有同样的石碑。

从这里可以看出,基层乡绅在推进官府综合协调上功不可没。高淳、当涂、宣城分属江宁、安徽两个布政使司,当年的交通和通信条件下，要奔波多少风雨？要往来多少信函？居然就是在他们的运作下形成了统一的意见，官府和地方绅民的利益达到了高度一致。没有偏袒任何一方，解决了"圩田"淹水的问题，并勒示公布，杜绝了"设筏遏水"现象的发生。

蠹立碑旁，渔民捕鱼的嬉笑声和圩民农田被淹的怨骂声，穿过时空隐约回荡在我的耳边。以农为本，民安为上，乡贤们上下奔走，奋力疾呼反映民瘼，官员们不畏车楫辛劳，聚于水阳江畔，现场勘验，果断处置，终使问题得到了有效解决。庞大帝国统治下，基层的矛盾依然在这种地方自治体系与帝国行政体制间的互动中化有为无，地方乡贤的作用不可小视。

## 二

在离雁翅乡不远，上溯约十五公里的水阳江右岸，小河口大桥下游有一座小山，叫禁碑山，同样也彰显了地方士民对推进地方治理的重要作用。

禁碑山因曾树一禁碑而得名。山下村子也名曰禁碑村。古碑落在何方，已很难寻觅，这件事却补记在光绪时的《宣城县志》上。纵然是纸上消息，石上性情，掸掉历史的灰尘，那沉睡数百年的往事，还是清晰地展现在世人面前。

康熙三十三年（一六九四年），邑令薛君履勘，得慈溪西山系郡城护卫，且附近坟宅甚多。近因无赖搆引芜湖钢坊朱店，挖盗红沙红土，致伤龙脉。士民李凤阁等呈吁制抚各宪请禁，委系实在情形，应申请永远斥禁，并给示立石。

当地流氓无赖为谋私利，勾结芜湖的企业主，在水阳江畔的长山挖盗红沙红土,运之芜湖,供泥灶矾红之用,实属非法采矿,破坏了生态环境,是一件典型的环保事件。因地处偏远,偷盗分子又是外县人和无赖流氓,没有官府的介入,地方上很难制止。

地方士民李凤阁不畏强暴,积极牵头吁请官府勘禁。邑令身体力行,勘实情形后,要求永远斥禁,并立石告之。这实在是一起在治理环境事件中政府和绅民的有力合作,并取得长期性效果的典型案例。

我们无法揣摩当年李凤阁上诉的心路历程,也无法看到他辗转百里,乘船挂帆逆流而上赴宣上访之艰辛。其间是一次、两次还是数次的为民代言?有没有受到暴民的威胁?是求爹爹拜奶奶卑躬屈膝,屡吃闭门羹,还是玉树临风对簿公堂慷慨陈词?

但他终于以一介士民之力得到了公堂的支持,解决了盗挖这一环保事件,并落实了长效措施,立碑为志。如今,碑虽不存,但山以碑名,传之民间,沧桑百年,已然成了人们心中的一座丰碑,环保的理念如水蕴沃土般沉淀在人们心底。百姓口耳相传本身就是环保意识的一种最有力的宣传。

前些年全国各地也出现了一些破坏生态环境的违法行为。有的是地方狠人无赖沆瀣一气,普通百姓敢怒不敢言。有的就是与政府部门的少数实权人物相勾结,具有部分合法性,也致百姓怒而无法言,告诉无门。生态环境形势面临着严峻的挑战。群众要求改善生态环境治理,加快绿色发展心情十分迫切。中央顺势而为,及时向全国各地派出环保督察组,接受群众举报,形成有力的上下互动。许多违法事件得到了有效遏制,整治成果非常明显。究其原因就是看得见的敢说,说了有反馈有行动。清晰畅通的言路和强劲有力的整改措施有机互动,推动生态文明建设迈上了新的台阶。

实际上治理的核心要件就是信息畅通,互动有序。

几百年过去了,水阳江水依然汩汩流淌,虽然小舟孤帆已然远去,青山、蓝天、白云却依旧相伴。面对这绿水青山,我发现我们和李凤阁也就相隔一片孤帆远影。一个转身,光阴就成了故事。一次回眸,岁月便成了风景。在事上磨炼心性,觉悟人生。于风雨奔走中去履行自己修身齐家治国平天下的初衷。于是,对李凤阁这样的乡贤怀着敬仰。倘若有一天能找到禁碑山的那块碑,我们一定要再把它立起来。

三

问题解决后,如何以案示警,以儆效尤,推进地方教化? 在这方面,地方乡贤仍然表现出较高的积极性和较大的热情。

圩内就有这样一块类似的碑,碑文还载入了县志。

宣城境内金宝圩圩中阜其南而倾其北, 故有界堤以围上下,勿受邻壑。这界堤就是扁埂,使全圩有上下坝之分。撤乡并镇前,上坝主要是裘公乡水阳镇区域,下坝为雁翅乡全域及大部分杨泗乡区域。下坝汛期受河水之患十之三,受邻壑之灾十之七。为此,汛期防扁埂南面之水漫溢于北,是下坝乡民的一项重要的任务。

话说万历年间,水患频至,上坝的圩民为阻水患,偷偷地破堤放水,被下坝的圩民逮住,主犯是一姓徐的,坐罪伏法。二十年后的汛期督者唐一柱加强巡查。又有包氏、丁氏并倚为奸,以数十穴引流下倾。下坝叫李孝一的圩民发现后去阻止,包、丁二氏群触之，导致李孝一落水溺亡。

官司打到县府，最终李孝一"高封其墓，以为死事者劝"。包、丁二氏伏法，让作奸者知惧。

至此，此事仿佛已处理结束，但乡绅们没有就此罢休，要以案说法，勒石以示。于是找到了正侨寓留都南京的乡贤唐一相。唐一相是万历庚戌年进士，又是本地在朝命官，无论是学问、乡情、影响力都是合适人选。但他却没有执笔，而是遣使问计于他的好朋友、翰林检讨王肯堂。王肯堂是金坛人，出身官宦世家，官至福建参政，也是一位大医学家，在江南一带闻名遐迩。王肯堂欣然撰写了《金宝圩中堤旌义慎防记》。先生一言记之，永垂不朽。

现在想来，乡贤们似乎深谙人们健忘的弊病，或知道岁月剥蚀的巨大力量，遂勒石刻碑，希望用一块块"奉宪禁碑"，或禁"设筏"，或禁"开挖"，来铭记那些不该忘记的道德教化、规范制度。碑石的坚硬还不足以展示他们对此一规制的不朽传承，还要跋山涉水到金坛，找到一等一的大家撰文，用极具威慑力的语气，借助名人的影响力以陈生态保护的重要性。如此辗转劳心费神，着实让人震撼。拳拳之心，蓝天白云可鉴，不能不更加感佩这些先贤。

也正因此，我们才能在县志中读到似乎遥远却又近在身边的故事。对此，除了敬仰，还有什么呢？

驱车而回，雨霁天晴，车行堤上。圩田在右，抬头望去，草色青青的禾畴丰盈滴翠，清风吹过，让人心旷神怡。青山在左，滔滔浊水依旧北向而流。许多人物走了，许多故事还是留了下来。

当前，我们正在实行长江大保护，十年的禁渔期，在那些先贤们身上，我们能否受到一些有益的启发呢？

# 神秘的宣州窑

　　岁月静好,山上的植被郁郁葱葱,成堆的瓷片上栽了李、梨、桃、杏等各类果树。春天,桃红李白,煞是好看。冬天到来,草木枯萎,俯首翻捡,说不定一件唐代或宋代瓷器残件就跃入眼帘。这是一片净土,虽然紧依水阳江,因水路时代的逝去,此处已远离岁月的喧嚣,没有被大面积的损毁,直到今天,几百座古窑址依然待字闺中,静静地深藏在窑林草丛中。目前经宣州区文物所已勘测登记在册的就有七十多座。

　　踏上山冈,当我们面对奔流不息的水阳江水,思索着我们从哪里来,尝试去解读人与自然奥秘之时,发现我们的先祖们是如此低调地躬身这片热土,他们用精巧的双手创造了工业文明的璀璨之花——宣州窑。

## 一、低调的古窑

　　在这里,通往田间的道路都是陶片铺成,沟塘间散落着陶瓷匣钵,退水后,可见水沿有厚厚的陶瓷碎片堆积土中。浅山丛林绵亘几十里,窑火遍地。龙窑两侧,堆满了陶瓷碎片,处处是残器。如今在狸桥镇境内,"西窑冲""南窑冲""上窑""下窑"等地名依旧沿用。

山上的树肯定不止换了一两茬,河里的水是奔流到海不复回。这山川之间原来曾经沸腾着的火热的故事令人遐思。触目情深,窑温尚存。透过这绿水青山背后流转的岁月变迁,多少人试图拂去尘埃,让宣州窑历史的真容一点点地展现在我们眼前。

可惜,一个延续千年的工业活动,一个在全国层面都有产品交流的古代工业园区,居然找不到翔实的文字记录。

清代蓝浦、郑延桂《景德镇陶录》:"宣州窑,元明烧造,出宣州。土埴,质颇薄,色白。"

清同治九年(一八七〇年)翻刻嘉庆二十年(一八五一年)翼经堂本:"元有浮梁磁局,专掌景德镇瓷器,世称为枢府窑。而民间所造者,则有宣州、临州、南丰诸窑。"

民国时期黄矞的陶瓷专著《瓷史》载:"五代数十年间有瓷窑可考者有五,曰:耀州窑、郑州窑、宣州窑、南平窑、越州窑。"这大概是对宣州窑全名最早的记载。唐宋元明的文献记载宣州窑的史料更是极其匮乏。

今天,在我们看来,每一块瓷片都是宝贝,每个窑址都是历史文物,这一片古窑址简直就是庞大的工业园区。但古代文人却视而不见。

唐代的李白乘一片白帆路过这片青山绿水,挥一挥衣袖没有留下一片云彩。宋代的周邦彦曾羁旅水阳古镇,关心的是江上捕鱼的渔郎和水边浣纱的少女,没有俯下身段去附近的窑厂和窑工嘘寒问暖。

梅尧臣、唐汝迪、钟震阳这些赫赫有名的地方乡贤的吟诵也没有聚焦这一块轰轰烈烈、如火如荼的热土。他们同样无视岸上熊熊燃烧的窑火。

搜寻了附近几家大家族的家谱,也没找到关于宣州窑的只言片语。

剩下,就是《宣城右集》中,有先贤章国光的《许真君祠堂记》里"其土可以陶埏为器……"的寥寥数语。

据说宣城明代榜眼汤宾尹还编纂有《宣城左纂》,专记人情逸事、物产掌故,想必有宣州窑的记载,可惜,书已失传。

面对如此窑烟袅袅、舟帆蔽日的繁荣景象,为何古籍不载、文人不吟、乡贤不记?

或许只有一个解释,古人认为制瓷烧窑,就是底层民众的营生,不值一记!

这就难怪宣州窑一直以来藏在深闺人未识,外面专家也不知。正如《景德镇陶录校注》称:宣州,今安徽宣城。明代烧造瓶之类的贡瓷。窑址迄今未发现。安徽省博物馆前几年在宣州窑藏品上直接标注长沙窑。南京博物院至今还把宣州窑放在长沙窑展柜。

## 二、掀开面纱一角

一个让宣州窑崭露真容的机会出现了。

二〇一三年下半年,水阳江综合治理工程下游正在开卡。

这个寒冷的冬天,宣州窑以一种非常的方式揭开了朦胧面纱神秘的一角。虽然二〇一二年宣州窑已被安徽省命名为省级文物保护单位。

　　当时水阳江底农民挖宝的消息上了各大新闻网站头条,吸引了全国各地的好奇者齐聚水阳。唐代文化层大量文物被盗挖,当地政府和文物部门在公安的协助下进行抢救保护性发掘,共挖掘出唐代宣州窑藏品达三百多件。瓶罐、执壶、粉盒、瓷砚等等,有生活器具,有文房用品,不一而足。一批唐代陶瓷在河底显露真容。千年的岁月沧桑,丝毫没有损坏它们的滋润光泽。那融合着山水之色的青绿,大自然灵魂之色的黑釉,依然像一泓流着绿波的清泉,熠熠生辉,宛如刚出窑炉。有人说,这说明水阳江水千年来没有受到工业化的污染,pH 值(酸碱度)处在正好呵护瓷器不受浸淫之点。我认可,但我还是觉得,宣州窑当年的制瓷工艺,无论是选料、拉坯、打磨、上釉、焙烧,都已十分成熟和稳定,尤其是烧造施釉等技艺已达到相当高的水平。

　　与此同时,在同一文化层也发掘出一批长沙窑的瓷器。有贴塑、题诗的执壶,有点彩的水盂等等。还有一些越窑、定窑的瓷器。说明了此处已然是繁华江南的一个瓷器交流的集散地了。

　　由于开卡发掘的面积和区域有限,对于当时的生活生产场景只能是管中窥豹,还不能完全描绘或复原出当时人的活动状况。不过,即便是惊鸿一瞥,也让我们领略了一千多年前的先人在这片土地上创造的文化辉煌。


## 三、大唐风范

　　距离水阳古镇开卡施工现场向上游不到五公里处,二〇一三年也正在建造牛儿港节制闸。这是水阳江水东向流往固城湖的一条河道。河底卫东圩的大圩角圩埂下露出一排排码放整齐的黑釉大罐，每排有四到十层之多。人们判断这就是小河口古窑址的成品堆场。整条圩埂全建在这片堆场上。因圩堤是圩区的生命线，文物部门一直没有进行发掘，也没人敢动。在堆场旁边的河底，发掘出连排的三口古井，彼此相距不到六十米。有一口井中掏出二十八件唐代的瓷器。

卫东联圩是一九七五年由十三个小圩口连成的。老牛儿港河也被圈进了圩内，此河在光绪县志上记载有五条渡口。水阳江水在小河口处，一分两支。一支经龙溪流黄池河入长江。一支由牛儿港过固城湖经胥河入太湖。附近就是当年东晋咸和初在（三二六至三三四年）宛陵县北部侨置的逡遒县。现在建节制闸的位置是新牛儿港，应该是古人的生活区，故有三口古井。

宋人说有井水的地方就有柳永的歌谣，这里虽没歌谣，却有大量精美的黑釉两系大罐，大口唇沿，宽腹平底、釉水肥润，很明显这是一批唐代的典型器，且应是盛唐时期的器型。每一件都洋溢着大唐盛世的气息。

当年这些大罐想必是用来装酒的酒坛。元朝以前蒸馏技术还没流行，李白斗酒诗百篇，所饮之酒只相当于我们今天家乡酿的米酒，品质上较为接近宣城青草湖黄酒厂的黄酒，酒精度数不高，所以才有许多海量的英雄诗仙出现。

它们在这江畔堆放了千年，宛如刚出窑的新器，质量之高、产量之大、销售之广可想而知。这些瓷器为何静静地躺在这儿？是什么让它们突然封存，是何种力量让这几口井"沉入河底"？战争？瘟疫？人口的锐减？沧海桑田，历史给我们留下了许多疑问。

在美国的克里夫兰大学博物馆藏有一件宣州窑釉下点褐彩注子。唇口,刀削八方短流,鼓腹平底,假圈足,釉色晶莹透翠,明澈如冰,温润似玉。典型的唐中期以前的器形,十分精美。据判断就产于此处。

这里就是小河口古窑址群。河道上面的村庄叫小河村,已探明有十多家完整的唐代古窑址。生产的大部分是黑釉的大罐和大执壶。黑瓷在广大瓷器研究者中,还没有引起足够的重视。而小河口黑釉瓷可以说是继德清窑黑釉之后的又一个顶峰。它们之间是否有传承关系,值得深入研究。特别是它的黑釉大罐,器型硕大,胎体厚重,色黑如漆,圆润肥硕,平底半釉,器型规整大气,通体散发着大唐王朝的高贵气质,是继德清窑黑釉鸡首壶后的又一黑瓷中的顶峰之作,在中国瓷器史上应占有一席之地。

宣州窑研究会副会长孙玉牛讲了一个他和四个黑釉大罐的故事。

二十世纪八十年代的一个清明节,河干水浅,他到山里上坟回家,跨过牛儿港上的一条小溪,见溪边被水冲出一只黑釉罐子,他就用树枝掏了出来,一掏连着掏出了四个完整的黑釉大罐。这罐明显和我们现代的罐子不一样,平底宽腹圆口,十分规整,釉水肥润,宛如新的。他心想这东西带回家可腌咸菜,就搓了两根绳子把罐子挑回去了。见到隔壁二婶,就送了两个给她,自己留了两个。若干年后,他发现这东西是文物,一天回去问婶婶罐子是否还在。婶婶说,一个腌了菜在厨房,一个在外喂鸭子,被人两元钱买走了。他说,当时家家门口喂鸡喂鸭的几乎都是古窑上的老瓷器。

小河口古窑址群烧造的瓷器,品种已十分丰富,有生活用器的灯盏、碗馅,有文房用具的水盂、瓷砚,也有娱乐用的腰鼓。最多的是和酒有关的酒坛和执壶。器形普遍硕大精美。从一个侧面反映了当时物质的丰富,社会的富足。因为唐代的宣州是上州大郡,与润、越、苏、杭同为江南五大中心城市。

可以想象,当年卫东联圩还没有圈起,立于河口村的塌山,两岸景观,炉火连天,清风徐徐。放眼望去,沙鸥翔集,碧波浩渺。水阳江,作为连通丹阳大泽与太湖流域的黄金水道,帆樯林立,百舸争流。码头上人来人往川流不息,一片繁忙的景象。正所谓"万杵之声殷地,火光烛天,夜令人不能寝"。

## 四、又一高峰

此处沿江而上,溯源十几里就是山冈窑址群遗址。它应该是德清窑青釉的延续。山冈所出青瓷,釉色莹润,胎骨坚致,胎釉结合紧密,吸水率低,瓷化程度极高,釉色苍翠,釉层均匀,浑厚滋润,如冰似玉,造型修长,式样优美。在装饰处理上仍以素色为主,同时有新颖的釉下点彩出现。追求釉色之胜,器型也更加秀美。五代南唐风格很明显,同样是执壶,大多是青釉、长流、束腰修颈,明显区别于小河口古窑址的短流、宽腹、黑釉。这足以说明该处窑址晚于小河口窑址,器形接近于五代、北宋。任何一种纹饰都不是凭空而来,也不会无端消失,它必然随着时代变化而变化。同在一个区域,不同时期,体现了典型时代特征,但又有窑系的传承。

此时的器物明显优于其他窑口,出现了釉下彩,并有一些文字符号的纹饰,如壶把上有"千秋万岁"款或"吉利"款等。壶身有"节节高"等装饰。除平足外,一般都通体施釉,釉水青翠欲滴,晶莹剔透，有冰清玉洁之感。山冈窑址群的瓷器，可以说是"宣州窑"的一个顶峰时期。

一个窑系的诞生有三个必要的条件。一是要广袤的松树林，这是必不可少的燃料，也只有松树枝才能让窑温达到一千二百度以上。二是要有瓷土。三是有河流，最好靠近或能直达黄金水道，这是水运时代的运输干线。这一片土地三者兼具，剩下的就是窑工了。匠从八方来，器成天下走。南唐之时中原战乱，宣州偏安一隅，相对安宁，中原窑匠纷纷避难于此，也带来了治窑技术的交流和提升。

黄矞的陶瓷专著《瓷史》说："宣州瓷窑，为南唐所烧造，以为供奉之物者，南唐后主尤好珍玩之。"说的大概就是现在的山冈古窑址群中所生产的精品。

在山间走一遭，所到之处，全是残碗断壶及生产的模具。其中叠烧堆积在一起的瓷碗最为普遍。现在在窑址仍可捡拾到"千秋万岁"款之类的执壶残件。遗址中的器物，即窑址器，是古代窑工就地抛弃的残次品。不是缺釉、残损就是烧结，绝难找到一件没有瑕疵的器物。完美的器物也有，要么在河底，要么在码头。但残件自有残件的乐趣。一位很有情趣的朋友在山冈下面的茆市湖，幸运地捡到一碗一壶。虽皆有残缺，但通体青翠欲滴。置于书桌，壶植青浦，碗作水盂，真有"闲情聊自适，幽事与谁评。几上玲珑石，青蒲细细生"的韵味，引得人好生羡慕。

天才画家、湖北美术学院教授刘寿祥，生前也是宣州窑的忠实粉丝。他的静物画中有不少"宣州窑"的唐代酒壶的身影，这让他的水彩画更加蕴含了东方的文化因素，形成了独特的审美情调，直指人的灵魂。

## 五、宣州官窑

小河口和山冈窑址群附近,包括固城湖周边如黄泥宕、狸头桥及水阳江左岸的东门渡窑址, 生产的是一种极为粗糙的瓷器,代表器型应该是"韩瓶"。这种器型产量特别多,年代应晚于小河口和山冈古窑址群,在宋至明期间。有许多窑口在修路时被挖开,里面有成百上千没有出窑的瓷瓶,粗糙不堪。按照一般的规律,后代的产品应优于前朝,事物是向前发展的,技艺、质量应越来越好。但在瓷器上却不是这回事。一个顶峰过去后,却很难再逾越,有的同样的窑系,衰落期的产品和顶峰期大相径庭。韩瓶就是这样的。它是一种小口、鼓肩、修腹、平底的陶瓶,也是狸桥地区最多见的古窑器。

在东门渡古窑址群发现的刻"宣州官窑"款器物,曾引得许多人揣度。嘉庆《宁国府志·食货志》载明代贡目十二,其中有"官瓶"一目。

那么,宣州窑到底是官窑还是民窑?实际上它署官窑款的产品远没有某些无官窑款的精致。其实,官窑不是不计成本追求品质的御窑。在宣州窑址群两个高峰期的瓷器,恰恰没有"宣州官窑"款,赫然戳有宣州官窑款的,则与当时的酒类专卖制度有关,或民造官用,或官搭民烧。

在宋代,酒是官府专卖的商品,这种制度即"禁榷",是朝廷财政的重要来源,酒的酿造、贩卖被官府严格掌控。那么,酒瓶的烧造,同样也是在酒务控制下的窑场进行。"宣州官窑"款酒瓶的就是宣州酒务控制下的窑场所生产的。

其实自汉以后，代有酒禁，宋法独严。犯私曲多者，罪至弃市。宋洛阳人柴巽任左殿直，就在宣城属镇符里(今东门渡)总辖酒税。

南宋前期，军队专擅酒利，也是普遍情形。南宋"中兴四将"韩世忠、岳飞、刘光世、张俊的军队，均有可能酿过酒，也卖过酒，卖酒当然要有酒瓶，朝廷曾把金宝圩对面的永丰圩(现属江苏省南京市高淳区)赐给韩世忠作为私有，韩就地酿酒赚取军费就顺理成章了。酒酿成后要有酒瓶灌装。制作酒瓶的窑厂当然愈近愈好。也有一种说法，这种瓶之所以叫韩瓶，是南宋抗金名将韩世忠行军时的水瓶。近人邓之诚《骨董琐记》设有"韩瓶"专条记之。

韩瓶有大有小，大的约产自北宋末年，到南宋就越来越矮小。酒是论瓶卖的，酒瓶变小，官府的利润就变大了。水阳江开卡，在原卫东街的上街头发现一个堆满韩瓶的仓库，几千个，这大概就是当时的酒物专门店了。也有人说这里是管家槽坊的原址，也就是现在白酒生产的明星企业驰名全国的安徽宣酒厂的前身。

宣城县二轻局于一九六二年在水阳江畔的小河口创建了地方国营企业性质的窑厂，这应该是新时期的"宣州官窑"。高峰期有工人二百多。目前老窑厂的工人还有六十人。最后一条龙窑坚持到二〇〇〇年左右才熄火，如今依稀可见。现在已是荒芜一片，茅草丛生。上方就是狸桥镇东云村村部。


## 六、古窑兴衰

相传许旌阳来到符里镇(今东门渡)游山南，于窑旁置铁符，断自符以东是地当出至宝，其土可以陶埏为器，贸易泉货金帛，与宝无异也。今窑皆出铁符之东。

宋建中请国改元，左殿直柴巽，总辖酒税，在符里镇建了一座许真君祠堂以示纪念。

如果许真君是得道之前来的宣州符里镇，那么，宣州设窑烧造应不迟于晋代。

二〇一九年秋叶渐枯之时，当地文物信息员、资深宣州窑研究者、宣城宣州窑研究会秘书长周善喜，在原东云村境内发现了两处成堆的麻布纹陶片。从纹饰、质地、残片的造型及窑具、窑烧土初步判断，这是两座完整的汉代古窑址遗址，最晚也要到东汉。他向区文物局的工作人员介绍，方圆不止这两处类似古窑址。如果成立，水阳江畔的烧窑历史又将向前延伸数百年。这在全国还没有先例。

那么，宣州窑又是如何走向消亡，最终一层层蒙上它的面纱的呢？

周善喜认为宣州窑的没落与水系的改变和水位的提升有关。

水路相对于古窑址来说就是财路、活路。从这个意义上说，紧靠水阳江黄金水道，成就了这片区域窑瓷业的发达。然而，成也萧何败也萧何，洪水也让这片区域窑瓷业转移直至消失。

二〇一三年水阳江开卡出现了河底挖宝。同样，二〇一三年牛儿港节制闸建造时那三口古井和一大片堆场也在河底。

有一种可能，唐朝末年，宁国节度使杨行密，为争夺地盘，与淮南节度使孙儒混战。《宣城县志》载："景福元年（八九二年），孙儒攻杨行密于宣州，有黑云如山，渐下，坠于儒营上，状如破屋。占曰：'营头星也'。"后儒败死。杨行密的部将石濛在胥河之上创筑"鲁阳五堰"，利用胥河运军粮，水位抬高，小河口古窑址和堆场被水淹没而废弃,窑厂向上游山冈苅市湖方向迁移,就形成了后来的山冈古窑址群。

五百年后。明正德七年(一五一二年),为绝苏锡常地区水患,东坝坝基再次加高三丈。汛期,水阳江南来滔滔洪水不复东行,造成宣城、高淳、当涂诸县大批圩田沉没,同时也切断了宣州古窑址通太湖流域的便捷水道。

也就是,唐末的战乱导致了小河口古窑址沉没于水下。明正德七年,东坝加高三丈,水阳江固城湖水域水位再次提升,至此,每逢汛期,宣州窑窑口大多受洪水的淹没,不复兴旺。

这里只是我们的一个推测,期待着有关部门和研究者的跟进。

如今,历史真相已很难一下子做出定论。宣州窑的神秘面纱,只是被掀开了一角,千年的冰山仍淹没在历史的长河中,等待人们去发掘。这是历史财富,也是现实的挑战。

从已知的窑址做出符合逻辑自洽的判断,也是追究历史真相的一种方式,即便有一天对其中一座完整的古窑址进行一次全面的发掘,在当前历史材料非常匮乏的前提下,也不能一下子复盘宣州窑的本来面目。

留下疑问,充满未知,反而能吸引更多宣州窑研究者乃至历史爱好者,更加关注这片神奇的土地。它本身就是一个庞大的课题,我们可以从窑炉作坊的构建、文化层堆积,探寻原料产地及窑址周边环境对窑业生产的影响。从人文技术条件、销售市场路径、甚至中外交流中,了解当时人们的生产生活及经济文化社会发展状况,等等。著名的古窑址研究专家李广宁、张勇等曾多次来到这里做田野调查和研究,并全力推进宣城宣州窑研究会的成立。

# 七、待解之题

爬上堆满瓷片的窑址,翻捡着一片片静躺了千年的古瓷片,仿佛翻开一页页封存多年的线装书。细风和煦中与先人的智慧和往古的社会文明相触碰,无声的交流和沟通,不知不觉开启了久已关闭的心扉,油然而生一份敬意和眷恋。

从这里,一捧土,千淘万洗,千锤百炼。借助火的威力,又装上木船,扬帆碧波,踏进每个家庭的厨间庭堂。有的甚至驶过蔚蓝的大海,远航到大洋彼岸,不能不让人神思飞扬。

在这里,可以充分领略每一片瓷片的独特魅力,在悠悠逝去的岁月中,找寻古人的印记。

试想,我们可以绘制一张水阳江畔窑址图,给人一个明确的空间概念。人们可以凭着这张图,用导航找到一个个曾经烟火熏天的窑包。让历史走进现代人的生活,为人们的休息旅游、猎奇探险、田野研究与古人的艰辛生产搭建一个连接的平台。当然文物部门也要多设置一些文物信息员的公益岗位,发动群众加强文保力度。

明月不染沧桑之迹,草木应知世事轮回。

细细的品味中,有可能,历史的火与土的燃烧会把现代人长居水泥森林的身躯弄得激情沸腾,生出高山仰止之思。

因为每一个遗址和随之出土的件件器物,都是先人们在此活动的见证,不仅为我们了解当时的窑口生产情况,而且为揭开宣州窑的神秘面纱提供了第一手资料和可靠的实物依据,走近一步,也许就是我们找到贴近自然,对话先贤的切入口。

法国人类学家克劳德·列维–斯特劳斯曾经说："只有艺术品才能证实,在时间的洪流里,人类确实发生过一些事。"

　　今天,去触摸古宣州窑那一点点的余温,无论是寻古访幽还是历史研究,是我们做的最有文化内涵,也最有意义的事。

　　宣州窑在中国两千年的瓷器历史长河中,曾经辉煌存在,现在不够璀璨夺目,是因为神秘的面纱还没有真正掀起来。我们期待着。

# 重提水兑仓

水阳西镇的上街头。左手,滔滔南来的水阳江,如一条巨龙,顺镇蜿蜒北流。门前,凤凰潭应朱雀之位,碧波粼粼。一条大沟,宛如碧绿的绸带由潭中伸展,向右手边一望无垠的圩田间开枝散叶,纵横交错。沟上一座石拱桥连接两岸,桥因潭名,曰凤凰桥。

这里就是宁国府最大的粮仓——水兑仓。

秋收时节,圩内,绸带上,一只只小船满载而来,横七竖八地挤满了凤凰潭。圩外,水阳江中百舸争流,风帆鼓张。

## 一

水兑仓起始是配合漕运,主要功能是储谷输漕。谈它的建成绕不开一个人,他就是明正统年间任宁国府知府的袁旭。

在明代,漕粮是土地税不可分割的重要组成部分。一四一五年,明王朝敞开运河水道,用于交通。运往北京的粮食,全部走内陆水路,海运不再继续。地方承担的漕粮运到徐州、德州和临清这几个漕河上的运输中间站,再转运到北京。后明朝在仪真安装水门,所有粮运任务由官军承担,逐渐建立了一套完善的漕运体系,

252

对明朝的整个发展做出了贡献。

直至清初，王朝更迭时，漕河水道仍然完好无损，处于良好的航运状态。据记载，一六四〇年，农历八月，在南京自己登基称帝的福王朱由崧派金都御史左懋第，到北京同清廷接触。十万两白金，几万卷丝织品，作为南明小朝廷的礼品，由三千名士兵护送赴京。一百条船的使团，八月过淮河，十月初一到达漕河南面终点张家湾。这段行程用时不到六十天。

水阳江是支运漕粮的重要航道。一四三六年，正统帝下旨公布施行兑运法后，为配合漕运，储谷输漕，方便百姓纳粮，在水阳江航道上创置兑仓就成了一件重要的事功。

此时，袁旭正任宁国知府。"郡故多事，旭应之，恒有余力，凡郡县治所、学宫、祠庙、馆舍、桥道，靡不庄固宏丽，甲于诸郡"。俗话说"客不修店，官不修衙"，那是从自身利益角度的一种权衡。历史上我们向来不乏"先天下之忧而忧，后天下之乐而乐"的官员，他们秉持功成不必在我的理念。袁旭就是这样一位敢于任事的官员。正统十年(一四四五年)春，朝廷大考群吏，他和松江知府排名前二，皇帝"赐宴及袭衣遣还"。

《宁国府志》记载，袁知府既能干事，又会做思想政治工作，如此荐兴大役，老百姓却并不反对，"民不告扰"。正统八年(一四四三年)，袁旭为方便百姓，把济川桥由浮桥改建为石桥。因工程浩繁，财力不济，他亲自捐俸并为文劝民，一番激情鼓动，富者争出票帛，小民争趋赴工，垒石起土，历时一年，桥竟然建成了。

对于修建兑仓这样一件利国利民之事，袁旭自然责无旁贷，全力争取。巡抚周忱上奏朝廷，朝廷遂批准郡守袁旭来操办这件事。

那么兑仓选址为何孤悬于府治百里之外的水阳镇呢？

当时的金宝圩环圩"一百六十余里，计亩十九万七千有零"。元末百姓避"韩林儿之乱"，赴圩内定居垦荒，人逐渐增多，自唐宋鼎盛后再次步入辉煌。至明初，经元朝摧残而衰退，停滞的农业和手工业得到迅速恢复和发展。朝廷奖励复垦、移民屯田、兴修水利，减轻商税、田赋与徭役，这在当时大大刺激了劳动者生产积极性。因此，锯镰、水车、风车、耘耥、秧马等各种重要农具在圩内得到广泛而普遍的运用，力省而功倍。

加上这里农人勤而安分，终岁不休。稍有闲隙，则去捕鱼虾、采薪、埏埴、傭作、担荷。这样的百姓自然创出不一样的财富。"漕取足于圩者十之八九"。对于这样一个鱼米之乡，兑仓设此，便理所当然。

袁旭鸠工庀材，在水阳河西创置了"官庾一区"。自此，每年冬十月，地方大户按期把粮食交到仓库，仓吏严加管理，待到第二年漕船开来，漕卒挐舟就之，兑以转输，方便了百姓，完成了岁赋。于是，水阳的兑仓就成了大明王朝漕运体系中一个重要节点。当时，宣州帮经运漕船有四十五艘，额充宣、南、泾、宁、旌、太并建平七县，正耗米共二万四千八百九十石。每年从水阳转运的漕粮近两万石，约占全国输往北京漕粮的二百分之一。虽谈不上举足轻重，但在支运线上也是很有分量的一个大仓了。

可以想象当年水阳江上百舸争流的繁荣景象。水阳江下游沿化津湖段"运粮河"也因此得名。

农业文明社会，人们的活动范围很小，生产生活要求也基本是内循环,很少部分产品进入市场交流。但就是这部分的交流,形成了一个区域的市场兴旺。兑仓的设立也进一步推动了水阳这个圩乡重镇的繁荣。

历史吊诡,就是这样一位为民爱戴、政绩卓异的良臣,在宣城任上,却被在朝廷为官的宣城人督学御史陈富参核,诬其妄兴大役,聚敛民财,且杖死平民,最后冤死于狱中。临终,袁旭仰天长啸,冠缨绝索,作幽愤诗:"报国有心悬白日,盖棺无面见黄泉。"闻者无不流涕!

天地之间有杆秤。对这位官员,宣城百姓为之"祀济川桥左,并祀遗爱祠,名宦祠"。

三百年后,施闰章作《宁国府故太守袁公祠记》:"人能戕公之生,不能斩公之泽;能陷其身于一时,不能夺其名于百世。今垂三百年语贤太守,莫不曰'袁公袁公'也,公亦无可憾矣!"

## 二

一百多年过去了,岁月的沧桑不仅带来人事的代谢,粮仓在兑营的过程中因年久不葺,也渐渐地颓垣败砾,蚀于蔓草间,致使"输者云集,无所贮藏",给百姓纳粮带来了很大的不便,不得已租赁民居来储藏,也给漕粮的管理留下了隐患,"其奸阑、弊穴由兹以炽"。

隆庆五年(一五七七年),湖广监利人姜奇方姜孟颖来宣任职。他周悉民隐,大胆革新,认为"国赋之征乃吏政之大"。

面对久废不举的兑仓,他一面向上呈报,一面对下动员,履职之初就启动了兑仓的维修。他亲自规划工程,挑选里甲中诚实谨慎而能任事的人主持这项工程,召集乡里筹集建设资金。工程于万历甲戌仲秋轰轰烈烈地动工,第二年正月即完工。一座"中为厅事,前堂后室各三楹,左右排列三十二座廒仓"的兑仓即告建成。"缭以固垣,重之坚壁,言言冀冀,风雨攸除。"无论是规模还是标准都比百年前有了一个大的提升。

姜县令明章程,谨赋敛,每到兑运漕粮之时,都要直挂长帆,不避风雨,沿水阳江而下,长驻水阳,亲自调度,为民做主,严禁粗暴征粮,得到了当地百姓的信赖。百姓上交漕粮也非常积极,以致他在位期间"民输官期独先,诸邑称最",在各县中起了很好的带头作用。

一个想干事的官员,民生疾苦无一日不在胸腹之间。自然,眼里也就永远有干不完的事。万历己亥年,水兑仓修建一新,"宣城旱,祷有雨",粮食喜获丰收,姜县令心中欢喜,可转而又喟然感叹,怎样才能让百姓永无饥馁呢?一个大胆的设想在公堂之上涌上心头,可以效古社仓之法!说干就干,他向抚院宋仪望、巡院鲍希贤、郡侯陈俊请示,得到上级的认可,于是拨付资金在山区和圩乡各建两处义仓。圩乡的百里之仓设在水阳兑运仓之后,山乡设在庙埠广王殿下大门内。"水阳之廒十有二楹。贮谷六千二百有奇。"姜县令下令每户稍出谷为义仓本。廒成而谷亦集,春雨如膏,仓箱告盈。义仓的管理"散敛平时用《社仓法》,春而出之,以补不足,秋而入之,斗赢一升,以供鼠耗。凶年用《常平法》,春减估粜以出,秋增估籴以入,厥价恒平"。

实际上"常平仓"制度是我国粮仓储备制度最大的创举,就是政府在丰收之年购进粮食储存,以免粮价过低伤害农民利益;歉收之年卖出所储粮食,以平抑市场的粮价。籴,是买进粮食。粜,就是卖出粮食。平籴就是官府在丰收年用平价买进粮食,以待荒年卖出。平粜则是指官府荒年的时候将丰收时购进的粮食平价出售。"谷贱时增其价而籴,以利农,谷贵时减其价而粜,民便之。"因"籴甚贵伤民,甚贱伤农",粮食价格不宜过高或过低。

可以说义仓成了基层治理中防范社会风险、构建古代社保体系一个必要的组成部分。

如何把好事办好,贡师泰裔孙国子监学录贡安国,撰文介绍了邑大夫姜侯奇方创造性的管账方式:水阳义仓设置账簿三本。一本上报府衙,一本留存县邑,地方掌管一本,由威望高、声誉好的乡绅选出一位做出纳,并定期轮换。每次官府来盘查,仓夫要回避,三账核对,出入制衡,设置了完善的操作规程。"良法美意,存于后人守之耳"。

粮价是百价之基,二十世纪三十年代,时任美国农业部长的华莱士,了解了中国的"常平仓"制度后,深受启发,他结合美国实际,将常平仓引入了罗斯福新政,解决了农业生产过剩带来的经济危机和战争物资的短缺问题。后来,他在各种演讲和回忆中,都把常平仓视为"我任农业部长最值得骄傲的行动"。

最典型的就是在咸丰兵乱之时,金宝圩正因为有如此庞大的粮仓,才能偏安一隅,没有因为私商囤积居奇,哄抬粮价,形成米珠薪桂,抵挡住太平天国长达十年的进攻。当时宣城县治已沦陷两次,大户和饥民纷纷寄居水阳。不能不说,粮仓是抗敌之本。

因姜侯奇方在宣任上,事有利病皆兴革之,建预备、常平二仓,贮谷待赈,创水阳储廒,敛粟待兑,军民便焉……后升任户部主事。

三

粮仓的建设是一件大事,粮仓的管理更是不能马虎,防虫、防霉、防鼠雀、防火烛,哪一样都不能掉以轻心。

粮仓的建造是一门技术活儿,我国古代储藏粮食的建筑有地下和地上之分,地面下的建筑为窖,地面上的则为仓,一般是北窖南仓。水阳是江南水乡,地势低,地下水丰富,故以仓储粮,地上粮仓的防水和防火要求更为严苛。水阳义仓虽建在水阳江畔,南边还有凤凰塘,仓内还是挖掘了一口水井,此井即龙溪古井,至今仍在。传说井有两口,另一井在河东的真庆观正殿中,相传两井逾水阳江下是相通的,一年火灾,一得道高僧穿二井,以压两镇火灾。

粮仓最难防的当然还是人,再好的制度,如没有干吏能臣执行到位,也是枉然。到康熙年间,距袁旭创建兑仓两百多年,距姜侯奇方重建兑仓也是百年有余,"宣民之困征输极矣"。此困非为无仓可储,而是漕运体系的弊端丛生。

税率杂派直线上升,常法之外,又行巧立名目,肆意诛求,漕卒胥牟作奸犯科,相倚奸利。

此时,一身正气、情怀满满的一位官员来到了宣城,这位榜贡出身的会宁人,叫李文敏。《宣城县志》称赞他"明敏果决"。他上任伊始,对漕事之艰就做了一番深入的了解。

漕粮输送,民输仓,而卒转漕。这里百姓最起码要承担额外的三项费用。一是"率之费例取诸民",二是损耗,三是运费。但漕军已经蜕化变质,额外费的征收,使漕军的多级军官在内,都卷进榨取活动中。《天下郡国利病书》记载，每石大米的运输给纳税人带来的负担多达八倍。有名御史指出敲诈行为有八种，每种都有其历史，有其行话。

当时的通例是"五两五石"，作为规定不可横索于民。但承平日久，腐败无孔不入。李文敏履职之时，"漕事日艰"，漕卒、奸胥、运弁对农民的横征暴敛名目繁复到无以复加，稍不顺意，甚至"不受其输"，致使粮食"经月红腐"，许多中产弄得陆续破产。

没有经历过卖粮难的人实难解其中滋味。我就亲自遇到这样一件事，一个烈日焦炽的午后，在粮站的门口，一位老农挑着一担菜籽，直接倒进了河里，满河漂荡着半浮半沉黑幽幽的菜籽，引来了一大片鲌鱼在河中成群追逐。原来老农已在粮站待了三天，每次到磅秤处，检验员都说"成色不好，还要晒晒"。

李文敏认识到问题的根本是"民弱而卒强"，而"长吏又不能约束之"。

李文敏就是李文敏，这位后来因"催科有法"升太仓州知州的官员，监兑之法出手不凡。他深入水阳圩乡一线，找来各位里长，组织他们提前把大户家中多余的粮食运到兑仓，叠得高高的粮袋巍然如山。然后他又把仓场库吏、监督、皂隶、仓役全部召到堂前，刑枷置于几案，怒目圆睁，掷语如铁："本官此次漕事，你们一定要恪尽职守，若有从中与漕卒勾结犯科者，将严惩不贷。"

输漕那日，天朗气清，乌篷大船，声如洪钟，陆续驶来。李文敏让各里长支走几位黠吏，他在仓前亲自指挥漕船装载。来到漕军首领跟前，开阔的眉宇间蕴藏着一种坦荡的君子之风，出言温和却不失威严："你们为国家运粮实在辛苦，我担心老百姓纳粮不及时,耽误了你们的行程。"

卒役紧衣肃然,立于两旁。仓场书办拿出准备好的账簿,噼噼啪啪一顿算盘,按照规定给付杂费,一分不多,一分不少。昔日剽悍的漕军官兵面面相觑,不敢声张。

一艘艘漕船按顺序停泊于水兑仓的码头,轮流卸装,秩序井然。

这天,水阳江上,大橹摇曳,青篙击水,纤夫的号声响彻江面。

不几日,兑运任务顺利完成。水兑仓的兑运又恢复了往日便民的功能。

事后宣城乡贤施闰章称赞李文敏:"当放则放,当敛则敛,侯实苦身戮力以速漕而纾吾民也,何善政不可为哉!"


## 四

曲终人不见,江上数峰青。转瞬又是几百年过去了。

一九四九年后,水兑仓成了全市最大的中心粮站,高峰期收储的油菜籽占全市的五分之一,粮食占全市的三分之一。

如今,凤凰塘已被填没,凤凰桥唯余两块条石。龙溪古井犹存,仍默默地守护着这片敖仓。

水阳江上的五篷大船消失了,拉纤的纤夫不见了,空中飘荡的号子声穿越时空,穿透灵魂,仿佛在江风中久久回荡。


一声号子,哟! 嘿!

闯风雨哟,嗨嗨!

路且险哟,嚯,嘿!

往前赶哟,嚯,嘿！……


　　圩乡的月光依然清澈明亮,滔滔的水阳江依旧汩汩流淌。三位官员已走进了历史的深处。斯人已逝,但他们敢于任事,不移初心的精神,依然在历史的长空中闪烁着灿烂的光芒。

　　一代代的人,匆匆走过他们生活的时代。或许,我们可以从他们的故事中体会到异代同调的那份苍凉。

# 心中的圩乡

这个冬天,接到电话,堂哥因脑溢血去了,彻底离开了那个他从没有离开的家乡。我毫不犹豫地赶回老家,去送了老哥最后一程。

这几年回去的频次越来越多,除了端午、中秋、春节这些必回的节日和曾经的伙伴聚在一起,更多的还是因故人一个个的离去。只要听到这样的消息,哪怕再忙,我也要驱车回去,为他们送一程。有的是至亲的长辈,有的是儿时的大哥。来回的路上,人生的小溪便开始逆流而上,通透的中年、奋斗的青年、充满憧憬的少年、无忧无虑的童年……脑海中常常像播放一部毫无剪辑秩序混乱的电影,断断续续,那些镜头像蒙蒙细雨飘过车前,荡起细细的一层薄雾。于是,一次次过后,村子中熟悉的人越来越少,新面孔时常闪现在眼前。虽然村里村外依然土地平旷,屋舍俨然,阡陌交通,鸡犬相闻,黄发垂髫,怡然自乐,可对村子的陌生感却毫无理由地像春水涨起来,漫洇心底。

家乡有一种说法,人死后要把生前的脚印捡起来。无论是童年的稚印,还是中年的健步、老年的蹒跚,不管是在崇山峻岭,还是平地河川，抑或是在高兴时、痛苦时留下的脚印，都要一一捡拾，方可再次投胎。

想来堂哥正值壮年，到了那边捡起脚印相对要容易一些，只是不知病体可好？能否支撑他在人间仅一甲子的行程？

我突然想起，我现在的书写不就是在用文字去捡拾那一串串脚印吗？我应该趁着还有体力好好做这一件事。当然，最重要的，最愿意的，是从故乡的书写开始。

故乡是圩乡，圩乡是一块古老的土地，我的祖祖辈辈都生活在这里，有我先辈留下的足迹，也是我出生和曾经工作的地方。离开的时间越长，距离越远，对圩乡的那些人、那些事、那些风物，反而愈加清晰。

故乡的山水无疑会一生入梦，那里寄放着生动的童年与青春，寄托着绵绵的乡愁。二十年前，我把家搬进了城里，彻底离开了家乡，从此家乡的一埠一水、一船一屋，常常推梦而来，每一个梦都满载了我悠远而浓郁的故土深情。

故乡的冬天特别冷，这冷是从脚底开始的，一双布鞋到年底已是破如烂鱼，大脚趾露出来像小鳄鱼冬眠刚刚醒过来伸出了懵懵懂懂的脑袋。在教室，靠着不停地原地踏步跺脚驱寒。回家的路上，那风像长着刀子，透过薄薄的棉衣直往脖子里面钻。红色的脸蛋、青色的鼻涕，成了每一个小伙伴的标配。就这样，却总觉得有使不完的劲儿，冰冻的沟面常常有我们奔跑的身影。课文中罗盛教的故事却从没有在我们的记忆中出现过，也许我们那时个个身轻如燕。

当然，冬天也是快乐的。这时农闲已临，大人都忙着置办年货——炒炒米、刨欢团、点豆腐、磕羊糕、杀年猪……幸福从咽下的口水中渐渐升起来。直到正月，都是沉浸在为春节忙碌的欢乐中。村庄弥漫着浓浓的年味，所谓"正月里过年，二月里赌钱"，那个生活的节奏像老牛吃饱了草在回家的田埂上慢悠悠地往前走。

春天的故乡是艳丽的。新柳刚在碧水旁冒出一丝丝嫩芽，如砥的埠子里，油菜花像被某个顽皮的神仙泼下了一盒金粉，刹那间所见之处金黄一片。人行田埂，身上，裤脚，金粉点点，惹得蝶飞蜂舞相伴。渐渐白炽起来的阳光也挣脱了冬天那羞涩而红红的小脸，像村妇一样热情起来，大胆地剥下了一位又一位圩乡人的层层夹袄、棉衣。乡村便灵动起来，各类昆虫也凑着热闹，嗡嗡地穿行于花海之中。燕子从南方某个地方旅游了一趟又飞了回来，寻到主人家，叽叽喳喳地啼个不停，好像在向主人诉说着旅途的见闻，也不管开始忙碌的主人听还是不听。

我最喜欢用一个火柴盒去土墙的缝隙中去掏小蜜蜂，把它们一个个装进盒子中，放进口袋，阳光暖融融的，火柴盒里那"呜呜"的演奏让春天的气息愈加浓厚。

故乡的夏和秋，仿佛连在一起。炎热和繁忙充斥了每一个白天和夜晚。"双抢"对每一个人都是魔鬼般的磨炼，可它刚结束，就迎来了繁忙的棉花收获季节。农人有多忙? 大家经常讲一个略显苦涩的笑话:我的一位远房伯父贤山，一天晚上疲惫地划着小船回家，听到一个小孩在沟岸上喊他大哥。他就接上了那个小孩，问，你是哪家的，送你到哪儿? 小孩说，大哥，我是老汉。

原来老汉是他最小的弟弟。因为他常年晨曦未露出工，带着月光才回家，自己最小的弟弟都没见过几面，居然相见不相识。

沉甸甸的日子背后，每一个圩乡人的心中都萌生着一颗未来日子会愈来愈好的种子。

多年过去，圩乡的生产效率不知增长了多少倍，曾经的辛苦，在今天的那些头发花白的圩乡人口中，已然成了茶余饭后偶尔说说的故事。所有的过往，无论是苦不堪言，还是曲直奔忙，过去了，想起来，都是一段美好的回忆，不再纠缠于当时的酸甜苦辣，只留一缕芬芳在心里。每个诉说者的眼里常常闪烁起一丝自豪的情致和光芒。那份辛劳，可能已被大家集体转化为了一种吃苦耐劳的基因，传承在这片土地上。对于苦难最好的疗伤就是繁荣，过往的一切，在今天，对于经历者来说，就是老梅树雪中绽放后飘逸的一缕淡淡清香。

而于我，则是捡拾、反思、再向前看，真诚并满怀敬畏地诉说。拾着，拾着，便衍生出一系列的细节、情节、故事，像池塘里的小蝌蚪，接二连三地游出来，串成线，目不暇接。又如一只苍鹰俯瞰这块土地，穿越千年，细细品味这儿曾经生活的人，经历的事，清晰、了然、鲜活、如生。

心中渐渐涌起一种强烈的使命感，要把那些流动的人情世故捡拾起来。希望未到过圩乡、已离开圩乡、未来将生活在圩乡的人，能在我的文字记录中，读到前代人的田园生活，了解到这里曾经有过的美丽、困境、忧患、绝望和挣扎，乃至努力与拼搏。

书写中，我努力察风物之幽微，叙人情之百态，真诚地从一个个小主题入手，用心用情去逼近真实，悟出真意。重温那些经历的风雨，无疑是把过去的酸甜苦辣重新回味一次，过滤一遍，付诸笔端，让乡愁在圩乡的回忆中自由自在地蔓延生长。春发的芭茅草，雨季溢岸的沟水,几十只麻雀排列在裸铝线上的音符,飘荡在水中的小木船,飞过空中的雁阵,一望无垠的金黄油菜花,村头袅袅的炊烟,暮归的耕牛,晨鸣的鸡鸭鹅和"村村沽酒唤客吃,鸡豚里舍语声哗"……以至清明、谷雨,秋分、白露流水般的更迭。

于是,圩乡,在我心里变得丰满厚重,有温度,像一台古老的唱机,在一张老唱片上嗞嗞地划出一支支小夜曲,滞涩却不乏醇正。

小时候跟堂哥去钓鱼。提着一根竹竿在这儿钓一下,在那儿钓一下,终无收获。堂哥选中一个塘口,打一个窝,静立沟边,不动声息,鱼上钩时居然是一条一条地往上蹿。我游荡半天,也蹭过去把钓子放入他的窝中,居然也是一条一条地往上钓。故乡的故事,是一个打了诱饵的鱼窝儿。

许多鱼儿又出现在眼前,还待我一一捡拾。如家乡的美味,如那曾经的硝烟弥漫尸横遍野的战场,那万众一心开创水利奇迹的沟渠纵横,那游走在城市边缘故乡游子浓浓的相思,那水运之乡儿女扬帆长江万里的豪迈……

城中桃李愁风雨,春到溪头荠菜花。我要所记之事、之人、之物,虽皆属平民琐屑,皆处历史叙事的缝隙,与宏大无缘。可正如胡适所言,《史记》里偶然一句"奴婢与牛马同栏",比楚汉战争谁胜谁负重要得多。女人穿的鞋子"关系无数人民的生活状态,关系整个时代的文明性质"。所谓一粒沙里见世界,半瓣花上说人情。因为"识其小",方能体现出所述的真实和深意。

一个时代有一个时代的社会生活形态,当然也有一个时代的文学式样的表述。文学作品说大了要视通万里、思接千载,说小了还是要紧跟时代的脉搏，不仅仅是一味怀旧。怀旧的过程，又延伸出一些思考，眼界便开阔起来，胸襟也宽广起来。

曾经的圩乡可谓"竹色溪下绿，荷花镜里香"，船行水上碧波荡漾，水草之间鱼虾嬉戏。自二十世纪九十年代起，河蟹等特种水产养殖业迅速发展并逐渐成为这个地区的支柱性产业，传统农业生产方式急剧改变，小作坊遍地开花，人口大规模集聚，对水环境的影响日趋加重，水生态污染逐渐成为当地社会发展无法忽视的一个问题。每一次回到家乡，看着日益混浊的沟水，心里总像揣进了一丛枯草，蓬乱中滴着殷红的血。

有一段时间，我利用工作关系深入调查研究，撰写了《金宝圩水污染治理的调查与思考》，和关心这块土地的各级领导、同人一道呼吁，切实推进水污染的治理工作。功夫不负有心人，今天，我们终于又将迎来一个水清岸绿的新圩乡。那种喜悦、欢快，如圩乡的水，清冽、甘甜。这无疑是用行动在圩乡描绘着她的美丽。

在一个月光摇曳的夜晚，我来到门前的宛陵湖。晚风习习，柳丝轻摆，我虔诚地俯下身子，捧起一捧水来。天上的月亮倒映在水中，水里的光影离我很近，又仿佛很远，几颗星星跌落水中，闪烁的幻影里我分明看到了一个横亘百里、纵贯千年的圩乡，那是我生命里的一首诗：

　　　　山风细数过每一根松针
　　　　江水亲吻过每一寸堤岸
　　　　当秋天乌云卷过这片山水
　　　　西边的天空

彩虹,总是那么绚烂

岁月在陪伴中逝去
诺言于等待下丢失
走过的是光阴
留下的是回忆
曾经的月照荷塘
曾经的风过山冈
曾经的露湿窗台
曾经的船行溪上
等待中的那一份美丽
在时间的过滤中更加温暖

月光里的那片桃花
在岁月的浸泡中
酿成了我生命里的一道光
永远闪耀在
一个渐行渐远的地方
…………

　　我脱胎于这个圩乡,迷恋着那里的清水和稻田,曾无数次赤脚走在那春潮萌动的田埂,也曾无数次裸露着身躯在那碧波中崭浪戏游。今天的圩乡于我,已是生命中永恒的牵挂。
　　"不思朱雀街东鼓,不忆青龙寺后钟。唯忆夜深新雪后,新昌台上七株松。"圩乡深藏心底的留恋化为悠然的诗行。夜梦归圩乡,见我故亲友。月光下的故乡,并不遥远,有时缥缈,有时朦朦胧胧,在我清晰的记忆中反而是最真实的圩乡。

我惊讶于她的美,缥缈无际,沁香溢远,如梦如幻。她已然是我营造在心中的圩乡——一个环佩叮当、兰舟轻摇的文学故乡。

我想,我会一直朝着故乡的这个方向。

朝着她的一湾碧水,一捧沃土,悠悠的小船,慢腾腾的老牛,和那堂哥们不曾离开的村庄……